KB126928

41년 만에 배달된 편지

지은이 **박기석**

옮긴이 **정미영**

지은이 소개

박기석(朴基碩).

1937년 도쿄에서 태어남.

해방 직후 재일조선인이 만든 '국어강습소'를 시작으로

도쿄 조선제1초급학교, 도쿄도립조선중고급학교, 조선대학교 문학부 졸업.

재일 민족단체의 청년출판국에서 잡지, 서적 출판에 종사.

2000년도부터 현재까지 요코하마에서 <한국어 교실> 운영.

저서로 <보쿠라노 하타(우리들의 깃발)> 1권, 2권.

옮긴이 소개

정미영(鄭美英).

2017년에 '도서출판 품'을 만들고,

재일(在日) 관련 도서를 출간하고 있다.

주요 번역서로

<보쿠라노 하타(우리들의 깃발)> 1, 2권

<르포 교토 조선학교 습격사건> - 증오범죄에 저항하며

<저 벽까지>

<꽃은 향기로워도> - 김만리로 산다는 것

<유언(遺言)> - (화태 귀환 재일한국인회 회장 이희팔(李羲八))

<우토로 여기 살아왔고, 여기서 죽으리라> 등이 있다.

1

고광수가 일본에 온다.

"어엇?"

철수는 고교 동기생 김태준에게 걸려 온 전화를 받고 수화기를 귀에 바짝 붙였다.

"광수의 처남이 근처에 살잖아, 우리 가게에 가족끼리 식사하러 와서 알려주더군."

"정말이야?"

철수는 뜻밖의 소식에 놀란 가슴을 진정시키려 숨을 크게 들이마셨다. 광수 얘기도 그렇지만 오랜만에 전화한 태준이의 수술 경과도 신경 쓰였다.

"나 말야? 이젠 뭐 고물이 다 됐지. 후후후."

태준이가 고물이라는 단어에 악센트를 붙이며 물기 없는 콧소리로 웃는다. 나이가 들어가니 묘한 버릇까지 생긴 건가.

총련계 민족단체에서 전임으로 근무한 태준이는 여러 산하단체를 거치다 40년째가 되는 3년 전에 은퇴했다. 퇴직하면 이케부쿠로 池袋 변두리에서 숯불고기 식당을 하는 아내한테 기대어 느긋하게 살 거라 했는데, 갑자기 근육과 운동신경에 이상이 생겨 '근무력증'을 진단받은 후 입원과 퇴원을 반복했다. 그러는 사이 불행인지 다행인지 조기 위암까지 발견되어 위장 3분의 2를 절제했다.

생소한 난치병인 근무력증이 염려되어 병문안을 갔는데, 위를 절제한 사실을 알게 된 건 수술받은 후 한참이 지나서다. 윤기 없는 목소리이긴 해도 태준이의 기분은 상쾌한 것 같았다.

"광수 말인데, 그 친구까지 하면 공적 업무로 일본에 오는 동기생이 네 번째 아닌가? 다른 기수에 비하면 우리 동창들은 성적이 꽤 좋아…. 그만큼 똑똑한 친구들은 죄다 북으로 귀국했다는 얘긴가. 일본에 남은 녀석들은 잡고기들 뿐인가 봐. 후후후."

언제인가 동기생 모임에서 누군가 무심코 말한 '잡고기'란 단어를 태준이도 자조하듯 내뱉는다. '잡고기'란 단어를 처음 들었을 땐 다들 만감이 교차했는지 고개를 끄덕였었다.

1959년 말, 일본에서 조선민주주의인민공화국으로 가는 뱃길이 열린 이후 어느덧 40여 년이 지났다.

고교 동기생 중에 북으로 귀국한 피붙이나 지인이 없는 사람은 한 명도 없다. 그 때문에 귀국한 이들의 생활이나 소식에 관한 것이라면 그것이 누구의 일이든 여전히 모두의 관심사다.

북으로 떠난 그들이 초기에 보내온 편지 내용은 일본에 남아 있는 가족이나 지인들이 북에 다녀오려 할 때 아무런 이정표도 되지 않았다. 오히려 방문을 앞둔 사람을 주저하게 만드는 편지가 대부분이라 몇 번을 읽어봐도 도무지 속내를 알기 어려웠다.

처음으로 조국의 대지를 밟은 감동과 그곳 사람들의 동포애가 얼마나 깊은지 절절히 쓴 편지도 적진 않았다. 읽다 보면 눈물이 왈칵 쏟아지기도 했다. 그런데 막상 정착할 곳이 정해지고 1~2년이 지나면 편지글의 톤이 묘하게 달라졌다.

절대로 생활이 어렵다는 말은 없다. 착취당하지도 않고 모두가 평등하며, 사회주의 사회의 은혜를 입어 부러울 것 없이 산다는 틀에 박힌 수식어가 반드시 서두에 붙었다. 그러면서도 편지글 끝에는 도대체 왜 이런 물건까지 보내달라는지 고개가 갸웃해질 정도로 잡다한 생활필수품이 빼곡히 적혀 있었다. 편지 중간쯤부터 추리력을 총동원해 진의를 파악하려 애를 써 봐도 몸 성히 잘 있다는 것 말고는 딱히 확실한 것이 없었다.

실제 형편은 어떠한지, 일본에 살았을 때의 생활 수준과 비교해서 어느 정도인지만이라도 알고 싶었다. 하다못해 지금은 좀 고생스럽지만 내일에 대한 희망이 있기에 마음만은 충만하다거나 그런 말조차 없으니….

귀국한 이들의 뒤를 따르려던 성질 급한 피붙이와 지인들은 이 수수께끼 같은 편지 때문에 귀국을 보류하거나 단념하는 사람이 점점 늘어났다.

진의를 알 수 없었던 편지 내용은 첫 귀국선이 출항한 후 거의 10년쯤 지나 가족들이 북에 갈 수 있게 된 후에야 자연히 알게 되었는데, 그런 식의 편지가 40년이 지난 지금도 형식만 바뀐 채 계속되었다.

이북에 있는 형제나 연고자가 보낸 편지를 받은 이들은 분단된 조국의 현실을 새삼 뼈저리게 느껴야 했다. 다들 꿈과 희망으로 부푼 가슴을 안고 조국으로 귀국했을 것이다. 가족이나 친지를 만나고 돌아온 이들은 이북의 복잡한 시스템을 알게 된 후 한숨을 지었고, 한편으론 막연한 기대를 하며 '로마에 가면 로마법을 따라라' 하는 심정으로 속절없이 응원만 할 뿐이다. 일본에 남은 동기생들은 이미 생활 기반이 이곳에 있으니 40년 전처럼 벅찬 희망을 품고 북으로의 귀국을 생각하는 이는 거의 없다.

여하튼 북으로 귀국한 동기생이 어쩌다 일본에 온다는 소식을 들으면 출세해 돌아오는 형제를 맞는 심정이면서도 한편으로는 북에 있는 자신들의 피붙이가 걱정돼 좀 더 '확실한 정보'를 듣고 싶어 다들 좌불안석이었다.

철수가 졸업한 도쿄東京의 조선학교는 당시 재학생이 2,200여 명을 헤아린 중고교 병설이었는데, 고교 동기생만 230명 정도다.

고교를 졸업한 1956년 당시, 일본은 6·25 전쟁에 군수물자를 대는 전쟁 특수特需 덕에 패전의 고통에서 벗어나 기적적으로 경제 성장을 시작한다.

그렇다고 철수처럼 일본에 남은 동기생들의 미래가 활짝 열린 것도 아니었다. 당시 일본의 상황은 재일조선인의 사회진출을 음습하게 가로막았다. 대학 진학은커녕 고교졸업 후 이렇다 할 꿈조차 품어보지 못한 채 그저 학교 밖으로 방출되어야 했다. 수많은 재일조선인 젊은이들이 살길을 찾으려 일본 사회의 문을 억지로라도 열어보려 했지만, 마음 깊은 곳에서는 이미 포기에 가까운 심정인 것이 사실이었다. 고교 졸업장만으로 만족하고 곧바로 취업하지 않으면 생계를 걱정해야 하는 가정이 졸업생의 90%를 차지했을 정도다.

정확히 그 무렵이다. 재일동포의 조국 귀국을 환영한다는 공화국 정부의 성명이 발표된다.

그때나 지금이나 남쪽인 한국에 본적을 둔 이들이 압도적이지만 당시 한국 사회는 불안이 극도로 심각했다. 그런 와중에 북에서 발표한 성명은 미래를 꿈꿀 수 없었던 재일在日 청년들에게는 찬란한

빛과 같은 소식이었다.

'우리한테도 조국이 있다.'

처음으로 '조국'의 존재와 온기를 피부로 느끼며 모두의 가슴이 말할 수 없이 뜨거워졌다.

고교졸업 후 10년이 지나 동창회에서 정리한 명부를 보니 60년대 초반에 북으로 귀국한 고교 동기생들이 약 절반이 넘었다. 당시 재일조선인의 6분의 1에 달하는 10만 명이 귀국했다. 귀국한 이들도, 일본에 남은 이들도, 이전까지의 폐쇄감에서 해방되는 느낌이었고, 어렴풋이나마 미래에 대한 희망을 품은 것도 사실이다.

뱃길이 열린 이후 친족 방문 형식으로 일본에서 북에 가는 일은 가능했지만, 반대로 귀국자가 일본에 오는 것은 거의 불가능했다. 여러 사정이 있겠지만 딱히 공식적인 견해나 명쾌한 답변은 없었다. 다만 공화국과 일본 사이에 국교 수립이 안 된 것, 북의 특수한 상황이 귀국자의 일본 방문을 허가하지 않는 것으로 추측할 수밖에…

그러면서도 양국 간에 소소한 교류는 있어서 최근 10여 년 전부터는 일본에 오는 공화국의 각종 대표단 속에 귀국자도 간혹 끼어 있었다. 덕분에 정치, 경제, 예술, 스포츠 교류 등의 공화국 대표단 일원으로 철수의 동기생 3명이 일본을 다녀갔다. 그리고 네 번째가 바로 광수다.

"광수 집사람, 병으로 죽었다고 했지?"

"으응, 5년 전이던가."

철수는 귀국한 남동생을 만나러 20년 전부터 십여 차례 이북에 다녀왔다. 그때마다 평양에 사는 동기들과 만나는 일정이 무엇보다 큰 즐거움이었다. 최근에는 사업이 부진해 몇 년간 다녀오지 못했는데, 이를 염려한 평양의 친구가 보내온 편지에서 광수의 아내가 죽은 것을 알았다.

"광수가 온다는 날짜가 언제야?"

"이달 말쯤인가 봐. 날짜가 정확히 정해지면 연락이 다시 오겠지."

"무슨 대표단으로 오는 거지?"

"그게 말야, 혼자 온다는 것 같아. 나리타成田공항에 도착하면 처남 집에서 며칠 신세를 지다가 오사카大阪로 갈 거라더군. 오사카에 있는 누님 부부가 초대한 모양이야. 한 달쯤 머문다더라고."

"혼자서, 한 달씩이나…?"

철수는 순간 고개를 갸웃거렸다.

별안간의 일본 방문도 놀라운데 혼자서 한 달씩이나 체류한다니 믿기 어려웠다. 이런 경우엔 반드시 수행원이 있었고 그것도 길어야 2주일 정도다. 또 무슨 대표단이라 해도 고작 4~5명에 늘 거창한 '단체명'이 붙었다.

초청한 측이 학회 같은 곳이면 모를까, 외국 도서를 전문으로 출판하는 출판사의 국장인 광수가 홀로 여행을 올 수 있을 만큼 북의 사정이 좋아졌다고는 도무지 생각할 수 없다. 광수만 따로 초청할 만큼 거물급의 피붙이가 일본에 있다는 말도 듣지 못했다.

"스폰서가 누님 부부인 모양이군…."

"매형이 오사카에서 공작기계 도매상을 하나 봐…."

"돈이라도 썼나…?"

"자세히는 모르겠어…."

공식적인 시찰단의 일원도 아니면서 북에 있는 관련 부서에 뒷돈을 건네거나, 일본에 있는 총련계 민족단체의 유력 간부라는 특권을 이용해 귀국한 피붙이를 몰래 일본으로 불러들이는 이가 있다는 소문을 듣긴 했다. 설마 광수도 그랬을까 싶으면서도 이유를 알 수 없는 한숨이 양쪽 수화기에서 새어 나온다.

"그나저나, 무슨 일로 오는 건지…."

"뭘 하러 오든 무슨 상관이야. 우리야 뭐, 파리든 하와이든 해외여행도 다닐 수 있었지만, 광수는 어디 그럴 수 있었나? 인생 만년에 일본에 그저 놀러 온다고 한들 무슨 죄가 되는 것도 아닌데, 뭐 어때."

철수는 내내 못마땅했던 속내를 드러냈다. 이런 얘기가 나올 때마다 태준이가 청춘을 바쳐 일한 조직과 공화국을 향한 울분으로 말이 곱게 나가지 않았다. 그러면서도 광수가 무슨 일로 일본에 오는지 궁금한 건 매한가지였다.

"양국 간에 국교 수립이 안 되었으니…."

태준이가 말끝을 얼버무린다. 현역 시절 같았으면 거칠게 반박하거나 틀에 박힌 어법으로 설복시키려 했을 텐데, 퇴직 후 3년이나 지나니 요즘에는 무슨 말을 해도 집고양이처럼 온순하다.

"아무튼 환영회 준비는 할 거지? 회장한테는 알렸어?"

"물론이지. 준비 모임부터 하자고 하더군."

"응, 암튼 잘 준비해 봐."

"어이, 자네도 준비 멤버야. 광수랑 제일 친했던 게 자네 아냐? 그래서 회장 다음으로 연락한 건데, 딴청 피우지 말라고."

"알았어, 알았다구. 여하튼 2주 후쯤 광수가 온다 그거지…."

철수는 낭보에 설레면서도 한숨이 새어 나왔다.

'때가 좋지 않은데….'

이런 일에는 누가 말을 꺼내기도 전에 먼저 나섰는데 지금은 그럴 수 없는 사정이 있었다.

이미 구조적 불황에 빠진 부동산중개업계는 큰 타격을 면할 수 없는 상황인데, 자신의 사업도 위태로운 지경이라 현재로서는 살아남을 수 있을지 가늠하기 어려웠다.

'버블경제기'(Bubble Economy. 1980년대 중반부터 90년대 초반까지 이어진 일본의 경제 호황기_옮긴이 주)라는 호화로운 시절도 있었건만 그다지 버블의 재미도 보지 못한 채 당시에 과잉 투자를 한 후유증이 최근 10년간 끈질기게 이어졌다.

그 시절엔 '금융권 대출은 사내의 능력'이라는 분위기가 만연해서 돈에 대한 감각이 마비된 상태였다. 이윽고 거품은 꺼져버렸고 뭔가 심상치 않은 걸 깨달았을 땐 발끝이 깊은 늪에 빠진 후였다.

버블이 무너지고 10년, 그동안 자산을 야금야금 갉아먹으며 경기가 회복되기만 기다리고 있는데 계속해서 개미지옥으로 빠져들 뿐이다. 적어도 5년 전에는 대담하게 결단을 내렸어야 했다고 여러 번 후회하면서도 한 번 나락으로 떨어지니 아무리 발버둥 쳐봐도 늪 밖으로 빠져나오기가 쉽지 않았다.

8년 전부터는 총련계 금융기관인 가나가와神奈川 조선신용조합이 이미 담보 가치가 떨어진 채권에 추가 융자까지 내주며 위태로운 회사를 필사적으로 지원하고 있다. 머지않아 자신처럼 융자지원을 받은 동포 기업들이 잇달아 도산하면 조합의 경영에도 적지 않은 영향이 미칠 것이다. 시중은행도 줄줄이 파산하는 시절이라 지역을 막론하고 동포 신용조합의 내부 사정 또한 시한폭탄 같았다. 이미 간사이關西 조선신용조합과 도쿄東京 조선신용조합이 파산해 금융감독 당국의 관리에 들어가 있다.

가나가와 조합은 살얼음을 밟는 심정일 것이다. 상황이 이런데도 운용자금으로 쓸 3천만 엔을 추가로 융자해 달라고 간신히 요청해 놓은 상태다.

자금 신청이 무사히 통과될지 가슴 졸이며 조합의 답변을 기다리는 중인데, 광수가 일본에 온다는 시기와 겹치는 8월 초순에는 어떤 식으로든 결과가 나올 것 같았다.

'아무래도 시기가 좋지 않아⋯.'

철수는 무겁게 한숨을 내쉬며 또다시 중얼거렸다.

날마다 최고 기록을 갈아치우며 더위가 기승을 부린다. 환기를 시키려고 사무실 창문을 열자 맞은편 빌딩 유리창에 반사된 태양이 눈이 시리도록 이글거렸다.

2

불황이 이어지자 도산하는 기업, 실업자, 개인 파산한 이들이 해를 거듭할수록 늘어났고, 경매시장에는 채무불이행으로 저당 잡힌 부동산이 대량으로 쏟아져 나왔다.

채권을 회수하기 위해 법원에 소송을 제기하는 금융기관의 경매 신청은 어떤 사유도 개입할 수 없는, 그야말로 눈 뜨고 코를 베이는 살벌한 시스템이다. 시장가보다 30%는 낮은 가격에 거래할 수 있는 이 경매시장은 오히려 시스템을 잘 알면서도 숨어서 활동하는 일부 부동산업자나 브로커들의 독무대였다.

그런데 법원이 시장 활성화를 위해 경매시스템을 개혁하면서 투명성이 확보되자 주택이 필요한 일반 소비자도 어렵지 않게 경매에 참여할 수 있게 되었는데, 그 바람에 경쟁률도 급격히 높아졌다.

하지만 경매는 그리 간단한 부동산 거래가 아니다. 적정한 입찰 상한가를 정해야 하고, 경매 주택에 점유자가 있는 경우 집을 비우도록 협상도 필요하고, 협상이 안 되면 법적으로라도 제거할 노하우를 갖고 있지 않으면 낙찰받은 경매물에 생각지도 못한 화상을 입기도 했다. 법원이 저당물을 법적으로 매각하기는 하지만 그곳에 거주자가 없다면 모를까, 법원이 나서서 남아 있는 살림살이를 처분해 주거나 점유자를 내쫓아 주지는 않기 때문이다. 낙찰과 잔존물 철거, 집을 비우게 하는 퇴거명령 등은 별도의 법적 절차가 필요하다.

이 단계에서 집행기관의 신경을 건드리지 않으면서 얼마나 원만

하고 신속하게 진행하느냐는 경매물을 낙찰받은 이의 수완에 달렸다. 아무리 시장이 개방되었다지만 낙찰 후에도 인적, 법률적으로 복잡한 절차가 줄지어 있기 때문이다.

철수가 운영하는 '하마키浜嬉 부동산상회'는 3년 전부터 이러한 경매시장에 발을 들였다.

이전까지는 토지를 매입해 주택을 지어 되파는 일이 주요 사업이었다. 그런데 회사가 위치한 요코하마横浜 시내의 토지가 고갈되어 사업용 토지를 매수하는 것조차 쉽지 않았다. 하는 수 없이 약간 변두리에 기복이 심하고 비탈진 땅을 사서 개간한 부지에 주택을 지어 팔기도 했는데, 매번 거래가 순조롭지만은 않았다.

1990년대 직후까지 이어진 토지신화(土地神話. 패전 이후 고도 성장기를 거치면서 일본의 토지가격은 꾸준히 상승한다. 당시 '토지를 사두면 돈이 된다'라는 신화가 생겼다. 이 때문에 금융기관이 기업 등에 융자를 제공할 때 토지 담보를 우선시했는데, 과잉 융자가 불량채권을 대량으로 유발하는 원인이 되었다_옮긴이 주)는 일본경제를 지탱하는 중요한 요인이었다.

철수도 선수를 칠 요량으로 고가의 주택용지를 미리 매입해 두었는데, 어느 순간부터 가격이 하락하기 시작했다. 이전에 사둔 중고 단독주택도 이런 상황과 연동되어 점점 값이 내려갔다.

적자를 각오한 동종업자들이 울며 겨자 먹기로 헐값에 내놓은 물건들이 쏟아지자 부동산시장에는 주택이 남아돌았다. 업계에는 도태의 회오리바람이 휘몰아쳐 줄줄이 도산한 동종업자들이 하나둘씩 사무실 문을 닫았다.

철수의 회사도 해가 갈수록 타격이 깊어졌다. 최근 10년간은 간신히 버티며 손을 놓고 있던 부동산 중개에도 안간힘을 써봤지만, 한 번 정체상태에 빠진 업계는 파리만 날릴 뿐 사업이라 할 만한 모양새가 아니었다. 상황이 이 지경에 이르자 뭔가 새로운 돌파구를 찾아야 했다.

결국 3년 전부터 내키지 않아 했던 경매시장에 뛰어들었다. 친한 동료 업자에게 조언도 구하고, 그 방면엔 경력이 있는 대학 후배인 야나가와 창식柳川昌植이 길잡이 역할을 해 주었다.

돌다리를 두드리는 심정으로 경매 대상을 중고 아파트로만 좁혔다. 단독주택은 가격이 만만치 않아서 수요층이 한정적인데, 중고 아파트는 젊은 층에도 부담이 없는 가격이라 매매가 수월한 가격대를 신속히 정할 수 있어서다.

경매에 나온 주택을 거의 30%는 싼 가격에 운 좋게 낙찰받으면 리모델링을 한 후 적당한 금액을 얹어 다시 시장에 내놓았다. 수익 금액도 신중히 가감해야 나중에 매매할 때 손실과 이득을 제어할 수 있었다.

취득액과 리모델링 비용은 조선신용조합에서 받은 융자로 해결했다. 매각 기간은 최장 6개월로 잡았는데, 이래저래 비용을 제외하고 나면 사실 1~200만 엔 정도밖에 남지 않는 박리의 세계다.

그나마 작년에는 주택 15채의 매매계약도 성사되었다. 폭력조직의 간판을 출입문에 붙인 채 생떼를 쓰던 점유자를 제거하는데 여러 날이 걸려 35만 엔이나 적자를 본 한 채를 제외하고는 수익이 나쁘지 않았다. 결산을 내어보고는 왜 좀 더 일찍 경매에 손을 대지 않았을까 후회했을 정도다.

그런데도 누적된 조선신용조합의 융자금을 갚는데 아등바등해야 했고, 게다가 2~3년 안에 갚겠다며 친구 3명에게 융통한 돈도 있었다. 벌써 7년째가 되어 가는데 제일 먼저 빌려준 친구의 돈은 원금도 못 갚았다. '경기가 이 지경'이라는 변명으로 겨우 버티고는 있지만, 이자도 늦어지기 일쑤이니 원금상환 독촉이 언제 올까 싶어 늘 노심초사다.

친구에게 빌린 돈은 그렇다 쳐도 어떻게든 융자 한도를 늘리지 않으면 자금 확보가 불가능하다. 자금만 확보되어 1년 안에 스무 채만 계약시킨다면 융자금 변제는 물론이며 다소의 여유도 생길 것 같아 신용조합에 한도 증액을 간청해 놓은 상태다.

신용조합에 추가 융자를 요청하자 이미 납부한 조합출자금에다 150만 엔을 또 추가할 수 있는지 본점 심사부에서 연락이 왔다. 방대한 불량채권을 떠안은 채 경영 위기 소문이 도는 조합도 감독기관으로부터 자본율을 높이라는 거센 압박을 받고 있었다.

철수는 찬밥 더운밥을 가릴 처지가 아니었다. 추가 출자금 조건을 받아들이면 융자 한도를 늘릴 수도 있는 상황이라 두말없이 출자금 증액 서류에 사인했다. 지금으로선 신용조합 본점으로 보낸 서류에 회사의 기사회생 여부가 달렸다.

경매에 낙찰된 속보는 2주에 한 번씩 금요일 오후 1시쯤 사무실 팩스로 들어오는 구조이다. 좀처럼 살 임자가 나서지 않던 아파트 두 채도 한 달 정도면 계약될 것 같아 서둘러 10채나 입찰에 들어갔건만, 최근 두 달간 한 건도 낙찰받지 못했다.

그러는 사이 융자한도 증액 신청서가 요코하마지점에 겨우 접수되었다. 지점에 접수된 이상 본점 심사부에서도 통과될 가능성이 컸다. 빨리 다음 경매물을 낙찰받아 자금을 회전해야 했기에 철수는 마음이 조급했다.

 늦은 점심을 먹고 커피숍에 앉아 잠시 더위를 식히고 있는데 휴대전화가 울렸다.

 "여보세요."

 철수는 수화기를 손바닥으로 감싸 쥐며 조그만 소리로 전화를 받았다.

 "사장님, 낙찰됐습니다! "

 여직원인 하시즈메 테루코橋爪照子의 흥분된 목소리가 고막을 진동시킨다.

 "오옷! "

 간만의 낙찰 소식에 숨죽인 탄성을 지른 철수는 전화기를 귀에 댄 채 허둥지둥 커피숍 밖으로 나왔다.

 "드디어 낙찰됐군. 근데, 둘 다야? "

 "히노데초日の出町 경매물만요. 하나는 건졌어요, 사장님. 우리 입찰가가 10,588,800엔인데, 겨우 20,000엔 차이로 낙찰됐어요."

 "아이고, 정말이야? 몇 명이나 붙은 거야? "

 "여덟 명이요."

 "오오, 8배로군. 훌륭해."

 천만 엔 안팎의 경매물에 2순위와 50만 엔 이상 입찰가가 차이 나면 예상했던 수익은 바랄 수 없다. 2순위와는 최소 20만 엔으로 입찰가를 좁히려 고심했는데, 그것이 적중했다. 게다가 중고 아파트는 3개월 간격으로 가격이 변동된다. 다른 입찰자들을 따돌리고 '단독 낙찰'을 받았으니 경매물의 가치를 제대로 평가한 셈이다.

'우후후, 겨우 2만 엔 차이라 이거지. 한 방 터뜨렸군.'

철수는 속으로 쾌재를 불렀다. 적확한 매물 감정과 노련하게 입찰가를 정한 것이 맞아떨어져 속이 다 후련했다.

"근데, 나머지 한 건은?"

"그쪽은 우리와 2백만 엔이나 차이 나요."

"뭐라고? 2백만? 어떤 멍청한 놈이 그 가격에 입찰한 거야. 암튼 알았어. 야나가와한테도 연락 좀 해줘."

"벌써 했어요. 바로 사무실로 온대요."

"일 처리가 빨라서 좋군. 암튼, 하나는 낙찰됐단 말이지…. 좋아, 일단 조합에 보고부터 하고 회사로 갈게."

낙찰 소식을 알려 온 하시즈메 테루코는 전직 은행원인데 30대 무렵부터 회사에 들어와 20년 넘게 근무한 사무직원이다. 나긋나긋한 목소리만 듣고 동료 업자들이 일부러 그녀를 보러 사무실에 찾아오기도 했다. 시도 때도 없이 걸려 오는 친구들 전화에는 두 손 들었지만, 그녀의 됨됨이를 보면 못 참을 일도 아니었다. 허물없는 성격에다 오십 대에 접어들면서 점점 관록이 붙는 애교가 거친 사내들의 출입이 잦은 사무실 분위기를 부드럽게 만들었다. 눈치껏 나서지도 않으면서 업무처리도 깔끔하다. 회사가 한창 잘 나갈 때 4명이나 되었던 영업사원들을 다 정리할 때도 그녀만은 내보내지 않았다.

철수는 전화를 끊자마자 다시 커피숍으로 들어왔다. 얼음이 녹아 밋밋해진 커피를 홀짝이다 오늘 자 신문의 스포츠면을 장식한 메이저리그 기사에 시선이 갔다. 5타석 4안타를 기록하고 있는 '스즈키

이치로鈴木一朗'의 활약이 평소와 달리 기분 좋았다. 메이저리그에서 활약하는 25세의 이 젊은 선수에게 일본인들이 얼마나 힘을 얻고 열광하는지 모른다.

좀처럼 읽지 않는 연예계 지면을 들추니 한국 영화계 소식이 실려 있다. 일본에서도 히트 친 한국 영화를 대학 후배가 다니는 회사에서 배급했다고 어디서 들은 기억이 있다.

한국 여배우 가운데 '美'라는 글자가 들어간 이름을 보자 문득 그녀의 얼굴이 스쳐 간다.

전영미.

얼마 후면 고광수가 일본에 온다. 그가 온다는 소식을 영미에게 알려야 할까…. 그녀는 지금 한국 여행 중일 텐데, 아마 사흘 후 일본에 돌아온다고 했던 것 같다.

커피숍을 나온 철수는 연신 이마를 적시는 땀을 닦으며 가나가와神奈川 조선신용조합 요코하마橫浜 지점이 있는 후쿠토미초福富町 번화가로 들어섰다.

이 거리에 있는 한국음식점과 슈퍼마켓은 24시간 영업한다. 슈퍼마켓 옆 작은 담배 가게 앞 공중전화 부스에서 허벅지가 드러난 핫팬츠 차림의 아가씨가 큰소리의 한국말로 통화하고 있다.

요코하마지점은 후쿠토미초 환락가 한복판에 있다. 이곳은 가수 '아오에 미나青江三奈'가 1968년에 발표한 '이세자키초伊勢佐木町 블루스' 덕분에 유명해진 상점가 옆이라 늘 사람들로 북적인다. 20여 년 전 이 근처 작은 빌딩 1층에 사무실을 얻을 당시만 해도 동포가 운영하는 클럽이나 음식점은 손에 꼽을 정도였다. 그땐 업무가 끝나면 자주 직원들과 함께 숯불구이를 먹고 2차, 3차까지 술집을 돌았었다. 술김에 거리의 불량배들과 뒤엉켜 싸우기도 했고, 한때 불장난으로 만난 여자도 이 거리의 클럽에 있었다.

그런데 불과 10년 동안 이곳의 모습이 완전히 바뀌었다. 일본풍의 클럽과 스낵바는 몇 곳 없고, 즐비한 한글 간판들만 보면 한국의 거리로 착각할 정도다. 필리핀, 콜롬비아, 중국, 게다가 러시아 여성들도 이 거리의 주인으로 가세해 완전히 외국풍의 환락가로 변했다.

"코리안 파워가 굉장한걸. 헝그리 정신만 있으면 사람이 못 할 게 없다니까. 그에 비하면 우린 이제 한물갔어."

동료 업자들과 술자리가 끝난 후 야나가와柳川와 둘이서 완전히 달라진 거리를 보고 놀라며 한숨 지은 적이 있다. 그때 야나가와는 한국에서 돈벌이 온 사람이 이 거리에만 2천 명이 넘는다고 했었다.

조선신용조합 요코하마横浜지점에 들어서자 안쪽에 있던 융자계 이 계장이 미소를 지으며 창구 쪽으로 다가왔다.

"지점장은? 차장도 안 보이네."

철수는 지점 안을 둘러보며 이 계장에게 물었다.

오전 시간대의 지점은 언제나 한두 명의 고객이 고작이다. 전날의 매상액을 입금하는 사람이나 경리직으로 보이는 여성이 환전하러 오는 경우다. 지점에서 제일 높은 두 사람이 다 자리를 비우니 지점 안이 더욱 한산해 보였다. 치마저고리 유니폼을 입은 젊은 여직원이 냉커피를 내오는 사이에 계장이 말했다.

"두 분 다 회의가 있어서 본점에 가셨어요. 지점장님께 용무가 있으신가요?"

조선신용조합 직원들은 모두 조선학교를 졸업했기 때문에 고객이 묻는 언어에 맞춰 한국어든 일본어든 어려움 없이 대응한다.

"아니 뭐, 특별한 용건은 아닌데, 또 한 건이 낙찰되어서 일단 보고하러 왔지. 2순위와 겨우 2만, 2만엔 차이였다니까. 하하하. 그나저나, 융자금 증액 신청은 문제없는 거지?"

"그거 잘됐네요. 서류는 제가 꼼꼼히 작성했으니까 기한 날짜까지는 충분히 통과될 겁니다. 일단 본점 심사부에서 승인이 떨어져야겠지만요. 그나저나 이 기세를 몰아서 모조리 낙찰받아 돈 많이 버십시오, 사장님."

서른 네댓으로 보이는 깡마른 계장은 융자 한도 증액을 요청했을 때 담당자다. 좀처럼 진척이 되지 않자 도중에 차장까지 나섰는데, 덩치가 있는 차장은 시종일관 떨떠름한 얼굴이었다.

그때는 철수도 조바심이 났었다. 궁지에 몰린 속내는 감춘 채 일단 조합본부에 서류를 보내라며 반은 호통치듯 부탁했는데, 결국은 먼저 출자금을 증액하라는 답변이 왔다. 본부 임원 중에는 철수가 한때 신용조합 후원회의 부회장을 맡았을 때 얼굴을 익힌 이들도 있고 대학 후배도 있었다. 신청서류가 그들의 눈에 띄기만 하면 진척이 빠르리라 나름 계산한 것이다.

옥신각신하던 협의를 석 달이나 끌고 간 끝에 간신히 신청서류가 본부로 넘어가자 이 계장도 한시름 놓은 것 같다. 그런데도 철수는 좀처럼 자리에서 일어나지 못했다. 조금 전 들은 낙찰 소식도 알렸고 본점 심사도 별 탈 없으리란 생각이 들면서도 마음이 놓이지 않아 결국 안 해도 좋을 얘기를 꺼내놓기 시작했다.

"20년 전에 당시 지점장의 결단으로 한 푼도 들이지 않고 전액 융자금으로 내 집을 마련했어. 그때 지점장이 '신뢰가 곧 담보'라고 말했지. 그때부터야, 은행거래는 조선신용조합 한 곳만 하기로 마음 먹었어. 조선신용조합을 함께 키우며 나도 성장했다고 할까. 조합이 내 사업을 적극적으로 도와준 덕분에 30년 주택융자를 10년이나 빨리 갚을 수 있었거든."

조선신용조합을 키워 함께 성장했다는 말은 25년 동안 거래를 이어오며 느낀 진심이다. 그러니 쓸데없이 시간 끌지 말라는 말을 에둘러 표현한 것이다.

"그랬군요, 사장님. 고생 많으셨겠어요. 동포들과 밀착된 업무를 하자는 것이 우리 조합의 신조인데, 아시다시피 불경기라 저희도 어려움이 많지만 어떻게든 도움을 드리려고…."

어지간히 애를 먹였던 이 계장의 공치사가 평소와 달리 신선하게 들렸다. 그러면서도 신뢰가 곧 담보라는 말을 강조하며 오래전 일까지 끄집어내 자식뻘인 계장에게 사정하고 있는 게 어쩐지 초라했다.

'한심하군. 내가 어쩌다 이렇게까지 된 거지….'

돈은 사람을 보고 빌려주라 했는데 어쩌면 조합이 제 무덤을 파는 일이 벌어질 수도 있다. 동포들의 기업활동에 힘이 되고자 한다는 조합의 사명감과 그 말에 기댈 수밖에 없는 동포들의 심정이 잘 어우러져 모든 게 원만했던 시절은 지나갔고, 지금은 시중은행까지 파산하는 지경이라 조선신용조합도 여러 가지로 신경이 곤두서 있었다.

언젠가 종합건설사 해외사업부에 근무하는 아들이 한 말이 떠올랐다.

'아버지, 저를 미국에 유학 보내주신 것만으로도 충분해요. 이젠

아버지를 위한 인생을 사시면 좋겠어요.'

몇 년 전에는 기한이 다가온 어음을 결제할 방법이 없어서 아내 혜자가 30년간 한푼 두푼 모은 적금을 기어이 내놓게 했다. 억울한 표정으로 그때 아내가 한 말은 지금도 가슴을 후빈다.

'언제까지 조합에만 기댈 생각이에요? 자존심만 내세운다고 누가 밥 먹여준대요? 어떻게든 자립할 방법을 찾아야 할 것 아녜요.'

"슬슬 가 볼까. 여하튼 잘 좀 부탁하네."

철수는 무거워진 허리를 의자에서 일으켰다.

3

다음날 낮 12시경, 소테츠센相鉄線 세야瀬谷 역 앞 5분 거리에 있는 물건을 근처 부동산에서 거래하겠다고 연락이 왔다. 한 달쯤 걸리리라 예상했는데, 일주일도 안 되어 해결된 것이다.

호도가야保土ヶ谷에 있는 물건을 계약하러 갔다 돌아온 야나가와柳川는 연달아 '됐다! 됐어' 소리치며 한껏 들떠 있었다.

철수도 덩달아 호흡이 빨라졌다.

"자, 다음 물건을 검토해 볼까."

이번 주 금요일에 새로운 입찰이 예정되어 있다. 이미 낙찰받은 물건과는 별도로 두 채쯤 더 구매할 생각에 경매정보지를 챙겨 기세 좋게 소파에 앉았다.

"여깄어요, 아침에 법원에서 복사해 온 거에요."

하시즈메橋爪가 두툼한 서류 봉투를 들고 왔다.

경매물은 경매가 시작되기 전에 지방법원의 집행관과 부동산 감정사가 해당 물건의 저당권 순위와 현황을 자세히 조사해 일반에 공개한다.

경매정보지에 미리 별표를 해 놓은 물건의 설명서와 현황 서류를 하시즈메가 지방법원에 가서 복사해 온 것이다. 이것만 있으면 노리고 있는 경매물의 '민낯'을 앉은 자리에서 훤히 들여다볼 수 있다. 그다음엔 현장에 나가 물건의 특징을 숙지한 후 인근에서 이뤄지는 거래를 참고해 낙찰가와 경비, 판매가, 수익 등을 계산하면 되었다.

"그나저나 알다가도 모를 일이야."

철수는 어제 낙찰 소식부터 조금 전 매각 건까지 괜한 골머리를 앓았다는 생각에 중얼거렸다.

역에서 5분 거리라는 이점 때문에 쉽게 거래되리라 예상한 물건은 꼴찌가 되고, 호도가야保土ヶ谷에 있는 3DK(방 3개와 주방·식사 공간을 한 곳에 배치한 구조_옮긴이 주)는 부동산 다섯 곳이 달려들었음에도 좀처럼 임자가 나타나지 않았다. 더 이상 시간을 허비할 수 없어 가격을 내리기로 마음을 먹자마자 근처 돈코츠豚骨 라멘 사장이 종업원들의 숙소로 쓴다며 사겠다고 한 것이다.

"원래 그런 거예요. 경매란 것이."

야나가와는 자신의 맘고생을 좀 알아주라는 듯 연신 고갯방아를 찧었다.

이래저래 3년간 겪어보니 경매사업이 얼마나 위경련을 일으키는 일인지 알 것 같다. 야나가와의 도움 없이는 버티지 못했을 것이다.

사실 야나가와는 경매를 전문으로 하는 중견 부동산에서 5년간 경험을 쌓은 후 마흔을 앞둔 무렵에 독립해 자신의 부동산 회사를 차렸었다. 이후 몇 년간은 '버블 경기'라는 화려한 꽃이 미친 듯이 피어준 덕분에 자택을 주문 설계로 지었을 정도로 재미도 보았다. 그런데 호경기의 너울을 정신없이 즐기느라 경매사업에서 발을 빼야 할 시기를 놓치고 말았다. 결국 은행에 담보로 잡힌 그의 집이 경매에 넘어가게 되자 망연자실 집을 양도했다. 경매처분만은 피할 수 있는 노하우가 있었음에도 정작 자신에겐 발휘하지 못했다. 그의 '마이홈'은 고작 6년간이었다.

집을 잃고 처자식과 함께 노모의 집으로 들어가면서 처분한 재산으론 빚을 다 갚지도 못했다. 폐업 신고를 하기 얼마 전에 찾아와서는 하도 사정하기에 5백만 엔을 간신히 융통해줬는데, 결국 사업자 면허를 반납하고 동료 업자 밑에서 일하며 족쇄 같은 빚 독촉에 시달렸다.

그러다 철수도 자금압박에 시달린다는 걸 알게 된 야나가와는 자신이 도울 테니 경매사업도 해보면 어떻겠냐며 주뼛주뼛 말을 꺼냈다. 경매를 탐탁지 않게 여기는 걸 알면서도 돈을 갚으라 닦달하니 급한 마음에 던져 본 말이었다. 그렇게 철수의 사업자 업종에도 경매가 추가되었다. 철수에게 갚을 돈은 낙찰을 성공시킬 때마다 받을 보수에서 상계하기로 합의했다.

부동산업자들의 고약한 습관은 너구리굴만 보고 먼저 가죽값을 매기는 것이다. 야나가와는 일에 착수하기도 전에 보수부터 계산했다. 1년에 15채만 낙찰에 성공하면 2년 만에 빚을 다 갚을 수 있다고 호언장담했다. 호기로웠던 그의 예상과는 달리 3년 전에 빌려 간 5백만 엔은 아직도 2백만 엔이나 남아 있다.

'야나가와柳川'라는 일본식 성을 쓰는 그의 본명은 유창식柳昌植이다. 그가 한창 잘나가던 시절에 운영한 회사명이 '야나가와柳川 주택 판매'였는데, 그 후로 주변 지인들이 그를 '야나가와'라고 불렀다. 그래도 가까운 동포들은 그를 본명으로 불렀는데, 그마저도 차츰 일본식 이름으로 부르게 되었다.

그는 철수의 대학 10년 후배이기도 하다. 대학 졸업 후엔 총련계 민족단체의 청년조직에서도 일했는데, 철수가 그를 처음 만난 장소는 가나가와현神奈川縣 조선인상공회가 주최한 후원 파티다.

철수도 한때는 상공회 회원이었는데, 기업활동과는 별로 상관없는 모임이 많아 거의 얼굴을 내밀지 않았다. 그래도 송년회나 신년회는 사업상 언젠가는 만나야 할 이들과 안면을 트기 위해 참석했다.

후원 파티에서 같은 업계에 종사한다며 누군가 야나가와를 소개했는데, 그의 사업이 가장 잘 됐을 때다. 대학동문이란 것을 알고 그와는 급속도로 가까워졌다.

그를 만나고 얼마 되지 않았을 무렵, 열심히 활동했던 총련계 청년조직의 전임을 왜 그만두었냐고 물은 적이 있다. 철수도 젊은 시절에 같은 조직에서 활동했기에 대화 속에 서로 아는 이름이 자주 등장했기 때문이다.

야나가와의 설명은 이러했다.

어느 해인가 조직의 간부 후보로 선정되어 '6개월 학습'을 받기 위해 북에 파견되었다고 한다. 남북을 둘러싼 정세와 이론 무장이 주요 내용이던 이 학습에서 돌아오자마자 그는 곧바로 조직에서 나왔다고 했다.

"선배, 내가 배반자라며 조직에서 호된 딱지를 붙였어요. 그야 그럴 수도 있죠. 그쪽 입장에선 기대를 걸고 나를 공화국에 파견한 거니까. 실제로 우린 6개월 동안 공부도 하고, 아무나 쉽게 못 가는 곳도 견학했어요. 공화국 쪽에선 우리를 믿고 큰 배려를 한 것이겠지만, 그때 난 일본에 돌아가면 망설임 없이 조직을 그만두겠다고 혼자 다짐했어요. 북의 사회는 눈속임이에요. 개발도상국은 어디나 그렇겠지만 북의 경우는 특히 도시와 지방이 믿기 힘들 정도로 격차가 컸어요. 경제도, 인간관계도, 대우를 받는 사람과 그렇지 않은 사람의 차이가 너무 커서 과연 이것이 빈부의 차가 없는 평등사회를 표방하는 사회주의 국가가 맞는지 의문이 들었죠. 우리가 꿈꾸었던 이상과는 거리가 멀었다랄까, 나라 전체에 페인트를 덧칠해 눈속임하는 것 같았어요. 아니, 오해는 하지 마세요. 북에 있는 인민들이 그렇다는 말은 아니에요. 인민들은 다들 선량하고 순진무구했어요. 소박하고 우직하다 할 만큼 정직하고 착한 사람들이죠. 하지만 저는 더 이상 두 팔을 치켜들고 '공화국 만세'를 외칠 수 없었어요. 제 양심이 그걸 용납하지 않더군요."

분명하고 거침없는 고백이었다.

철수는 무거운 마음으로 야나가와의 속 얘길 들었는데, 너무 확신에 찬 그의 '결단'에 다소 의구심이 든 것도 사실이었다. 벌써 25년이나 지난 얘기다. 당시에는 그러했더라도 상황이 호전되면 북도 차츰 달라지지 않을까 생각했다.

한편으론 야나가와의 심정을 알 것도 같았다. 그 당시 야나가와가 느낀 혼란은 자신이 느낀 혼란이기도 했고, 무언가에 속박당한 듯 판단하기가 어려웠다. 자신도 십여 차례 북에 가보았지만, 그 땅의 진정한 모습을 볼 수 없는 것이 늘 답답했다.

야나가와는 아무나 쉽게 갈 수 없는 곳도 견학했다고 했는데, 자신처럼 단순히 가족을 만나기 위해 방문하는 경우 북측이 정한 코스 외에는 갈 수 없었다. 늘 그게 불만이었다.

한번은 북에 사는 동생의 이웃에게 말을 건넸다가 어쩐지 이쪽을 경계하는 것 같아 쓸쓸했던 적도 있다.

큰 기대를 하고 북에 간 것도 아니다. 아무리 '지상낙원'이라 자화자찬해도 요즘 세상에 그런 곳이 있을 리 없지 않은가. 풍족한 삶이 아니더라도 내일에 대한 희망을 품고 열심히 살아가는 평범한 인민들의 일상을 보고 싶었다. 현실은 수긍하기 어려웠지만, 그곳 또한 다양한 사람들이 모여 사는 사회다. 그곳도 한쪽 조국이라 생각했기에 그 땅에 사는 이들과 희로애락을 공유하고 싶었는데, 그런 심정이 제대로 전달되지 않는 건 왜일까.

게다가 평양 같은 대도시는 화려하고 정갈했고, 그곳에서 관람한 공연들은 그 사회를 찬양하는데 열을 올렸다. 어쩐지 아귀가 맞지 않는 현실, 일방적으로 추상화만 관람하게 하는 일정에 늘 소화불량을 일으켰다.

야나가와는 조직을 그만둔 후에도 이전의 인맥을 먼저 끊을 생각은 없었고, 그저 마음의 문을 닫아버린 이에게는 굳이 다가가지 않았다고 했다.

다행히 그와 가까웠던 동료들은 그를 버리지 않았다. 그들도 공화국과 조직의 실정을 모르지 않았을 것이다. 일단 결정을 내리면 좀처럼 고집을 꺾지 않는 야나가와였지만, 의외로 인정도 많고 늘 주변을 잘 챙기는 성품 덕에 그나마 대인관계를 잘 유지했다.

철수가 뜻밖이었던 건 야나가와가 역사에 매우 박식하다는 사실이다. 그가 한순간도 '민족과 조국'을 잊지 않고 살았음을 알 수 있었는데, 평소 그는 가방 안에 우리말로 쓰인 역사 서적을 넣고 다니며 틈틈이 꺼내 읽기도 했다.

언젠가는 마치 서울의 화재 현장을 직접 본 것처럼 흥분해서 이렇게 말하기도 했다. '어젯밤 서울 명동에서 큰 화재가 발생해 30명이나 사상자가 나왔어요. 정말 굉장했다니까요.'

그가 이런 정보를 얻는 건 분명 인터넷 검색을 통해서일 텐데, 요즘은 인터넷에서 여러 정보를 습득하며 자신의 앞날에 대해 고민하는 것 같았다.

인터넷에 올라오는 남과 북의 세세한 움직임을 실시간으로 찾아보는 야나가와가 오히려 조직에서 전임으로 일하는 동료보다 정세와 관련된 소식에 정통했다.

다각적인 사고방식이 아닌 균일화된 사고만 해온 옛 동료 중에는 야나가와에게 실시간 정보를 슬쩍 묻는 이도 있는 모양이었다. 직접 검색해 보고 판단하면 될 텐데, 그의 입에만 귀를 쫑긋 세우는 녀석도 있었다. 인터넷 정보라는 게 모두 정확하지는 않으니 때로는 야나가와도 혼란을 겪긴 했지만….

다음 경매를 위한 협의가 얼추 일단락되었을 즈음 갑자기 야나가와가 바닥에 시선을 둔 채 낮게 속삭였다.

"저기, 제가 어디서 들은 정보가 있는데요…."

가까이 있는 하시즈메가 신경 쓰이는지 그의 눈꼬리가 그녀 쪽을 향한다.

그녀의 자리와 소파 사이에 낮은 가리개가 놓여 있긴 하지만 귀를 기울이면 작은 소리도 다 들릴 만큼 좁은 공간이다.

"잠깐 시원한 거라도 마시러 나갈까."

철수가 일부러 목소리를 높이며 자리에서 벌떡 일어섰다.

나머지 경매물 한 곳도 이미 구매 증명서를 받아 놓은 상태이니 신용조합에서 추가 융자만 나오면 조금은 숨통이 트일 것 같았다. 마침 철수도 사무실을 벗어나 느긋하게 한숨 돌리고 머릿속도 정리하고 싶었다.

"하시즈메 씨, 우리 알로쟈에 갈 건데, 혹시 전 씨한테 전화가 오면 지금 어디 있는지 좀 물어봐 줘."

철수는 출입문을 나서다 말고 뒤돌아서 이렇게 말했다.

"전영미 씨 말하는 거죠?"

하시즈메는 전화가 잦은 사장의 친구들 이름을 거의 알고 있다. 20년 이상 함께 지내서인지 평범한 일본인과는 달리 한국과 공화국에 대한 관심도 많았다. 한가할 때는 재일조선인의 역사에 관한 질문도 자주 하고, 고작 3개월 만에 그만두긴 했어도 한때는 문화센터에서 개설한 한국어 강좌에도 다녔다. 머리가 굳어서 외국어를 배우기가 쉽지 않다는 것이 그녀가 그만둔 이유였다. 그러면서도 사무실에 걸려 오는 전화를 가장 먼저 받는 그녀는 첫 마디만 듣고도 상대를 알아차리고 '안녕하세요'라고 한국어로 인사를 건넬 정도다.

전영미는 아마 지금쯤은 한국 여행에서 돌아왔을 것이다. 오는 대로 연락하겠다고 분명히 말했다. 그녀는 자신이 태어나 어린 시절을 보낸 제주도에 다녀올 때마다 어김없이 만나자고 연락해 왔다.

회사 앞에 있는 커피숍 '알로쟈'는 거의 만석이었다.

두 사람이 들어갔을 때 마침 창가 쪽 2인석 자리에서 노부부처럼 보이는 남녀가 일어서는 참이었다. 그들과 맞바꾸듯 자리에 앉자마자 철수가 냉커피 두 잔을 주문했다.

야나가와는 먼저 나온 얼음물 잔을 덥석 집어 목울대를 울리며 단숨에 들이켰다. 그리고 주머니에서 꺼낸 100엔짜리 라이터로 담뱃불을 붙이고는 심각한 표정으로 연신 뿌연 연기를 내뿜었다.

"무슨 일 있어? 왜 이리 급해."

사무실을 나오기 전 그가 한 말도, 심각한 얼굴로 담배 연기를 내뿜는 모습도 신경이 쓰여 철수는 저절로 콧잔등이 찌푸려졌다.

잠시 후 물고 있던 담배를 재떨이에 비벼끈 야나가와가 숨을 크게 들이마신 후 입을 열었다.

"사장님."

"응."

"가나가와神奈川 조선신용조합이 파산할지도 모르겠어요."

'이 자식, 지금 무슨 소리를 하는 거야…?'

잠시 침묵이 흘렀다.

"누가 그런 소릴…. 자네가 그걸 어떻게 알아?"

철수는 굳은 표정으로 얼음물을 한 모금 삼켰다.

"어젯밤에 옛 동료들과 술자리가 있었어요. 거기에 '겨레' 발기인 멤버로 있는 친구도 있었는데, 좀 취해서 이렇게 말하더군요. 가나가와 신용조합이 문을 닫게 될 거라고…."

"……."

"제가 그 얘길 듣고 놀라서 '조선신용조합협회' 임원인 녀석에게 슬쩍 물으니 긍정도 부정도 안 하더라고요."

"그야 당연하지. 만약 사실이라 해도 그 친구가 솔직하게 말하겠어? 시중은행, 증권사, 생명보험사까지 줄줄이 파산하는 지경이잖아. 동포 기업들도 마찬가지야. 불경기가 언제 끝날지도 모르고, 게다가 비교적 규모가 컸던 도쿄東京 조선신용조합과 간사이關西 조선신용조합까지 무너졌으니 불안해서 그런 거 아냐?"

철수는 괜한 소문에 동요하지 말라며 야나가와를 나무랐다. 아니, 뜬소문이길 간절히 바라는 심정이라 해야 맞다.

야나가와가 옛 동료나 동기들과 자주 술자리를 갖는 건 전부터 알고 있었다. 서로 처지도 다르고 일하는 곳도 달라서인지 그런 자리에선 의외로 다양한 대화가 이뤄지는 것 같았다. 술자리가 있고 난 후에는 늘 우스꽝스레 후일담을 들려주었기에 철수는 또 다른 동포 사회를 엿볼 수 있었다.

'겨레' 발기인이란 파산한 도쿄 조선신용조합을 인수한 재건 조직인데, 발족 당시 가칭인 '겨레 신용조합'을 언제부터인가 '겨레'로만 줄여서 호칭했다.

파산으로 인해 동포들에게 엄청난 피해를 초래한 경영진의 책임을 묻겠다며 발족한 '겨레' 발기인의 중심 멤버들은, 사실 이전까지는 전면에 나서지 않았던 젊은 2세 상공인들이다. 파산 사태가 벌어진 후 경영 위기에 빠진 간토關東 지역의 조선신용조합들을 규합하려고 1년 반 동안 '겨레' 발기인들이 꾸준히 재건 준비를 해왔다. '조선신용조합협회'는 일본 전역에 있는 조합들의 중앙단체이다.

야나가와는 냉커피를 절반쯤 마신 후 얘기를 계속했다.

"선배, 그저 뜬소문이라고 가볍게 넘기지 않는 게 좋을지도 몰라요. '겨레' 발기인이라는 친구의 이름을 댈 수는 없지만, 대학 때부터 막역한데다 도쿄에서는 유력한 상공인 중에 하나에요. 그들은 도쿄 조합의 파산 원인과 책임을 철저히 추궁해서 어떻게든 동포들의 금융기관을 사수하겠다는 비장한 각오로 나선 녀석들이에요. 게다가 지금은 전국의 조합 속사정도 잘 알고, 가나가와 조선신용조합의 내부 사정도 쉽게 알 수 있는 위치이기도 하고…."

철수는 잔에 꽂혀있는 빨대를 잡은 채 남은 커피를 단숨에 빨아 들였다.

"그들이 가나가와 조합에 대해 뭘 알고 있지?"

"그건, 지금 말하기엔 좀…."

"나한테 말할 수 없다는 얘기야?"

야나가와는 난처한 표정을 지었다.

"선배, 그 친구들은 어차피 잃을 재산도 없는 제게 귀띔해도 별일 없으리라 싶어 말했겠지만, 아무리 취중이라도 워낙 중대한 사안이니 내게도 뭔가 암시를 주려는 것 같았어요."

어느새 야나가와는 '사장님'이 아니라 '선배'로 불렀다. 신념과 의리를 바탕으로 하는 말임을 강조할 때마다 그가 쓰는 호칭이다.

철수의 표정이 굳어졌다. 머릿속이 혼란스러워 갈피가 잡히지 않았다. 냉정해져야 할 판단력은 종잡을 수 없이 부유했다.

철수의 뇌리에 이 계장의 얼굴이 스쳐 갔다.

'동포들과 밀착된 업무를 하자는 게 우리 조합의 신조입니다. … 이 기세를 몰아 모조리 낙찰받아서 돈 많이 버십시오, 사장님.'

불과 3일 전에 이 계장이 한 말이다.

"선배, 요코하마지점에 뭔가 이상한 낌새 없던가요?"

"별로…. 본점에 서류가 넘어갔으니 곧 결론이 나올 거라고 담당 계장도…."

"지점의 말단이 뭘 알겠습니까?!"

야나가와가 답답했는지 목소리가 높아졌다.

"그러고 보니 엊그제 지점장과 차장이 모두 자리를 비웠더군."

철수는 강 건너 불구경하듯 애써 침착하게 말했다. 속으로는 빨라진 심장박동을 억누르느라 피가 역류하는 것 같았다.

추가 융자를 얻을 욕심에 지점 담당자의 비공식적인 말만 믿고 이미 두 달 전에 조합출자금을 150만 엔이나 늘려 놓은 것도 걸렸다. 솔직히 야나가와의 정보를 믿고 싶지 않았고, 당황한 것을 후배에게 들키는 것도 싫었다.

'침착하자. 방법을 찾아보자.'

마음을 다독여 보았지만 얽히기 시작한 머릿속은 점점 더 미로를 헤매기만 했다.

"전국에 38곳이나 되던 조선신용조합이 13곳이나 파산한데다 간신히 회생한 간사이關西 조합은 2차 파산까지 했다구요. 2년 전에 도쿄 쪽이 파산했을 때 채무초과액이 540억 엔이었는데, 1년도 안 되어 동포들의 영세점포가 줄줄이 문을 닫아 지금은 채무초과액이 두 배가 넘는다고 해요."

야나가와의 이야기가 구체성을 띠기 시작했다.

"아까 그 얘기, 자네에게 귀띔했다는 그 친구가 가나가와 조선신용조합에 대해 대체 뭐라고 한 거야?"

"그건…."

"이봐! 거기까지 말했으니 솔직히 털어놔!"

철수가 다그치자 야나가와가 잠시 망설이다 입을 열었다.

"올해 안으로 '겨레' 측이 감독기관에 정식으로 재건 조합승인을 신청할 예정이래요. 가나가와 조합 간부도 겨레 측에 몰래 타진을 한 모양이에요."

"타진? 무슨?"

"가나가와 조합도 '겨레'에 참여할 수 있냐고…."

"그 말은 이미 파산을 피할 수 없다는 얘기?"

"그런 것 같습니다."

"공식발표는 언제쯤이라 하던가?"

"……"

"언제냐구?!"

"이번 주 금요일쯤…."

"그렇게 빨리? 그만큼 확실하다는 얘기야?"

"네에, 아마도…."

철수는 숨이 멎는 것 같았다.

4

"어머나, 김태준 씨, 안녕하세요? 잠시만요. 사장님, 김태준 씨 전화예요."

"잠깐만 그 친구랑 얘기 좀 해줘. 금방 끝나니까."

철수는 노트북 화면에 시선을 고정한 채 하시즈메橋爪에게 말했다. 지방법원 경매계에 제출할 서류가 완성되자 마우스로 인쇄 버튼을 눌렀다. 프린터가 치직치직 소리 내며 작동하는 것을 확인한 후 전화를 돌려달라고 손짓했다.

"아, 미안, 미안하네."

"뭘 하고 있었어? 또 소설 나부랭이라도 끄적인 게야?"

기다린 것이 언짢았는지 태준이는 첫마디부터 곱지 않다.

"소설 나부랭이라니. 이건 나만의 치매 방지법이야."

"치매 방지도 좋지만, 이런 불경기에 팔자 좋게 그러고 있을 때야?"

법원에 제출할 서류를 만들던 중이었노라 설명하기도 귀찮아진 철수는 미간을 찌푸린다.

서류작성부터 곳곳에 보내야 하는 메일들, 그리고 태준이가 말한 '소설 나부랭이'를 쓰느라 요사이 노트북 앞에 앉아 있는 시간이 많아진 건 사실이다. 그렇게라도 시간을 보내지 않으면 불황의 스트레스를 견디기 어려웠다.

"하긴, 뭐든 하면서 머리를 식힐 수 있으면 그것도 나쁘진 않지."

"자네가 할 소린 아니지. 빨리 건강을 회복해서 가게 일이라도 도와야지, 언제까지 집사람 덕만 보고 살 셈이야?"

"그건 나도 안다구. 그나저나 전에 보여준 소설 같은 걸 쓰는 중이라면 내 인정해 주지. 꽤 쓸만했거든."

공치사인 줄 알면서도 철수는 기분이 나쁘지 않았다.

4년 전, 곧 환갑을 앞두었던 어느 날이었다.

집안 창고를 정리하다 잡동사니들 틈에서 먼지에 뒤덮인 트렁크를 발견하고 무심코 미소가 번졌다. 결혼한 후로 5차례쯤 이사하는 동안에 젊은 시절의 편지나 중요한 서류 등을 넣어두고는 잊고 있던 트렁크다. 마치 타임캡슐이라도 발견한 것 같았는데, 정작 그것을 열어 내용물을 확인할 마음이 생긴 건 나이 때문이었다.

아무렇게나 던져둔 트렁크 안에는 소학교 통신표와 표창장, 고교를 졸업한 후 인근 지역의 동포 청년들과 만든 동인지, 그리고 이사 때 쓴 아파트 임대계약서까지 들어 있었다. 제일 많은 건 엽서와 편지다. 대부분 누렇게 색이 바랬고, 글자를 알아볼 수 없는 것도 있었다. 편지들을 시간순으로 정리해 보니 중고교 시절부터 졸업 후 5년 이내에 받은 것이 가장 많았다.

편지들이 고스란히 남아 있는 게 다행이기도 했고, 흥분과 함께 한편으론 가슴이 저며오기도 했다.

환갑이라는 인생의 변곡점에 이르니 앞날이 걱정이었다. 한 번도 앓아누운 적 없을 만큼 타고난 체력도 언제 어디가 고장이 날지 몰랐다.

불쑥 지금까지 살아 온 흔적을 남겨둬야겠다는 욕망이 꿈틀거려 태준이가 공치사한 소설 '우리들의 깃발'도 쓴 것이다. 고교를 졸업한 후 북으로 귀국한 동기생들이 주요 인물인데, 나름 혼신을 쏟은

'처녀작'이다.

어쩌다 아들이나 딸에게 '청춘'이란 말을 하면 요즘 누가 그런 말을 쓰냐며 구닥다리 취급하기 일쑤였다. 그것이 어쩐지 못마땅했다. 아직도 철수에겐 소중하고 신선한 울림을 주는, 듣기만 해도 심장이 두근거릴 만큼 살아 움직이는 단어였기 때문이다.

무언의 반발처럼 나의 '청춘' 시절을 기록해 구닥다리가 아님을 보여주리라며 무작정 글을 쓰기 시작했다. 그 시절이야말로 진정 '청춘'이었고, 그 시간을 가득 채운 수많은 추억이 있기에 현재의 자신이 존재한다고 확신했다.

희미한 기억을 확인도 할 겸 태준이와도 몇 번 '취재'를 핑계로 만나 퍼즐을 맞추듯 기억의 씨실과 날실을 엮으며 원고를 써나갔다. 그렇게 1년 반 만에 원고지 1,200장 분량의 소설을 탈고했을 때의 성취감은 말로 표현하기 어려웠다. 넘치는 에너지를 주체하지 못했던 그 시절을 글로 남긴 것만으로도 가치는 충분했다.

"은퇴했으니 시간도 남아돌 텐데, 자네도 뭘 좀 써 보지 그래. 조직에서 40년이나 일했잖아. 그 경험은 자네 혼자만의 재산이 아니야. 자이니치在日로 살아 온 김태준의 인생을 기록해 보라니까. 아무것도 안 하고 그렇게 시간만 보내다간 머리가 녹슬고 말걸. 아무짝에도 쓸모없는 골동품이 되고 싶은 거야?"

"흐흐흐."

씁쓸해하는 것인지 정곡을 찔려 아린 것인지, 의미를 알 수 없는 태준이의 웃음소리가 수화기 너머로 들려온다.

"이보게, 그 음침한 웃음도 좀 고쳐 봐. 그러니 여자들이 싫어하지."

"쳇, 그런 데에 쏟을 기운도 없어, 이젠. 흐흐흐."

태준이는 또 그렇게 웃었다.

철수는 며칠 전에 발행된 월간 문예지 '슈헨周辺' 9월호에 두 번째로 쓴 작품이 신인상 1차 심사를 통과한 소식이 실렸다는 걸 말하려다 그만두었다. 마음 같아선 오랜 친구에게 축하도 받고 싶었지만, 최종 심사까지 갈 자신도 없었고, 병석을 털고 나온 지 얼마 안 된 태준에겐 달갑지 않을지도 몰랐다. 딱히 신인상을 노린 것은 아니지만 주제 파악이나 하라는 비아냥만 들을 것 같았다.

두 번째 소설까지 탈고하니 글을 쓰는 행위에 강한 중독성이 느껴졌다. 누군가 나의 글을 읽어주면 좋겠고, 또 감상도 듣고 싶은 욕심에 감히 신인상에 투고해 볼 용기까지 생긴 것이다. 반년 전 조마조마한 마음으로 투고했는데 1차 심사를 통과한 걸 보고는 내심 기대에 부풀어 있긴 했다.

"그건 그렇고, 무슨 일로 전화한 거야?"

"어허허, 내 정신 좀 봐. 자네 여직원이 우리말로 얘기하면 왜 그리 낯간지러운지, 그만 용건을 깜박했네."

"싱겁긴…."

"광수가 온다는 날짜가 오늘이다, 내일이다, 자꾸 바뀌는 바람에 광수 처남이 이만저만 애를 먹는 게 아니야. 무조건 콜렉트 콜로 국제전화를 걸어 오니 그럴 만도 하지. 그 바람에 환영회 날짜를 언제로 공지해야 좋을지 나도 난감해서 참."

"저쪽 사정에 따라 멋대로 예정이 바뀌니 그렇겠지. 거기선 흔한 일이잖아. 광수 혼자 오니까 절차가 더 복잡한 거 아닐까?"

"아무튼 겨우 날짜가 정해졌어."

"오호, 언제야?"

"이번 주 토요일에 온대."

"토요일이라…."

가나가와神奈川신용조합의 파산 발표가 금요일쯤이라고 한 야나가와柳川의 말이 머릿속을 스쳤다. 광수가 어렵게 일본에 오는 것도 그렇지만 조합의 파산이 공식화되면 도산이 불 보듯 뻔한 회사 때문에 철수는 가슴이 답답했다.

"광수 일정은 어떻게 돼?"

"우선 처남 집에서 며칠 지내다가 누님이 계신 오사카로 가서 업무를 보는 모양이야."

"환영회는 어디서 하려고?"

"우리 가게에서 해도 되지만 아무래도 교통편이 안 좋아서 말이야. 회장과 총무들과도 의논했는데, 박 동무가 하는 우구이스다니鶯谷의 '금강원'에서 하기로 했어. 거긴 역에서도 멀지 않고 다들 잘 아니까."

"좋아, 나도 찬성이야. 날짜는?"

"정작 광수가 참석할 수 있는 날짜를 모르니 정할 수가 있어야지. 날짜와 시간만 비워두고 일단 안내장 초안만 만들었어. 그래서 부탁인데, 그 친구는 내가 연락하는 게 어색할 거야. 자네가 제일 친했으니까 일본에 도착한 후 연락은 자네가 해주면 어때? 총무를 맡은 친구들도 다들 그게 좋겠다고 해서."

"응, 알았네. 당연히 내가 해야지. 일본에 도착하면 일단 내 사무실로 전화하라고 광수 처남한테 일러둬."

"그럴게. 그리고 회비가 40만 엔 정도 있으니 광수에게 선물은 할수 있겠어. 만약 모자라면 모인 자리에서 후원금을 따로 받아도 좋고. 근데 말이야…."

태준이는 말끝을 흐리며 뭔가 망설이는 눈치다.

"실은, 좋지 않은 뉴스가 있어…."

"뭔데?"

"자네한테만 미리 말하는 것이니, 다른 친구들에겐 내색하지 말게나."

"그러니까 뭐냐고. 어서 털어놓기나 해."

태준이는 호흡을 가다듬었다.

"광수 집사람 말인데, 병사했다고 들었잖은가?"

"그랬지, 벌써 5년도 넘었잖아?"

"응, 그런데 사실은 병으로 세상을 뜬 게 아니더라고."

"무슨 말이야?"

평양에 있는 친구가 보내온 편지에는 광수의 처가 병으로 세상을 떠났다고 적혀 있었다. 그 소식을 듣고 광수에게 위로의 편지를 보낸 기억이 있다.

"광수의 처남한테 들었는데, 사실은 누이가 병이 아니라 살해됐다는 거야. 그것도 의문사로 말이야."

"……!"

철수는 수화기를 귀에 바짝 붙이며 마른침을 삼켰다.

"광수 처가 죽기 직전에 오사카에 사는 누님 부부가 친족 방문차 평양에 갔다더군. 일본으로 돌아오려면 늘 그렇듯 원산에서 배를 타야 하는데, 사정이 생겨 원산행 버스를 놓치고 말았대. 마침 광수가 일하는 출판사 동료가 원산으로 출장 갈 일이 생겨서 겨우 부탁해 누님 부부를 원산까지만 태워달라고 했는데, 배웅도 할 겸 광수 처도 함께 그 차에 탔던 모양이야. 광수는 다음날 중요한 일이 있어서 평양에서 작별 인사를 했고, 누님 부부는 무사히 배를 탔다는군. 거기까진 괜찮아, 그런데 원산으로 출장 간 회사 동료가 일이 늦어지는 바람에 광수 처를 태우고 올 수 없었나 봐. 하는 수 없이 광수 처는 수금 업무차 원산에 와 있던 어느 무역회사 차를 얻어 타고 평양으로 돌아오려 한 것 같아. 그런 줄도 모르고 출판사 동료와 아내가 밤늦도록 돌아오지 않으니 광수가 걱정됐겠지."

태준이는 어제 있던 일을 얘기하듯 담담하면서도 어쩐지 화가 섞인 목소리다.

"그래서 어찌 됐는데?"

"자정이 지나도록 집사람이 오지 않아 걱정됐던 광수가 둘째 처남이랑 회사 차를 타고 무작정 원산으로 갔대."

"응."

"평양─원산 간 고속도로 거의 중간쯤인 산간 지역에서 도로에 정차된 의문의 차량을 발견했을 땐 벌써 동이 트기 시작할 무렵이었다고 해."

"응."

"차를 세우고 가까이 다가가 안을 들여다보니 네 명의 남녀가 앉은 채로 숨이 멎어 있었대. 게다가 광수의 처도 그 차에 있었고…"

"아……."

"그런데 그곳은 검문소에서 200m도 안 되는 곳이었어."

"도 경계를 통과할 때 나오는 검문소 말이야? 검문소에 있는 이들이 아무도 알아차리지 못했단 소리야? "

"도로가 굽어진 곳이라 전혀 몰랐다는 것 같아. 사람이 넷이나 죽은 사건이라 국가보위부까지 나서 대대적인 수사망이 꾸려졌대. 무역회사 간부도 얼굴이 파랗게 질려서 현장으로 달려왔다는군. 왜냐면 수만 달러의 결제금을 수금하러 원산까지 간 직원들이었으니까."

"돈은 찾았대? "

"그게… 개인 소지품은 일절 손대지 않고 달러만 없어졌다고 하더군."

"……"

"사고를 당한 이들은 외상 흔적이 전혀 없었대. 마치 모두 잠들어 있는 것 같았다나."

"일반인의 범행이 아닌데. 거액의 달러가 있다는 걸 미리 알았고, 외상도 남기지 않고 죽일 수 있는 범인이라면…."

철수는 상상만으로도 소름이 돋았다.

"무슨 가스 같은 게 아니면…."

"설마…."

"그럼, 뭐겠어? "

"그야 알 수 없지."

"상당한 시일이 걸려 조사했다는데, 결국은 배기가스에 의한 이산화탄소 중독사로 사건을 종결하고 이후로는 함구령이 내려졌대. 지금까지 범인도 잡지 못한 채 미궁에 빠져 있다는군."

"엄청난 얘기네…."

"으응."

태준이는 갑자기 피로가 몰리는지 말을 끝내자마자 후— 하고 한숨을 내쉬었다.

"배기가스에 의한 이산화탄소 중독이라…. 아, 그리고 보니 나 동무가 죽었을 때도 가스중독이라 하지 않았나?"

"맞아… 그랬었지."

북의 겨울은 혹독하고 매섭다. 지금은 스팀이 설치된 곳이 많지만, 지방으로 가면 대부분 연탄이나 석탄으로 실내를 데우는 온돌이다. 그 때문에 불완전연소로 인한 이산화탄소 중독사고가 빈번하게 발생했다.

동기생인 나 동무 부부도 가스중독 사고로 사망했다고 전해졌다. 북으로 귀국한 친구들 가운데 처음으로 전해진 부고였다. 그런데 몇 년 후 뜻밖의 사실을 알게 되었다. 나 동무 부부는 가스 사고가 아닌, 강도 범죄에 연루되어 참혹하게 살해당했다는 것이다.

사건이 벌어진 초기에 누가 어떻게 정보를 전달했는지 모르지만, 나중에 일본에 있는 가족들을 통해 자세한 내막이 동기생들에게도 알려졌다. 어떤 이유로 그들의 죽음이 왜곡된 채 전해졌을까.

북에서 일어난 사건들은 진위를 파악하기 어려웠다. 아무개는 지나친 개인주의로 직장 간부의 눈 밖에 나 지방으로 좌천되었다느니, 또 아무개는 돌연 자취를 감추었다가 몇 년 후 별안간 다시 나타났다느니 소문도 다양했다.

한편으론 기쁘고 확실한 소식이 날아들기도 했다.

평양에 만들어진 동창회 지부 덕분에 동기생들의 처지를 구체적으로 파악하게 된 일이다.

동창회 평양지부가 생긴 데는 태준이의 공이 컸다. 그가 동포 단체의 전임으로 있으면서 업무차 북에 출장을 갈 때마다 50명쯤 되는 동기생들의 현주소를 몇 년에 걸쳐 알아냈다. 철수가 동창회 5대 회장을 맡은 후 1년에 한 번은 북에 있는 남동생을 만나러 갔는데, 그때 태준이가 만든 주소록을 바탕으로 평양에 동창회 지부를 만들었다.

평양에서 처음으로 열린 동창회에는 귀국한 동기생 20여 명이 참석했다. 대학교수가 된 친구, 기업의 중견 간부인 친구, 고교 시절 연극반이었던 친구는 어엿한 여배우가 되었고, TV에 나와 축구 경기 해설원으로 활약하는 친구도 있다. 오랜만에 만나 취기가 무르익자 일본 창가나 유행가를 목청껏 불러대는 녀석도 있었다.

제각각 사는 곳과 형편은 달랐지만 출세한 녀석도 그렇지 않은 친구도, 이국땅이 아닌 조국 땅에서 후회 없이 사는 것 같아 솔직히 부럽기도 했다. 로마에 가면 로마법을 따르는 게 당연하다. 각자가 품었던 희망은 저마다 놓인 현실에서 단련되어 그들의 신념이 되어 있었다.

"여하튼 우린 광수를 대대적으로 환영해 주자구."

"그래, 그렇게 해야지."

철수는 긴 통화가 끝난 후 어쩐지 헛헛한 심정으로 수화기를 내려놓았다.

'광수가 일본에 오는 걸 영미에게 알려주는 게 맞을까?'

며칠 후면 오게 될 광수 소식을 영미에게 말해야 할지 판단이 서지 않아 철수는 다시 생각에 잠겼다.

5

가나가와현神奈川縣 내 13곳의 조선신용조합 지점에 융자를 신청한 조합원들의 서류는 각 지점의 융자담당자가 의견서를 첨부한 '품의서'로 작성되어 매주 수요일에 본점 심사부로 제출한다. 본점 심사부는 이튿날 이 서류들을 집중적으로 심사하고, 담당 임원의 승인을 얻어 금요일 오전까지 각 지점에 통과 여부를 통지한다.

이 절차는 요코하마横浜지점 융자담당자인 이 계장이 말해 주었다.

8월 4일 금요일.

철수는 야나가와柳川에게 들은 '가나가와 조선신용조합'의 파산 발표와 융자 한도 추가 신청의 통과 여부가 같은 날이라는 게 어쩐지 불안했다.

오늘 오후에 있을 입찰은 채산이 맞는 물건을 찾지 못해 나중을 기약하기로 이틀 전에 정했는데, 철수는 지금 경매에 신경을 쓸 처지가 아니었다. 조합의 앞날이 위태로우니 일단 추가 융자가 결정되어야 했다. 운 좋게 경매물을 낙찰받더라도 일이 마무리되기 전에 사다리가 치워지는 상황이 되면 손을 쓸 방법이 없기 때문이다. 만약 그렇게 되면 경매가의 20%인 보증금도 그대로 날아갈 판이었다.

일단 오늘은 2주 후 예정된 입찰에서 기대해 볼 만한 물건이 세 곳 있어서 현장을 확인하고 오라며 아침에 야나가와를 보내놓았다.

야나가와가 말해 준 조합 파산 발표일이 확실하게 금요일이 맞는다면 공식발표는 몇 시쯤 나올까?

아마 영업시간 중에는 절대 못 할 것이고, 영업이 끝나는 오후 3시 이후가 될 가능성이 클 것이다.

요코하마橫浜지점 이 계장은 오전 중에 본점에서 추가 융자 승인 여부를 알려올 것이라 했다. 그렇다면 10시나 11시, 적어도 12시 전에는 지점에서 분명 연락이 올 것이다. 승인됐다는 통보가 오면 당분간 조합이 파산하는 일은 없다고 봐도 되었다.

철수는 오전 내내 사무실 전화벨 소리에 온 신경을 곤두세웠다. 그런데 오늘따라 잘못 걸려 온 전화나 하시즈메橋爪의 친구가 걸어온 전화만 있을 뿐 지점에서의 연락은커녕 거래처 전화조차 없다.

혹시나 하는 마음으로 NHK 정오 뉴스를 보기 위해 구석에 있던 낡은 TV의 스위치를 켰다.

정부가 경제구조개혁을 단행한다는 소식과 대기업이 운영하는 대형쇼핑몰이 도산했다는 뉴스가 중심이고, 마지막엔 도쿄에 있는 '한국신용조합' 전 이사장이 배임죄로 체포됐다는 소식이 보도됐다.

한국신용조합은 민단계 동포들의 금융조합인데, 전국의 신용조합 중에서도 다섯 손가락 안에 꼽히는 예금고를 자랑했다. 그런데 난맥상이 드러난 경영진의 방만으로 작년 10월에 파산하고 말았다.

많은 자이니치在日들이 지난 50년간 '조선신용조합'이나 '한국신용조합' 가운데 어느 한 곳의 조합원이 되어 기업활동을 해왔는데, 지금은 양쪽 모두 잇달아 파산하면서 동포사회에 불신과 금융 불안이 심각했다.

가나가와 조선신용조합과 관련된 뉴스가 없는 것을 확인하고 철수는 조금 이른 점심을 먹으러 나갔다. 1시간쯤 후 사무실로 돌아오자마자 지점에서 연락이 없었는지부터 물었는데 다행히 없었다.

오후 2시 정각.

철수는 시간을 확인할 때마다 초조했다.

'역시나 파산인가?'

사실 도쿄東京와 간사이關西 지역의 조합도 파산했으니 비슷한 체질을 가진 가나가와神奈川 조합이 파산한다고 해서 이상한 일도 아니었다. 금융 불안이 확산하면서 서둘러 예금을 해약하는 조합원도 있었지만, 반대로 지금이야말로 함께 조합을 지켜야 한다며 지점 직원들을 격려하는 이들도 있었다. 조선신용조합만 거래해 온 철수도 후자였는데, 그저 불행한 사태가 일어나지 않기만 바랄 뿐이었다.

도쿄에서 사업을 하는 친구는 2년 전부터 운용자금을 빌릴 곳이 없다며 힘들어했다. 솔직히 그때는 피부에 와닿지 않았다.

'가나가와 조합이 파산하면 어떻게 될까?'

조합원들의 개인예금은 예금보호법으로 전액 보호받지만, 회사와 자신의 명의로 된 정기예금은 모두 담보로 잡혀 있으니 보호 대상도 아니다.

만약 파산이 확실시되면 그 즉시 추가 융자는 모두 물거품이 되고 만다. 그것이 어떤 결과를 가져올지 생각만 해도 오한이 들었지만, 지금으로선 딱히 할 수 있는 일도 없다. 진흙으로 빚은 작은 배에 몸을 싣고 망망대해 파도를 넘어 어떻게든 육지에 무사히 닿기만을 바라야 했다.

'조선신용조합을 키워서 함께 성공하자.'

목숨과도 같은 사업의 모든 자금지원을 조합에만 의지한 자신이 어리석었는지도 몰랐다.

'조합과 함께 성장해 조국에 이바지하는 삶을 영위하고 싶었던 꿈은 여기서 생명력을 잃고 끝나는 걸까….'

오후 2시 30분.

"하시즈메 씨, 이거 3시 전에 입금 좀 해주겠어?"

철수는 금고에서 통장과 봉투를 꺼내 시간까지 짚어주며 건넸다. 지금 사무실에서 출발하면 폐점 시간 전에 지점에 도착할 것이다.

그녀가 이쪽을 힐끔 쳐다보았는데, 폐점 직전에 어음 대금을 입금한 적도 있었기에 별말 없이 통장과 봉투를 받아들고 나갔다.

회사의 보통예금 계좌에 입금할 120만 엔은 다음 주 월요일에 이번 달 상환금으로 빠져나갈 돈이다. 연체되는 일 없이 상환해야 새로운 융자도 가능했다.

30분쯤 지나자 지점에서 용무를 마치고 사무용품까지 사서 돌아온 하시즈메에게 슬그머니 물었다.

"혹시 지점에 별일 없던가?"

"무슨 일요?"

"아니, 평소와 달리… 뭔가 분위기가 다르다거나…."

"아뇨, 딱히…. 무슨 일이라도 있었나요?"

하시즈메가 고개를 갸웃거리며 철수의 표정을 살폈다.

가나가와 조합이 파산해서 돈을 맡긴 사람들이 앞다퉈 지점으로 몰려들지 모른다는 얘길 할 수도 없었다.

"거참, 이상하네. 얼마 전 신청한 융자 건에 대해서 아직 답이 없어서 말이야…"

철수는 대충 얼버무려 대답했다.

'역시, 그저 소문인지도 몰라.'

파산 발표의 기우보다도 추가로 신청한 3천만 엔의 융자 여부가 더 걱정이었다. 철수는 수화기를 들고 전화기 버튼을 눌렀다.

수신음이 몇 번 들리더니 곧바로 요코하마橫浜지점 융자계 이 계장이 전화를 받는다.

"아, 어찌 되었나? 품의서 승인은 아직인가?"

"죄송합니다, 사장님. 너무 늦어져서 조금 전 본점에 문의하니 융자신청이 많아서 아직 우리 지점의 서류는 손도 못 대고 있다고 해요. 이대로라면 시간이 더 걸릴 것 같습니다. 결재가 나오는 대로 곧바로 연락드릴 테니 조금만 더 기다려 주십시오."

이 계장은 파산의 피읖조차도 감지할 수 없는 명랑한 목소리였다.

"다 된 서류 검토에 뭐 그리 시간이 걸려. 도장만 꽝꽝 찍으면 될 것을. 허허허. 그런데 융자신청이 그렇게나 많은가?"

싱거운 농담을 몇 마디 주고받은 후 수화기를 내려놓았지만 어쩐지 꺼림칙했다. 결재가 떨어지는 대로 연락을 주겠다고 담당 계장이 약속한 이상 더는 재촉도 할 수 없게 됐다.

"사장님, 영미 씨한테 전화는 하신 거죠?"

전기포트에 찻물을 끓이던 하시즈메가 문득 생각난 듯 자판을 두드리기 시작한 철수에게 물었다.

"으응, 어젯밤에. 한국에서 돌아와 두 번이나 전화했는데 이제야 연락했냐며 한 소리 하더군."

"저는 분명히 전달했어요."

"알아, 내가 깜빡한 것뿐이야."

사실 그 생각이 줄곧 머릿속에 맴돌았지만, 광수가 일본에 오는 사실을 말해야 좋을지 결정하지 못해 일부러 연락을 피한 것이다.

"그나저나, 저는 사장님하고 영미 씨 사이가 참 신기해요."

찻잔을 탁자에 올려놓으며 하시즈메가 살짝 웃었다.

"뭐가 신기하다는 거야?"

철수는 자판을 두드리던 손으로 찻잔을 집어 든 후 소파에 몸을 묻으며 물었다.

"가정이 있는 남녀가 그토록 오랫동안 친구로 지내는 게 부럽다는 소리예요. 고교 시절 친구가, 그것도 환갑을 넘긴 남녀가 둘도 없는 친구로 지내는 건 흔치 않아요."

"하긴, 우린 특별한 인연이지. 내일 일본에 오는 광수라는 친구도 말이야, 영미와 아주 가까운 사이였어."

광수에 대해서는 하시즈메, 야나가와 두 사람에게도 말했다. 야나가와는 시간이 허락되면 선배의 친구와 차분하게 얘길 나누고 싶다고까지 했다.

"영미와 광수는 말이지…."

철수는 두 사람의 관계에 대해 말하려다 입을 다물었다.

"2, 3일 내로 그녀와 만나기로 했어. 한턱낸다더군. 게다가 랜드마크 105층 꼭대기에 있는 프랑스 레스토랑에서 말이야."

"어머, 멋지다~ 나한테도 그런 남자친구가 있으면 얼마나 좋을까. 호호호."

하시즈메는 진심으로 부러워하는 것 같았다.

"강수 씨라고 했나요? 일본에 몇 년 만에 오는 거죠?"

철수는 탁자에 있던 메모지에 광수의 이름을 한글로 크게 써서 하시즈메에게 보였다.

"발음이 틀렸어. 강수가 아니라, 광수야."

멋쩍어하는 하시즈메에게 살짝 웃어 보이고는 천천히 손가락을 꼽아 보았다.

"41년 만인가…?"

"어머나, 앞으로 10년이면 반세기네요. 그동안 달라진 일본을 어떻게 느낄까 궁금한데요?"

"깜짝 놀랄걸."

"그렇겠죠? 그런데 '고난의 행군'이라 했던가요? 북조선의 식량 사정이 지금은 어때요?"

"아직 힘들다고 하더군. 그나마 작년엔 풍년이어서 조금 안정됐다는 것 같아. 여전히 힘들겠지만 말이야."

5년이나 계속된 가뭄과 홍수 탓으로 북의 식량 사정이 심각하다며 요코하마의 총련 지부가 원조금을 모금했을 때 하시즈메도 철수를 따라 만 엔을 기부했다.

"저, 사장님. 그런데 어째서 북조선은…."

그녀가 뭔가를 물으려던 찰나에 출입문이 벌컥 열리더니 벌겋게 얼굴이 달아오른 야나가와가 들어왔다.

"아휴~ 푹푹 찐다, 쪄."

"어, 수고 많았어."

하시즈메가 재빨리 일어나 냉장고에서 시원한 보리차가 든 물병을 꺼내 컵에 따르자 그것을 덥석 집어 단숨에 들이켜느라 야나가와의 울대뼈가 위아래로 오르내린다.

"이야~ 끝내준다. 한잔 더."

갈증이 가시지 않은 듯 야나가와가 컵을 또 내민다.

"사장님, 이소고磯子 쪽 물건은 역에서도 가깝고 상태도 좋아요. 나머지 두 곳은 그저 그렇고. 무엇보다 교통편이 너무 안 좋아서…."

야나가와는 아침부터 꼼꼼히 살피고 온 현장을 빠르게 보고했다. 방금 수건으로 얼굴을 닦았는데도 그의 이마와 목덜미에 이내 땀이 솟아났다.

"알았으니 일단 앉게. 땀이나 좀 식히고 천천히 들음세."

야나가와가 소파에 앉으며 셔츠 단추를 풀고는 양쪽 깃을 붙잡고 펄럭펄럭 바람을 일으킨다.

"제가 지금 막 요코하마지점을 지나왔는데요."

철수는 재빨리 검지를 세워 입술에 갖다 대면서 그만하라는 시늉을 했다.

"하시즈메 씨, 이제 퇴근해요."

철수는 일부러 손목시계를 들여다보는 동작까지 하며 큰 소리로 말했다. 오후 5시가 막 지나있었다.

"예상이 빗나가서 다행이지 뭡니까. '겨레'에 있는 녀석이 저한테 괜한 얘길 한 건 아니겠지만, 이참에 가나가와 조합만이라도 버텨주면 좋겠어요. 그렇지 않으면 우리 동포들의 금융기관은 전멸입니다."

하시즈메에게 업무를 핑계로 살펴보고 오게 한 지점의 분위기, 일부러 전화를 걸어 들은 이 계장의 말투, 게다가 뉴스에서도 별다른 보도가 없었다고 말하자 야나가와도 표정이 풀어졌다.

"그런데, 아직 추가 융자에 관한 답이 없는 게 아무래도 찜찜해서 말이야."

"그렇긴 하네요. 본점에서 지금까지 결재가 안 나오는 건 좀 이상해요."

"자네 생각도 그렇지?"

"여태 이런 경우가 없었고, 금융기관 시스템으로 봐도 이건 좀 이해하기 힘든데."

"그렇지?"

철수는 애써 눌러둔 불안한 마음이 다시 고개를 쳐드는 것 같았다.

"선배, 지금 상황에 이런 얘길 하는 게 좀 그렇긴 하지만, 저한테 계속 안 좋은 정보가 들어와요."

"무슨?"

철수는 저도 모르게 몸이 앞으로 나갔다.

"파산한 도쿄 신용조합말인데요, 지난 1년 반 동안 예금보험공사와 금융자산관리사가 철저히 조사했답니다. 정보에 의하면 잇달아 차명이나 가명계좌가 나왔고, 그 금액이 230억 엔이 넘는다고 해요. 모두 회수가 불가능한 불량채권이에요."

"차명이나 가명은 자금흐름을 추적해보면 알겠지."

"예에, 거의 다 밝혀졌대요. 다만 정기 심사를 기피했던 계좌가 있대요."

"파산한 은행이나 신용조합이 자주 쓰는 수법이잖아."

"그건 그런데, 더는 숨길 수도 없게 됐나 봐요."

"음…."

"그 계좌에 있던 돈이 아무래도 조직의 상부 기관으로 흘러간 것 같아요."

"조합에서 그걸 인정했대? 액수가 얼마야?"

"인정했나 봐요. 170억 엔. 조합 측은 그 돈을 공적으로 지원받지 못하는 전국의 조선학교 운영비와 고령의 동포들을 위한 복지 등에 충당했다고 한 것 같아요."

"… 170억 엔이라…. 설사 그렇다고 해도…."

"게다가 앞으로 공화국에서 송이버섯 등을 수입해 30년에 걸쳐 반드시 상환할 것이니 불량채권은 아니라고 주장했다고…."

철수는 탁자 위에 있던 계산기를 집어 버튼을 눌렀다.

"연간 5억 6천만 엔씩, 30년간 갚겠다는 소린데, 그걸 누가 믿어 주겠어. 바다 건너 북에서 수입해야 하는 물품인데, 30년 동안 세상 이 어떻게 바뀔지 모르는 일이지."

"선배, 문제는 이 사태가 여기서 끝나지 않는다는 거예요."

"도쿄東京 쪽이 그 정도 액수라면 간사이關西 지역은 훨씬 더 많을 거란 얘기지?"

"맞아요. 이미 다른 지역에서도 조합이 파산했는데, 가나가와 조 합마저 파산하면 총련계 민족단체의 상부 조직과 관련된 채권은 엄 청나게 불어날 겁니다."

"그러고 보니 어느 금융기관이 일본 전역에 있는 조선신용조합의 공적자금 보전액을 1조 엔이라고 발표한 적이 있어."

"조직 상부로 흘러간 돈이 총 8백억 엔 가까이 되지 않겠냐는 또 다른 정보도 있어요."

"8백억 엔이라……."

"전국적으로 조선신용조합의 예금잔고가 약 9천억 엔인데, 상부 기관에서만 10% 가까이 회수불능 채권이 된 셈이에요. 그것이 전 국적인 조합 파산의 직접적 원인이라고들……. 지금은 그저 소문이 지만 말이죠."

"……."

"선배가 신청한 융자금 3천만 엔은 새 발의 피라니까요."

이렇게 말하고 야나가와는 쓴웃음을 지었다. 철수도 피식 웃음이 났다.

조합원이 알지 못하는 곳에서 방대한 금액의 회수불능 채권이 발 생해 동포들의 재산을 갉아먹고 있는지도 모를 일이었다….

6

8월 5일 토요일.

외근을 나갔던 하시즈메橋爪가 곧장 퇴근해도 되겠냐며 휴대전화로 연락해 왔다.

그사이 동료 업자의 사무실에 들른 철수는 그제야 자리에서 일어났다. 토요일 오후는 되도록 동료 업자들의 사무실에 들러 정보를 교환했다. 전화보다는 직접 만나는 편이 편하고 생각지 못한 일거리가 생기기도 했기 때문이다.

밖으로 나온 철수는 차에 시동을 걸고 가와사키川崎 역 앞에서 산업도로를 향해 액셀을 밟았다. 눈앞에 비를 잔뜩 머금은 먹구름이 시커멓게 몰려오고 있었다. 일기예보대로 한바탕 쏟아질 기세다. 그렇지 않아도 열흘이 넘게 불볕더위가 이어졌으니 고마운 비다.

아사다浅田부터는 수도권 고속도로인데, 생각보다 정체가 심해 차들이 시속 20km 정도로 서행했다.

검은 구름에 둘러싸인 하늘에서 마치 두툼한 막이 내려온 듯 주위는 밤같이 어둡다. 도로 위 자동차들이 일제히 라이트를 켰다. 갑자기 곳곳에서 번쩍번쩍 번개가 내리치더니 이윽고 대기를 찢을 듯한 날카로운 굉음과 함께 커다란 빗방울이 후두두 차창을 때리기 시작한다.

와이퍼를 최대로 작동시켰는데도 거센 빗줄기 때문에 시야가 좋지 않다. 빗줄기가 퍼붓는 바깥과는 달리 차 안은 FM 라디오에서 흐르는 클래식 피아노 선율 덕분에 전혀 다른 공간 같았다. 한여름인데도 왠지 모를 쓸쓸함이 감돈다. 철수는 문득 40여 년 전이 떠올랐다.

광수는 고교 동기인데도 세 살이 많았고, 영미는 두 살 위였다. 그녀는 고교 1기 선배다.

당시 도쿄 조선고등학교에서는 이처럼 나이와 학년이 뒤죽박죽인 게 전혀 이상하지 않았다. 지방에도 재일조선인 학생들이 다니는 고등학교가 여러 곳에 있었지만, 도쿄의 경우 지방에서 오는 학생도 수용할 수 있는 기숙사가 마련되어 있어서 '유명한' 학교였다.

고교는 여섯 개 반으로 나뉘었는데, 그중 한 반은 일본학교만 다니다 입학한 학생들을 위한 특별반으로 편성되었다. 1년간 집중적으로 우리말을 배우고 2학년부터는 각 반으로 분산 배치되는 구조다.

철수와 친한 애들 대부분이 중학교부터 조선학교에 같이 다닌 친구들이었는데, 광수는 특별반에 소속된 기숙사생이라서 얼굴만 알았을 뿐 고교졸업 때까지 같은 반이 된 적은 없었다.

그러던 고교 3학년 2학기 때다.

졸업 후의 진로가 암담했던 가운데 어차피 한 번뿐인 인생이니 일본에서 차별당하고 살기보다 고생스러워도 조국(북)에 가서 일도 배우고 공부도 하고 싶다는 녀석들이 나오기 시작했다.

외세의 침략을 물리치고 여러 사회주의 나라의 원조에 힘입어 말발굽 소리 드높은 '천리마'의 기세로 국가건설에 매진하는 조국과 함께하고 싶다고까지 했었다.

3년에 걸친 연합군과의 전쟁이 겨우 멈춘 조국은, 일본으로선 국교가 없으니 엄연한 가상 적국이기에 공식적으로 그 땅에 건너간

전례도 없던 시절이다.

　학교 측은 졸업을 앞둔 고3 학생들의 염원을 배려해 귀국을 희망하는 학생들로 100명의 귀국반을 편성하고 졸업 때까지 특별수업을 하기로 했다. 총련 조직의 교육부는 학생들을 위해 모든 가능성을 모색했지만, 어차피 정식으로 도항할 가능성은 희박했다. 결국 동기생들은 졸업 때까지 별다른 방법을 찾지 못한 채 교정을 떠나야 했다.

　일본과 국교가 없는 북쪽 조국에 가려면 일본적십자사의 중개를 받아 홍콩이나 상해를 거쳐 중국까지 가는 화물선을 타는 것 말고는 방법이 없었다. 일단 중국에 상륙하면 육로로 수백 킬로를 이동해 북쪽 조국 땅으로 들어가야 했다.

　확실하지도 않은 이러한 사정조차 발 빠르게 알아차린 한국 무역대표부의 방해와 복잡하게 얽힌 정치적 상황 탓에 일단 승선을 허락한 선주가 갑자기 취소하는 일도 생겨 귀국은 좀처럼 쉽지 않았다. 더 이상 기다리지 못하고 중국으로 밀항을 시도하는 이들까지 나왔는데, 간혹 성공한 이가 있다는 소문도 들려왔다.

　조국에 가기를 원했던 100여 명은 결국 반으로 줄어들더니 어느 사이엔가 소식이 끊기고 뿔뿔이 흩어졌다. 그런데 마지막까지 희망을 놓지 않은 10여 명은 일본의 관계기관과 끈질기게 협상을 이어나갔다. 동기들 사이에서는 이들을 '초지일관 그룹'이라 했는데, 모두 철수의 둘도 없는 친구들이었다.

　그들과 함께하고 싶은 마음이 굴뚝같았지만 결국 철수는 결단을 내리지 못했다. 딱히 좋은 기억도 없지만 태어나 자란 일본에 미련이 없다면 그건 거짓이었다. 그렇다고 피붙이 하나 없는 생면부지의 땅에 혈혈단신 떠날 용기도 없었다.

그렇다, 그건 용기였다. 자신의 가능성을 시험하려면 엄청난 각오가 필요했다.

"나한텐 그럴 용기가 없어. 나 같은 놈은 너희들과 친구가 될 수 없겠지."

철수는 하나둘 조국으로 떠나려는 친구들 앞에서 서럽게 울었다.

"귀국하는 친구도, 일본에 남는 친구도, 모두 친구다. 어디에 살든 조선 사람으로 당당하게 살아가자. 그렇게만 산다면 우린 영원한 친구야."

서럽게 우는 철수를 끌어안으며 친구들도 함께 울었다.

그렇게 모두 각자의 삶을 선택했다.

조국행을 선택한 친구들과 달리 일본에 남은 철수는 고교를 졸업한 해에 개교한 조선대학교에 진학했다. 광수와는 이 대학 문학부에서 친해졌는데, 문학부 노문학과 동기 15명 중 하나였다. 광수는 도쿄 아라카와구荒川區 미카와시마三河島에 있는 친척 집에서 하숙했는데, 나이가 세 살 많다는 것도 그때 알았다.

초지일관 그룹은 고교를 졸업한 후 2년을 기다린 끝에 염원을 이루었지만, 광수는 그들보다 2년을 더 기다린 후에야 북으로 귀국했다. 1960년대가 막 시작됐을 때다.

광수가 귀국을 준비하는 4년 동안 철수와 광수, 영미는 셋이서 자주 어울렸다.

10인조 초지일관 그룹은 대부분 아라카와荒川 아니면 우에노上野 변두리에 살았다. 다들 미래가 불확실한 나날이었지만 가슴에 품은 목표도 있었고 젊었기에 에너지도 넘쳤다.

초지일관 그룹은 총련계 단체의 협조로 외국항로만 운항하는 선박회사를 샅샅이 뒤져 배를 탈 방법을 찾느라 분주했다. 그 와중에 집안일을 돕기도 하고, 도쿄에 거처가 없는 녀석은 친구 집에서 신세 지며 생활비도 열심히 벌었다.

낮에는 배편을 알아보러 다니고, 저녁이 되면 우에노上野 도서관이나 오카치마치御徒町 변두리에 있는 명곡名曲 찻집을 아지트로 삼기도 했고, 때로는 친구 집에 모여 놀기도 했다.

고교를 졸업한다는 건 학생 신분으로 지켜야 할 여러 규제에서 해방되는 일이기도 했다. 그 해방감은 맹랑한 도전과 어설픈 객기까지도 성인이라는 자격으로 허용받는 느낌이었다.

친구들은 모이기만 하면 아직 가보지 못한 조국과 장래에 대해 꿈꾸듯 말했고, 시내를 돌아다니며 싸움질도 하고, 독한 술과 담배도 배웠다. 또 틈만 나면 이성에 대해 어설픈 논리를 늘어놓기도 했다.

그렇게 친구들과 어울릴 수 있는 지금이 무엇보다 소중했던 철수는 대학 수업을 빠지는 것조차 대수롭지 않았다. 친구들을 만나지 않으면 우에노上野 도서관에 틀어박혀 외국 소설을 파고들었다. 그렇게 일주일째 학교에 가지 않은 어느 날 광수가 도서관으로 찾아왔다.

아마도 자신이 초지일관 그룹과 어울려 다니느라 학교에 나오지 않는 거라고 누군가 말한 모양이었다. 광수는 만나자마자 대학교 수업도 나름 재미있으니 어지간하면 학교에 나오라고 충고했다.

설립 당시 조선대학교는 도쿄조선중고등학교 부지 내에 개교했다. 교정 한구석에 볼품없이 길쭉하게 지은 대학 건물은 철수가 학교에 가고 싶지 않은 이유 중 하나였다.

광수가 일부러 찾아와 충고까지 하기에 마지못해 대학에 가보니 생각보다 강의 내용이 재미있었다. 한 번쯤 이름을 들어본 일본인 작가와 평론가의 강의는 내용이 알찼고, 러시아어와 러시아 문학은 흥미로웠다. 그렇게 차츰 재미를 붙이며 대학 생활과 초지일관 10인조와 어울리는 일상이 반복되었다.

광수는 같은 동네에 살아서인지 더 가까워졌다. 자주 함께 도서관에도 갔고, 밤에는 자연스레 10인조 그룹과 어울렸다.

친구들보다 세 살이나 많고 키도 훤칠한 광수는 먼저 나서서 대화를 주도하지는 않았는데, 일단 시동이 걸리면 두툼한 입술로 쏟아내는 얘기가 무게감도 있고 사람을 당기는 묘한 매력이 있었다. 다른 녀석들도 그런 광수에게 관심을 보이기까지는 그리 오래 걸리지 않았다.

"러시아 철학가 니콜라이 체르니셰프스키가 이런 말을 했지…"

광수는 처음 듣는 19세기 지식인을 들먹이며 여성론에 대해 말하기도 했다. 톨스토이나 안톤 체호프 정도면 몰라도 금시초문인 사상가들의 이름을 늘어놓으며 혁명적 문학론, 인생론, 여성론에 이르기까지, 그야말로 달변가였다. 특히 여성론을 말할 때는 뭔가 특별했는데, 풋내기 같았던 다른 애들에 비해 어른스러워 보이기도 했다.

철수가 평생 잊지 못할 씁쓸한 사건이 일어난 때도 이 무렵이다.

늘 그랬듯 10인조 몇 명과 광수까지 모두 7명이 모인 날이었다. 미카와시마三河島에 있는 숯불구이 식당에서 막걸리와 호르몬야키

(ホルモン焼き. 주로 돼지나 소의 내장을 숯불에 구워 먹는 음식으로, 일본인들이 버리는 가축의 부속물을 가난했던 재일조선인들이 얻어다 조리해서 먹었다_옮긴이 주)로 배를 채우고 적당히 취기가 오른 채 아사쿠사浅草에 있는 오토리사마お酉樣 신사를 향해 걸어갔다.

구름처럼 몰려든 선남선녀들의 물결에 떠밀리듯 걷다 보니 에도시대부터 있었던 유곽촌인 요시와라吉原 거리 한복판까지 와 있었다.

요시와라吉原. 난생처음으로 와 본 환락가였다.

홍등가에서 들려오는 요염한 웃음소리에 다들 주뼛거렸지만, 휘둥그레 뜬 눈동자만은 평소와 다른 광채를 띤 채 정신없이 움직였다. 이 거리를 중심으로 바깥 도로와 안쪽 도로를 몽유병자 같은 표정의 7명이 말없이 배회했다.

갑자기 어느 사거리 앞에서 광수가 모두를 불러 세웠다.

"야, 니들 돈 가진 거, 전부 다 꺼내 봐."

광수가 먼저 100엔 지폐 두 장을 점퍼 주머니에서 꺼냈다. 목소리는 태연했어도 주머니를 빠져나오는 광수의 손목이 가늘게 떨리는 것이 보였다.

무언가에 홀린 듯 철수도 200엔을 꺼냈고, 다른 녀석들도 주섬주섬 주머니를 뒤지기 시작했다. 7명의 돈을 합쳐보니 1,000엔 정도였다.

"뭐야, 겨우 이것밖에 안 돼?"

광수가 돈을 움켜쥔 채 투덜대더니 중대한 결정이라도 내리듯 이렇게 말했다.

"좋아, 다들 잘 들어. 오늘 진짜 사내가 되는 거다. 남자는 자고로 큰일을 하려면 무엇보다 여자를 빨리 알아야 해. 여기 모은 돈으로 두 명에게 기회를 주기로 하자."

"야, 그만둬. 그런 건 하고 싶지 않아."

광수의 말이 끝나기가 무섭게 한 녀석이 경멸하듯 소리쳤다.

"싫으면 넌 빠지든가."

광수가 쏘아붙였지만 그러도록 놔두진 않겠다는 말투다.

"전부 7명인데, 어떻게 2명을 정해? "

한 녀석이 모기 같은 소리로 물었다.

잠시 고민하던 광수는,

"좋아, 가위바위보로 정하자."

몇 녀석은 어이없는 표정을 짓다가 광수가 노려보자 마지못해 엉거주춤 포즈를 잡는다. 이윽고 2명을 정하기 위한 게임이 시작되었다.

"가위, 바위, 보! "

다들 입은 굳게 닫은 채 손만 내밀었는데 광수만 구호를 외친다. 7명의 한 손이 자석에 이끌리듯 구호에 맞춰 앞으로 나갔다.

"가위, 바위, 보! "

좀처럼 승부가 나지 않는다. 몇 번의 시도 끝에 두 녀석이 탈락했다.

"가위, 바위, 보! "

어느새 광수를 쫓아 구호를 외치며 흥분한 녀석도 있다.

지나가던 사람들이 힐끔힐끔 쳐다보며 웃었지만 남은 5명은 아랑곳하지 않고 있는 힘을 다해 가위바위보를 외쳤다.

"가위, 바위, 보! "

"가위, 바위, 보! "

"아아……! "

철수는 힘껏 내민 오른손을 보고 허탈한 비명을 질렀다. 자신과 또 한 명의 승자는 다름아닌 광수였다.

"좋아, 이걸로 결정!   다들 억울해 말고 여기서 기다려. 철수야, 우린 들어가자."

탈락한 걸 안도하는 것인지, 억울하다는 것인지, 야릇한 표정의 패자들을 뒤로한 채 철수는 광수에게 이끌려 홍등이 아롱거리는 유곽 안으로 들어갔다.

그때가 열아홉, 광수는 스물둘이었다.

광수는 이미 그런 곳을 경험한 줄 알았는데, 나중에 물어보니 '사실 나도 그날이 처음이었어.'라며 멋쩍게 웃었다.

"그 자식도 참…"

철수는 사무실 출입문에 키를 꽂아 넣으며 40여 년 전 그날이 떠올라 피식 웃음이 났다.

거리는 한바탕 쏟아진 빗물에 씻겨 맨얼굴을 드러냈고 제법 시원한 바람까지 불었다. 빌딩 숲 옥상 사이로 보이는 하늘은 어느새 붉은 노을이 차지하고 있었다.

철수는 텅 빈 사무실에서 태준이가 '소설 나부랭이'라 빈정대던 원고를 다듬으려 했는데 이내 피로가 몰려와 노트북을 덮었다. 벽시계를 보니 어느새 7시가 지났다.

그때다. 고요한 사무실에 전화벨이 울렸다.

"여, 여보세요."

일본말이 아닌 우리말로 조심스레 이쪽을 살피는 목소리다. 누구일까 생각해봤지만 얼른 떠오르지 않았다.

"여보세요."

"예."

철수도 우리말로 대답했다.

"거기가 김철수 선생댁입니까?"

부동산 사장인 자신을 선생이라 부르는 지인은 아무도 없다. 그런데 평양에 가면 반드시 '선생'이란 호칭을 붙여 부른다. 그제야 이 목소리의 주인공이 누군지 알 것 같았다.

비음이 살짝 섞였고 말끝을 약간 올린 평양 사투리.

철수는 문득 웃음이 났다.

"아아, 내가 김철숩니다만, 댁은 뉘 신지? 그리고 여긴 집이 아니고 내 사무실이외다…."

"……자네, 철수지? 철수 맞지?"

수화기 너머의 언성이 갑자기 커진다.

"아, 글쎄. 그러는 댁은 누구요?"

철수는 시치미를 떼고 이 친구가 어떤 반응을 보일지 기다렸다.

"나야. 광수, 고광수라고!"

"아― 고광수 군. 41년 만에 태어난 고향인 일본 땅에 돌아온 걸 진심으로 환영하네. 여기 머무는 동안 원하는 건 뭐든 다 해줄 김철수 선생이 바로 나네. 하하하!"

"이야― 철수, 김철수! 반갑구나. 잘 있었지?"

"광수야, 잘 왔다. 네가 일본에 올 줄은 꿈에도 생각 못 했어. 언제 도착한 거야?"

"오늘 낮 12시경에 나리타成田 공항에 내렸어. 촌놈이 다 되어서 뭐가 뭔지 정신을 못 차리겠어. '우라시마 타로浦島太郎'가 바닷속 용궁에 갔다가 이승에 돌아와 보니 어느새 백발의 노인이 된 것처럼 나도 그런 기분이야. 허허허."

"한두 살 먹은 어린애도 아니고, 일본말도 능숙한데 무서울 게 뭐가 있다고 엄살이야, 엄살은."

두 사람의 대화는 일본어와 우리말이 뒤섞인 채 오갔다.

"안내원 동무가 없으니 어디가 어딘지 도대체 알 수가 있어야지. 처남이 마중 나오지 않았더라면 미아가 돼서 도쿄까지 찾아가지도 못했을걸."

광수는 정확히 41년 만에 돌아왔다. 그동안 몰라보게 달라진 일본이 어리둥절한 것은 당연했다. 공항에서 도쿄 시내까지 고속도로를 달리며 본 풍경에 눈이 휘둥그레졌을 것이다.

북에서는 어디든 안내원이 붙어 다녔다. 안내원 없이는 가야 할 곳도, 만나고 싶은 사람도 자유롭게 만날 수 없다.

"이 친구, 촌놈이 다 됐군. 허허. 그런데, 자네 정말 혼자 온 거야? 지금 어디야?"

"응, 혼자 왔네. 지금은 아카바네赤羽에 있는 처남 집이야. 어젯밤은 북경에서 잤고, 오늘 아침 일찍 거기서 비행기를 탔어."

"거참, 힘들었겠네. 내일부터 일정이 어떻게 돼? 도쿄에는 언제까지 있을 예정이야?"

"다음 주 화요일에는 오사카에 가야 해. 내일은 일요일이라 모처럼 처남한테 도쿄 시내를 좀 구경시켜 달라고 하려고. 우리가 다닌 도쿄 조선고등학교에도 가보고 싶고, 미카와시마三河島에도 가보고 싶어."

"당연하지. 꼭 그렇게 하게. 그럼 나랑은 언제쯤 만날 수 있어?"

"월요일 오전 중에는 처남과 함께 총련 중앙에 인사차 갈 생각이야. 일본에 머무는 동안 여러 가지로 신세를 지게 돼서 말이야. 그러니 자네랑 만나는 건 월요일 저녁 무렵이 될 것 같은데, 괜찮나?"

'월요일은 곤란한데….'

그날 오후엔 선약도 있었고, 경매를 기다리는 건물주와 중요한 상담도 잡혀 있었다.

"화요일에 오사카에 갔다가 도쿄에는 언제 와?"

"특별한 일이 없는 한 계속 오사카에 있을 거야."

"그건 안 되지. 동기들이 자네 환영회를 준비 중이거든."

"아, 고맙네. 근데 자넨 월요일 저녁이 어려운가?"

"그게, 실은 그날 일이 있어서 내가 도쿄까지 가긴 어려워. 미안하지만 자네가 요코하마로 와 줄 수 있겠나?"

"아… 거기까지 어떻게 찾아가지…."

"이봐, 전차 타는 법도 잊은 게야? 매일 통학하며 타던 전차인데, 다 잊었어? JR 게이힌도호쿠센京浜東北線, 이소고磯子 행 아니면 오오후나大船 행을 타면 되잖아."

"음… 야마노테센山手線은 알겠는데, JR은 복잡해서…. 여하튼 찾아가 볼게."

광수는 그동안 거미줄처럼 복잡해진 전철 노선이 적응이 안 되는 모양이었다.

철수는 일부러 헛기침을 여러 번 하며 그가 온다는 소식을 들었을 때부터 궁금했던 걸 물었다.

"이봐, 정말 궁금해서 그러는데, 이번에 무슨 용건으로 왔는지 솔직히 말해 줄 수 있어?"

광수가 혼자 일본에 온 목적이 무엇인지 정확히 알고 싶었다.

"만나면 자세히 얘기하겠지만, 사실 지금 조국에선 모든 분야의 시스템을 과학적으로 개선하는 운동을 벌이고 있어. 우리 회사에서 작성하는 원고나 출판물 제작도 모두 수기가 아닌 컴퓨터로 바꾸게 돼서 내가 대표로 선발되어 시장조사차 일본에 오게 된 걸세."

"시스템을 과학적으로 개선한다…. 나도 4년 전부터 컴퓨터를 쓰기 시작했네만, 자네한텐 생소한 물건 아닌가? 게다가 자넨 일본어 전문가이지, 컴퓨터 전문가는 아니잖아?"

"그렇게 말하니 할 말이 없네. 허허."

광수가 멋쩍게 웃었다.

"뭐, 어쨌든 좋은 변화이긴 하군. 게다가 그런 업무로 용케 혼자 여기까지 오다니 자네도 성공한 거 아냐?"

안내원도 없이 혼자서, 게다가 '자유롭게' 출국 허가를 받은 것 자체가 그간의 관례에 비춰볼 때 납득하기 어려웠다. 광수는 출판사의 관리자로서 일본 시장을 조사하려고 자신이 파견된 것이라 했다. 철수는 정말 그런 일이 가능한지 궁금했다.

"자네가 뭘 알고 싶은지 아네. 나도 내가 지금 일본에서 이렇게 전화 통화하는 것 자체가 믿어지지 않으니까."

광수가 그렇게 말하니 더 이상 묻기 어려웠다.

"자네, 조국에서 굉장히 신뢰받는 인물인가 보군."

"그런 인물은 못 되지만, 여하튼 조국이 변화하는 징조라는 건 틀림없지."

"아니, 자네 혹시 시험을 당하고 있는 건 아니겠지?"

"누구한테, 무슨 시험을?"

광수는 약간 언짢은 것 같았다.

"이놈이 무사히 임무를 마치고 돌아오는지, 아니면 딴짓을 하는지 말이야. 으흐흐."

"…내가 임무를 잘 완수할지는 자신 없지만 그런 염려라면 붙들어 매도 좋네."

"그래, 제발 임무를 잘 완수하고 꼭 무사히 돌아가게나."

"무슨 소리야. 귀국을 안 하고 내가 어딜 가겠나?"

"행여 망명 같은 건 절대 하지 말란 소리야."

"망명? 바보 같은 소리. 내가 그럴 사람으로 보여? 나 말고도 앞으로 혼자 일본에 출장차 오는 이가 있을 텐데, 내가 출발을 잘해야지."

"자네 말이 맞네, 농담이야. 농담."

광수가 일본에 와 있다는 게 실감이 나지 않아 던진 농담인데, 언짢게 들렸을 수도 있다는 생각이 들었다.

평양에서 동기들을 만났을 때는 이런 식의 농담을 주고받지 못했다. 결코 거짓이나 겉치레가 아닌, 약간의 자기 규제가 엿보였어도 그들은 언제나 조국에 사는 인민으로서 강한 프라이드를 내비쳤다. 결코 자신들의 생활이 풍요롭지 않음을 인정했고, 그것을 타개하려는 의욕도 넘쳤다. 하지만 친구들의 속내가 늘 궁금했던 철수는 그들과의 대화 자리가 이내 지루해지기도 했다.

41년을 북에서 산 광수도 오랜만에 옛친구와 대화하니 예전 모습이 자연스레 나오는 것도 같았다. 평양에서는 그다지 볼 수 없었던 그의 모습이랄까, 대범하고 호탕했던 성격이 조금씩 느껴졌다.

그에 비해 총련계 민족단체에서 줄곧 전임으로 일한 태준이는 몇십 년이 지나도 틀에 박힌 얘기라 신물이 날 때가 많았다. 별것 아닌 일로도 거창하게 조국을 칭찬했고, 민족과 조직의 위력을 늘 힘주어 말했다. 우직하고 솔직한 친구지만 현실과 맞지 않은 정세 판단과 조선 사람으로서의 마음가짐 같은 것을 언제나 '가르치려' 들었다.

조금만 노력하면 북쪽 조국도 남쪽 조국도 균형을 잃지 않고 판단할 수 있다. 자신의 사고와 통찰을 통해 그것들을 이해하면 될 것을, 현실과 동떨어진 감각으로 엉뚱한 논리를 언성 높여 늘어놓았다. 적지 않은 이들이 그런 일로 동포 단체에 위화감을 느껴 차츰 멀어지는 것도 사실이다.

"여하튼 조국에서 온 촌놈에게 이것저것 많이 가르쳐 줘. 옛 친구가 창피당하는 꼴을 보고 싶지 않으면 말이야. 하하하."

그 말에 어쩐지 철수는 마음이 놓였다.

광수는 이틀 후 월요일인 7일 오후 3시에 사무실에서 가까운 요코하마横浜 칸나이関内 역 북쪽 출구로 혼자 찾아오겠다고 약속했다.

7

외근을 나간 야가나와柳川가 연락도 없이 사무실에 들르더니 또 불길한 정보를 알렸다.

가나가와神奈川 조선신용조합의 예금 총액 가운데 10% 정도가 2주 사이에 빠져나갔는데, 조합원 중에도 비중이 큰 '간토關東 신용'의 돈이 대부분이라는 것이다.

"10%면 대략 얼마야?"

야나가와가 오른손 집게손가락을 꼿꼿이 세우며,

"한 장 정도는 되죠."

"10억 엔이라…."

철수는 저도 모르게 한숨이 나온다.

"사장님, 자릿수가 틀렸어요. 10억이 아니라 100억, 100억 엔이라고요."

마치 무 다발을 세듯 아무렇지도 않게 100억 엔을 반복해 말하는 야나가와를 보니 입이 다물어지지 않았다.

'간토 신용'은 주로 중소기업에 자금을 빌려주고 높은 이자수익으로 몸집을 키워왔는데, 융자 총액이 500~700억 엔이라는 소문이 공공연했다. 사장은 가나가와현神奈川縣 지역의 조선학교를 나온 동포인데, 간토關東 지역에서는 꽤 알려진 금융업자다.

그가 애송이 건달이었던 시절, 도쿄에서는 사채업자로 악명이 높았는데, 가와사키川崎 시내에 정식으로 회사를 차린 뒤에는 버블 경기 덕분에 막대한 재산을 모았다는 얘기를 들었다. 야나가와의 말에 철수는 예리하고 날카로운 면모를 가진 그 사장의 모습이 떠올랐다.

그런 그가 조선학교에는 재정적 지원을 아끼지 않았는지 그의 명성이 동포 상공인단체의 중앙에까지 알려져서 '애국적 상공인'으로 평가받으며 보이지 않는 영향력을 행사했다.

지역의 동포단체가 그에게 여러 직책을 제안했지만, 조선학교 출신인 그는 끝끝내 표면에 나서지는 않았다.

2주 만에 예금고의 10%가 빠져나간 것만으로도 가나가와 조합의 충격이 상당할 터인데, 게다가 '간토 신용'의 돈이 모두 빠져나갔다면 예사롭지 않은 사태다.

"예금은 전액 보호받을 텐데, 굳이 해약까지 하며 돈을 다 빼가다니 이상한걸."

"가명, 차명 거래도 꽤 있는 모양이에요. 조합이 파산한 후에 돈을 빼내려면 이래저래 골치 아파질 게 분명하니까."

야나가와의 말이 사실이라면 이미 발 빠르게 정보를 입수한 이들의 예금인출이 시작되어 가나가와 조선신용조합의 와해가 임박했다는 얘기가 된다. 내부 사정을 전혀 모르는 일반 조합원들만 '우리 동포들의 조합'을 철석같이 믿고 수수방관하고 있었다….

이날 오후에 사무실로 찾아온 일본인 건물주의 애끓는 호소도 심각했다.

이 건물주는 칸나이關內역 주변 상업지구에 보유한 빌딩 3채로 임대업을 한다. 그중에 몇 곳은 10년 넘게 철수의 회사에서 관리해 왔다. 최근에는 불경기 탓으로 일단 임차인이 빠져나가면 좀처럼 다음 세입자를 구하기 어려웠다. 그나마 남아있는 세입자도 임대료를 20%나 깎아줬지만, 제날짜를 넘기는 곳이 늘어만 갔다.

게다가 이 건물주의 치명상은 10년 전 거액을 투자한 주식인데, 주가가 반토막 나면서 차입금이 눈덩이처럼 불어나 있었다. 울며 겨자 먹기로 깎아준 임대료만으로는 대출금을 상환하기에도 버거워 차라리 건물을 매각하려 했지만, 설정된 저당액이 이미 건물가격을 초과해 매각도 쉽지 않은 지경이었다. 2년 전부터는 대출금 변제가 늦어지자 독촉장이 날아들기 시작하더니 건물을 경매에 넘기겠다는 경고장을 받기에 이른 것이다.

경매 통보서가 날아온 건물 중 하나를 철수의 회사에서 적당한 가격에 매입해 줄 수는 없는지, 그것이 어렵다면 임의매각 방식으로라도 어떻게든 건물이 경매에 넘어가는 것만이라도 막을 수 있게 채권자를 설득해 달라는 얘기였다.

일흔을 넘긴 일본인 건물주는 시종일관 미간을 찌푸린 채 자신의 처지를 호소했다.

사실 부동산 업계는 호황이든 불황이든 얼마든지 돈을 벌 기회가 있다. 매물이 쏟아져 나오는 지금이야말로 풍부하고 신속한 자금동원력이 절대적이다. 돈을 쥐고 있는 이에게 구미가 당기는 정보가 계속 굴러들어오는 구조이기 때문이다.

철수가 요코하마橫浜지점에 추가 융자를 신청한 것도 그것 때문인데, 아직 확실한 답변도 듣지 못한 상황에 일본인 건물주의 형편을 봐줄 처지가 아니었다.

그나마 건물주의 숨통이 트이려면 건물이 경매에 넘어가기 전에 저당권을 쥔 채권자를 설득해 손절매를 유도하는 것이다. 확실한 매수자를 확보해 놓고 후순위 채권자를 압박하며 절충안을 마련해야 한다. 그래야 저당권 설정 순위가 낮은 쪽도 다만 얼마의 돈이라도 챙길 수 있다. 일단 경매에 넘어가면 후순위 저당권자는 배당금을 한 푼도 못 건지는 경우가 대부분이니 그들도 찬밥 더운밥을 가릴 처지가 못 되었다.

철수의 부동산회사는 적은 배당금이나마 챙기려는 후순위 저당권자들에게 '법적 처리'를 대행해주고 받는 수수료가 수입원 중 하나였다.

오늘 광수가 온다고 한 날이다. 건물주를 다독여 간신히 돌려보내고 나니 어느새 오후 3시가 다 되었다.

철수는 서둘러 사무실을 나와 칸나이關内 역으로 갔다. 북쪽 출구에 도착하니 바삐 오가는 사람들 틈에 서서 손수건으로 연신 땀을 닦고 있는 광수가 눈에 들어왔다. 철수는 곧장 다가가지 않고 박스형 매점이 만든 손바닥만 한 그늘에서 잠시 광수를 바라보았다.

저곳에 서 있는 광수를 보는 것 자체가 기적 같았다. 그간의 관례만 봐도 북에서 누군가 혼자 이곳 요코하마까지 온다는 건 상상할 수 없다. 다시 없을 순간을 음미하듯 잠시나마 광수의 모습을 눈에 담아 두고 싶었다.

검은색 바지에 반소매 폴로셔츠, 금테 안경에다 갈색 가죽가방까지 맵시 있게 멘 훤칠한 키의 광수는 지적인 기품까지 느껴진다. 부리부리한 눈매와 높은 콧대, 두툼한 입술은 여전했다.

철수는 미소를 머금은 채 천천히 다가갔다. 두리번거리던 광수가 철수를 발견하고 소리쳤다.

"철수야―"

"이야― 광수, 고광수! "

둘은 빠른 걸음으로 다가가 서로의 손을 꼭 잡았다.

"이게 대체 얼마 만이야, 우리도 서양사람들처럼 한 번 안아볼까? "

철수는 두 팔을 크게 벌려 광수를 덥석 끌어안았다. 광수는 어깨를 으쓱거리며 뺨을 맞대더니 두툼한 입술을 내밀어 볼에 입까지 맞춘다. 요란스레 포옹하며 아이처럼 기뻐하는 중년의 두 사내를 지나가는 사람들이 호기심 어린 눈으로 쳐다본다.

"자자, 어서 내 사무실로 가세."

철수는 광수의 어깨에 팔을 얹으며 도로 쪽을 가리켰다.

불볕더위로 햇볕이 이글이글 내리쬐는 교차로 횡단보도 앞에 도착하자 신호등이 막 빨간불로 바뀌었다.

더위에도 아랑곳없이 바삐 오가는 인파, 온갖 차량의 소음과 배기가스, 곳곳에 우뚝 솟은 빌딩들이 41년 만에 일본에 온 광수 눈에 어떻게 보일지 궁금했다.

"이 동네, 좀 정신없지? "

"이야― 일본사람들의 질서 정연함이 감탄스러워."

"뭐? "

"빨간 신호일 때는 사람들이 모두 멈춰있다가 파란불로 바뀌어야 건너가잖아. 공중도덕을 철저히 지키는 일본인들이 참 대단해."

철수는 웃음이 났다.

"빨간불인데 건너갔다가는 사고를 당한다구, 어허허."

"그래서 평양은 교통사고가 빈번해."

"자네, 북을 폄하하는 거야?"

"그게 아니고, 실제로 그렇다니까."

'사회주의적 도덕심'을 자랑스레 말하던 평양 사람 고광수가 이 정도에 감탄하다니 의외다. 차량이 많지 않은 평양 시내는 신호를 무시하고 무단횡단하는 사람이 많은 모양이었다. 백문이 불여일견이라 했지만, 자신의 처지와는 상관없이 본대로 솔직히 말하는 광수에게 어디든 안내해야겠다는 생각이 들었다.

사무실로 가는 이세자키伊勢佐木 거리에는 큰 도로를 사이에 두고 유명한 '유린도有隣堂' 서점과 온갖 전자제품을 전시 판매하는 '이시마루전기石丸電氣' 빌딩도 있다. 출판 업무를 하는 광수가 IT와 관련해 시장조사를 왔으니, 두 곳 모두 그에게는 안성맞춤일 것이다.

"이 지역 사람들이 구매하는 전자제품은 모두 이 빌딩에 있네. 여길 먼저 둘러보고 바로 앞에 큰 서점도 있으니 거기도 가보면 어때?"

철수는 8층까지 있는 이시마루 빌딩을 가리키며 말했다.

"그거 좋은 생각인데."

광수도 관심이 생기는 모양이다.

일단 엘리베이터를 타고 곧장 8층까지 올라간 후 한 층씩 내려가며 층별로 다른 제품들이 전시된 매장을 둘러보기로 했다.

광수는 IT 제품들이 전시된 5층 매장을 꼼꼼히 살펴보긴 했지만, 눈으로만 훑어볼 뿐 고객들을 위해 진열해 놓은 키보드조차 만져보지 않았다.

"괜찮아, 만져보라고 진열해 놓은 거야."

"됐네, 뭐 내가 직접 쓸 것도 아니고…."

그렇다면 무엇 때문에 이곳을 둘러보려 했는지 광수에게 묻지는 않았다.

사실 철수도 전자기기가 서툴러 회사의 데스크톱 컴퓨터는 하시즈메橋爪에게 맡긴 채 모두 그녀의 손을 빌렸었다. 알파벳이 새겨진 키보드를 보자마자 배워보고 싶은 생각이 싹둑 꺾인데다 설명서를 아무리 읽어봐도 뭐가 뭔지 도무지 알 수 없었다.

어떻게든 다루는 법을 배워야겠다고 다짐한 건 글을 써보고 싶은 마음이 더 컸기 때문이다. 휘갈겨 쓴 악필 원고가 눈 깜짝할 사이에 깨끗한 활자로 인쇄되어 나오는 걸 보고는 개인 노트북까지 사버렸다. 지금은 '전자 우편'도 어렵지 않게 보내는 데다 점점 재미도 붙어 익숙하고 편하다.

매장에 진열된 제품들은 광수가 처음 보는 것들이 대부분인 것 같았다. 컴퓨터를 도입하라는 지시가 내려오자 그저 일본을 잘 아는 그가 파견된 것 같았다.

반면에 유린도有隣堂 서점은 업무와 관련이 많은 곳이라 그런지 과연 꼼꼼히 살폈다. 광수는 문화예술 서적부터 아이들 그림책까지 빠짐없이 들여다보았다. 그런데 일부러 안내한 한국과 북조선 관련 서적이 진열된 코너는 힐끔 쳐다만 볼 뿐 책에는 손도 대지 않는다. 눈에 잘 띄는 위치에 진열된 30여 권의 책들이 모두 자극적인 제목의 폭로 서적이라 그런가?

4층에 있는 외국어 코너는 가장 많은 시간을 할애해 유심히 둘러보았다. 한국어 입문서와 참고서적들도 있었기에 혹시나 책을 집어 드는지 지켜봤지만, 슬쩍 보고 지나칠 뿐이었다. 그보다는 일본에 체류하는 외국인을 위한 일본어 입문서들을 들추며 내용을 읽었다.

철수는 그가 일본에 온 목적과 관심사가 무엇인지 한 발짝 물러서 따라가며 관찰했다. 광수는 한국과 북에 대해서 노골적이고 악의적인 책들은 이미 내용을 다 안다는 듯 희미한 미소를 지으며 지나쳤다. 41년을 북에서 살았으니 광수 나름의 신념과 세계관이 분명 있을 것이다. 하지만 처음으로 혼자 왔으니 북에서는 보기 힘든 책들에 관심을 보일 만도 할 텐데 전혀 그렇지 않다.

'나 같으면 그냥 지나치지 않을 텐데…'

뒤에서 가만히 광수를 지켜보니 보폭도 좁고 등까지 약간 굽은 채 걷는 것이 마음에 걸렸다. 세 살 많은 광수는 올해 예순일곱이 된 셈이다. 어김없는 세월이 내려앉은 광수의 뒷모습이 애잔했다.

"이거 사고 싶은데. 어떻게 하면 되지?"

꽤 두툼한 '외국인을 위한 일본어 입문서'를 손에 든 채 광수가 뒤돌아보며 물었다. 철수는 바짝 다가가서 뒷면에 가격을 살폈다.

"굉장히 비싼데, 7천 엔이나 돼."

"그래도 필요하니 사야지."

상하 두 권의 입문서를 든 광수의 미간에 주름이 잡힌다.

"좋아, 이건 내가 선물함세."

"안돼, 그건 아니지. 내가 사야지."

"괜찮아, 이 정도는 괜찮다구."

철수는 광수의 손을 뿌리치며 서둘러 계산대로 향했다.

"이거, 미안해서 어쩌지. 암튼 고맙네. 그만 자네 사무실로 갈까?"

다른 코너를 안내하려고 앞서 걷는 철수를 붙잡으며 광수가 말했다.

"벌써? 그럼 1층에 있는 잡지 코너만 잠깐 들러서 가세. 자네한테 보여주고 싶은 게 있어."

철수는 보일 듯 말 듯 웃으며 광수 등을 토닥였다.

"자네, 왜 이리 등이 굽었어. 늙은이 티가 팍팍 나는 걸 보니 왕년의 플레이보이도 세월을 이기진 못하나 봐. 등 좀 쭉 펴고 걸어 봐."

"자네도 그리 보여? 애들한테도 자주 그런 소릴 들어. 게다가 요즘엔 건망증까지 심해서 죽을 맛이네. 옛날 일은 똑똑히 기억하는데, 어제 뭘 했는지 도무지 생각이 안 날 때가 많아서 말이야…"

"나도 마찬가지야. 마음은 아직 젊은 것 같은데, 나이는 못 이기겠더라고."

둘은 마주 보고 웃었다.

광수가 허리에 손을 짚으며 등줄기를 꼿꼿이 펴고 걷기 시작했다. 계단을 내려가는 보폭이 아까보다는 넓어 보인다.

1층 벽 쪽에 자리한 잡지 코너로 광수를 데려간 철수는 서서 책을 읽는 사람들 어깨 사이로 손을 뻗어 문예 월간잡지 '슈헨周邊' 9월호를 꺼냈다. 팔락팔락 넘기다 찾는 페이지가 나오자 철수는 손가락을 짚으며 우리말로 얘기했다.

"올해 문예 신인상 1차 통과자 명단이야. 500편 가까운 응모작 중에 1차로 70편이 선정됐어. 이 중에 자네가 아는 조선인이 하나 있으니 찾아보게."

철수는 히죽 웃었다. 광수가 고개를 끄덕이더니 70명 중에 조선인 이름을 찾기 시작했다.

"이 사람인가? 〈안녕, 오지상〉, 이봉성李峰星, 내가 아는 사람이야?"

"그럼, 잘 알지."

"누군데?"

"눈앞에 있는 사람."

"뭐어? 자네야? 그럼, 이봉성은 필명이야?"

"그렇네. 하하하."

"대단한걸, 나도 읽어 볼 수 있나?"

"그럼, 누구보다도 자네한테 보여주고 싶었어. 복사본이 사무실에 있네."

"이야~ 기대되는걸. 자네, 그 후로도 쭈욱 글을 쓴 거야?"

"설마…."

40년 전, 글쓰기를 좋아하는 친구들이 모여 일본어로 발행한 동인지 '청보리靑麥'를 만들었는데 광수가 대표였다. 북으로 간 동기생중에도 회원이 많았는데, 광수까지 떠나고 나자 해체되고 말았다. 그 후로도 철수가 계속 글을 썼다고 생각해 물은 것이다. 그 시절이 떠올랐는지 광수가 씁쓸히 웃는다.

두 사람이 사무실에 들어서자 하시즈메橋爪와 야나가와柳川가 기다렸다는 듯 거의 동시에 자리에서 일어났다.

"어라, 야나가와도 아직 있었네."

동료 업자들을 만나봐야겠다며 사무실에는 오지 않겠다던 야나가와까지 있는 걸 보고 뜻밖이었다.

"아까 사무실에 전화하니 사장님 친구분이 곧 오신다고 하기에 저도 잠깐 뵙고 싶어서 왔어요."

야나가와가 광수 쪽을 슬쩍 쳐다보며 웃는다.

"그랬군, 고맙네. 이봐, 여기 두 사람은 나와 함께 일하는 사람들이야."

"오오, 반갑습니다."

광수가 두 사람을 향해 큰 소리로 인사를 했다. 그러자 하시즈메도 '반가스므니다' 하며 인사를 건넸다.

"이야~ 동포시군요. 만나서 반갑습니다."

"아니, 이 여성은 일본사람이야."

철수는 하시즈메를 가리키며 멋쩍게 웃었다.

"좀 전에 야나가와 씨에게 배웠어요. 사장님 친구분에게 꼭 조선어로 인사를 하고 싶었거든요…."

그녀가 얼굴을 붉히며 일본어로 다시 설명하자 광수도 일본말로 발음이 아주 좋다면서 활짝 웃는다. 누가 들어도 일본인 특유의 어색한 발음인데 저토록 치켜세우는 걸 보니 여자들에겐 무조건 나긋나긋했던 예전 그대로다.

광수는 베이징 공항과 나리타 공항에서 본 사람들의 공통점과 교통신호를 안 지키는 평양 사람들 얘기까지, 마치 사람들의 관심에 신이 난 어린아이처럼 스스럼없었다.

하시즈메는 40년 넘게 일본을 떠나있던 광수가 능숙하게 일본어를 구사하는 모습에 감탄했는지 얘기를 듣는 내내 혀를 내둘렀다.

"두 분이 할 얘기도 많으실 테니, 저희는 이만 실례하겠습니다."

하시즈메와 야나가와는 아쉬운 얼굴로 약속이라도 한 듯 동시에 일어났다. 벽시계가 어느새 오후 6시를 가리켰다.

두 사람이 나가고 나자 갑자기 조용해진 사무실에 자동차 소음과 오가는 사람들의 잡음만 간혹 들려왔다.

"고단하지?"

"응, 조금. 일본에 도착하고 이틀째인데, 반갑기도 하고 놀랍기도 해서 긴장이 풀리지 않네. 그나저나 숙소까진 어떻게 가야 할지 모르겠어."

"걱정 붙들어 매시게. 자네 처남 집까지는 내 차로 잘 모셔다드릴 테니까. 저녁을 먹기엔 좀 이르니 우리끼리 좀 더 이야기할까?"

"그러지 뭐."

"이게 얼마 만이야, 이런 날이 또 온다는 보장도 없으니 좀 피곤하더라도 이번 기회에 많이 보고 느끼고 돌아가면 좋겠어. 병이 나면 안 되겠지만."

"나도 그럴 생각이야."

광수는 피로가 몰려오는지 소파에 깊숙이 몸을 묻었다.

"그나저나, 평양에 있는 친구들은 다들 잘 지내나?"

"응, 다들 잘 지내. 내가 일본에 간다니까 몹시 부러워했어."

그동안 몇 명이 더 대학교수가 됐다고 한다. 북에서는 대학 교원이라도 무조건 '교수'라 부르지 않고 학문적으로 공적을 인정받고 나서야 '교수' 호칭을 받는다고 한다.

소파에 몸을 묻은 채 광수가 말했다.

"자네 부인은 잘 있나? 우리 집사람이 늘 입이 마르게 자네 부인을 칭찬하거든."

광수는 이미 5년 전에 죽은 아내를 마치 살아있는 것처럼 태연하게 말했다. 철수는 순간적으로 마른침을 삼켰다.

20년 전, 처음으로 북에 갈 때 아내와 함께 갔는데, 그때 친구들을 평양의 한 호텔에 불러 모아 회포를 풀었다. 부부 동반으로 온 친구도 여럿 있었는데, 광수의 아내와 철수의 아내는 둘 다 아이치현愛知縣 출신이란 걸 알고는 무척 반가워했다.

"으응, 우리 마누라야 여전하지… 자네 식구들도 모두 별일 없지?"

철수는 일부러 광수의 아내에 관해 묻지 않았다.

"그럼, 벌써 손자가 다섯 놈이나 돼. 이번에 큰손자와 집사람이 공항까지 배웅해줬어."

"……."

철수는 어떻게 대꾸해야 좋을지 몰라 잠시 망설였다.

"이보게… 자네 집사람은 돌아가셨잖아…."

순간 광수의 눈동자가 좌우로 흔들린다.

"아…그랬지…. 공항에는 애들과 큰손자가 나왔어. …비행기 안에서 깜빡 잠이 들었는데, 집사람이 배웅해주는 꿈을 꾸었어. …자주 집사람 꿈을 꿔. 그래서 혼란스러워."

"그랬군…. 벌써 5년도 넘었잖아. 자네 심정은 이해하네만 이젠 받아들여야지."

"5년이 아니야!"

광수가 소리치며 눈을 부릅떴다. 잠시 후 천천히 고개를 숙이며 어깨가 내려앉는 것을 보니 철수는 가슴이 미어졌다.

"5년이 아니야. 2년 전이라구. …내가 집사람의 마지막을 병원에서 지켜봤어… 곱고 평온한 얼굴이었지. 그 사람한테 난 아무것도 못 해줬는데…."

"…그래, 2년 전이군. …내가 착각해서 미안해…."

8

광수가 환각을 본 것일까? 아니면 일종의 병적인 환시 증상일까?

아내의 의문사에 충격받은 광수는 5년이 지나도록 악몽에서 헤어나지 못했다. 영문도 모른 채 고속도로에서 세상을 떠난 아내의 죽음을 받아들이지 못하고, 끝내는 자신의 품 안에서 잠이 든 듯 편안한 얼굴로 떠났다고 굳게 믿었다.

철수는 가슴이 저며 더는 물을 수 없었다. 환각처럼 나타나는 아내의 모습을 현실로 여기는 광수가 안쓰러웠다.

"답답한데 나갈까? 시원한 걸로 목 좀 축이는 게 어때? "

광수를 바깥으로 데리고 나가야 할 것 같아 철수는 괜한 핑계를 대며 먼저 일어났다.

밖은 어느새 어둠이 내려앉아 있다. 형형색색의 네온사인이 불을 밝힌 거리가 한낮과는 전혀 다른 모습이다. 두 사람은 초록이 무성한 이세자키伊勢佐木 거리를 말없이 걸었다. 밖으로 나오니 광수도 표정이 한결 나아진 것 같았다.

철수는 저녁 식사를 예약해 놓은 식당으로 가는 길에 후쿠토미초福富町 번화가에 있는 조선신용조합 요코하마지점을 가리키며 이곳이 '우리 동포들의 조합'이라고 광수에게 알려주었다.

일식당 하츠요시初善에서 싱싱한 사시미 안주로 차가운 사케를 들이킨 후 호사스러운 스시로 배를 채웠다. 광수는 입맛을 다셔가며 맛있게 먹고 마셨다. 철수 또한 멀리서 오랜 벗이 찾아왔으니 어찌 아니 즐거울까.

술도 마시고 배도 채우고 나니 광수는 생기가 도는 것 같았다. 쾌활하고 유머러스했던 예전처럼 어느새 대화의 주도권을 잡기 시작했다.

전쟁 직전까지 갔던 1995년도의 긴박했던 남북의 상황, 그 후 4~5년간 계속된 식량 위기로 '고난의 행군'을 해야 했던 상황, 그 속에서 이를 악물고 버텨온 인민들과 친구들의 얘기를 신기할 정도로 담담히 털어놓았다.

불경기로 인해 그간 북에 다녀올 기회가 없었던 철수는 가혹했던 20세기 마지막 7~8년간의 북의 상황을 무거운 마음으로 고개를 끄덕이며 들었다. 어느새 광수의 환각 증상은 거짓말처럼 사라지고 철수가 알고 있던 광수가 거기 있었다.

"그나저나 자네가 낮에 얘기한 원고, 잊지 말고 꼭 보여주게나."

"이런, 내 정신 좀 봐. 이래서 나이엔 장사가 없다니까. 허허허."

두 사람은 식당을 나와 사무실로 향했다.

사무실에 들어오자마자 철수는 서류보관함에서 원고 복사본을 꺼냈다.

"이 작품은 북으로 귀국한 형님을 만나기 위해 가족과 함께 40년 만에 북에 찾아간 동생 가족의 이야기야. 고난의 행군으로 고통을 겪은 인민들에겐 달갑지 않은 내용도 있을지 몰라. 하지만 자이니치 在日가 한쪽 조국인 이북과 자신들의 관계를 어떻게 여기는지, 그 심정이 담겨 있네. 자넨 북에서 그 상황을 겪은 사람이니 읽어 보고 어떤 느낌인지 솔직히 말해주면 좋겠어."

이북을 지지하는 동포단체가 말하는 '조국'은 당연히 조선민주주의인민공화국이다. 마찬가지로 한국을 지지하는 이들의 사고법도 같아서 분단 이후의 대한민국을 '우리 조국'으로 여겨왔다.

철수도 90년대 이후에 의식적으로 공화국 아니면 이북 혹은 그저 북이라 호칭했지만, 남북이 동시에 유엔 가맹국이 된 후로는 모두 내 조국이라는 생각이 확고해졌다.

"줄거리는 말하지 말게나, 재미가 반감되니까. 달갑든 달갑지 않은 내용이든, 일단 다 읽어본 후에 평가할 테니까."

"당연하지. 미리 알면 재미없지."

"근데, 원고지로 하면 몇 장이나 되는 거야?"

두툼한 복사본을 팔락팔락 넘기며 광수가 놀란 듯 묻는다.

"1,000매 정도 되려나. 2~3일이면 다 읽을 수 있을걸."

"오사카에 가서 찬찬히 읽어봄세. 사람들 얘기를 듣기보다 이걸 읽어 보는 편이 현재 일본에 사는 자이니치在日를 가장 잘 알 수 있을지도 모르지. 자네가 어떻게 썼을지 기대돼."

광수는 소중한 물건을 다루듯 조심스레 복사본을 가방에 넣었다.

"아, 보여줄 게 또 있어. 아마 눈물 나게 반가울걸."

철수는 무릎을 치면서 벌떡 일어나 캐비닛 안쪽에 쌓아둔 신문지 위에서 서류 봉투를 꺼내 뒤춤에 감추었다.

"눈 좀 감아봐."

"왜?"

"잔말 말고 어서 감아."

허리 뒤로 감춘 봉투를 광수가 흘낏 보더니 마지못해 눈을 감았다.

그사이 철수는 재빨리 봉투 속에 든 것들을 꺼내 탁자 위에 올려
놓았다. 등사 인쇄판 잡지 5권이다. 얼룩지고 불그스름히 색이 바랜
잡지들은 그간의 세월을 말해주었다.

"자, 이제 눈 떠도 돼."

천천히 눈을 뜬 광수가 탁자를 내려다본 순간 소리쳤다.

"이야~ 이건 '청보리青麥'와 '청년青年'이잖아? 이걸 여태까지
간직하고 있던 거야?"

철수의 처녀작 소설 '우리들의 깃발'은 고교부터 청년 시절에 받
은 편지와 동포 청년조직에 근무했던 시기에 만든 잡지, 동인지 덕
분에 나온 작품이다. 4년 전 창고에서 찾은 트렁크 속에 소설의 재
료들이 고스란히 들어있었다. 너무 반가운 나머지 꼼꼼히 살펴보다
가 그 시절을 글로 남겨야겠다는 생각에 1년 반에 걸쳐 소설로 완
성했다. 재료가 된 잡지들은 탈고 후 다른 자료와 함께 사무실로 가
져와 따로 보관해 두었다.

잡지 '청년'은 지역의 청년동맹 기관지이고, '청보리'는 광수가 대
표를 맡았던 이른바 문학 애호 청년들의 동인지다.

"잘 봐, 여기 자네가 쓴 글도 있어."

광수는 잡지를 받아 들고 찬찬히 살폈다.

"정말이네. 내가 이런 글도 썼던가? 허허허."

손가락으로 목차를 더듬으며 마치 타임머신을 타고 40여 년 전으
로 돌아간 표정이다. 목차에 있는 이름을 하나하나 소리 내어 읽던
광수가 갑자기 멈추더니 손가락을 짚은 채 조용히 물었다.

"이 친구… 지금 어떻게 지내?"

"누구?"

광수의 손가락이 가리킨 이름은 '전영미'였다.

영미의 이름이 여기서 나올 줄이야. 그녀도 잡지에 투고한 적이
있다는 건 알았지만 순간적으로 잡지 생각이 떠오른 것이라 철수는
이런 상황을 예상하지 못했다.

광수가 일본에 온 걸 그녀는 아직 모른다. 철수는 솔직히 두 사람
을 만나게 하고 싶지 않았다. 앙금처럼 남은 그녀의 마음을 잘 알기
에 광수 얘기를 섣불리 할 수 없었고, 한편으로는 두 사람에게 일종
의 빚도 있었기 때문이다.

"영미 동무… 건강히 잘 지내는 거지?

"으응, 잘 있어. 근데 이젠 동무라 부르기 어색하다랄까. 민단계
부인회 임원이라서."

"……"

동포들 간에는 누군가의 이름에 '동무'를 붙이는지 아니면 '씨'를
붙이는지에 따라 남과 북 어느 쪽의 영향이 강한지 쉽게 안다.

"자넨 아직도 연락하고 지내?"

"으음, 뭐 잊을 만하면 한 번씩 연락이 오는 정도랄까."

철수는 순간적으로 거짓말이 튀어나왔다. 이틀 후에 영미와 저녁
약속이 있다는 말은 할 수 없었다.

"혹시 한 번 만나 볼 수 있을까? 아니, 만나지 못해도 잠깐 통화
만이라도 하고 싶은데…."

이름이 눈에 띄지만 않았어도 만나보고 싶다는 얘기는 안 했을
텐데, 그녀의 존재를 기억해 낸 이상 보고 싶은 욕망이 생기는 건
당연했다.

두 사람의 애증 사이에 얽혀있는 자신의 옹졸한 질투를 감지하면서도 철수는 광수의 청을 뿌리칠 수 없었다.

"좋아, 연락해 봄세. 자네가 언제 다시 일본에 올지도 모르고, 영미가 북에 갈 일도 아마 없을 테니까. 지금 바로 전화해 볼까?"

"그래 주겠나, 부탁하네."

광수의 눈빛이 설레고 있음이 확실히 느껴진다.

"그런데 묘한 일이야. 예전처럼 오늘도 내가 두 사람의 메신저 보이가 될 줄이야…"

"메신저 보이? 하긴… 그런데 아마 이번이 마지막 아닐까."

철수는 곧바로 탁자 위에 있던 수첩에서 영미의 집 전화번호를 찾아 버튼을 눌렀다.

잠시 후 전화를 받은 이는 영미가 한국에서 데려온 가정부다. 집으로 전화를 걸면 늘 가정부가 받는다. 몇 번 통화한 적이 있는 가정부는 '사모님은 아까 외출했는데 늦는다고 하셨어요.'라고 말했다. 정중히 인사하고 끊은 뒤 이번엔 그녀의 핸드폰으로 걸었다.

신호음이 몇 번 들리더니 통화는 연결되지 않고 부재중 안내 음성으로 넘어갔다. 철수는 아무 때나 상관없으니 연락해 달라고 음성메시지를 남겼다.

"이걸로 됐네. 메시지만 확인하면 어디에 있든 이 전화로 연락이 올 거야."

핸드폰을 다루는 모습을 물끄러미 바라보는 광수에게 몇 가지 기능을 설명해 주자 신기한 듯 전화기를 만지작거렸다.

"북에는 아직 핸드폰이 보급되지 않았지?"

"이런 게 있다는 건 다들 알아. 다만 보급은커녕 아직 아무도 본

적이 없지. 조만간 이런 손전화가 전국적으로 보급되겠지만 일단은 평양에만 2만 5천 대를 목표로…."

"거참 반가운 소식인데?"

"근데, 그게 말이지…."

갑자기 누가 듣기라도 하듯 광수가 이쪽으로 얼굴을 바짝 붙였다.

"어이, 여기에 나랑 자네밖에 없어. 당당하게 얘기해. 누가 듣는다고 그래. 허허허."

철수는 일부러 큰 소리로 말하고 웃었다.

남의 눈이 신경 쓰이면 귀에 바짝 대고 소곤거리던 이북 사람들을 철수는 여러 번 보았다. 사람의 습관이란 쉽게 고쳐지지 않는 법이다.

광수도 머쓱했는지 어색하게 웃었다.

"꽤 오래전에 손전화 보급 방침이 나오긴 했는데, 언제쯤 될지… 아마 쉽진 않을 거야. 전파를 중계할 안테나가 없어서 구호만 외치다 흐지부지됐거든. 안테나를 설치할 예산도 없고…."

"……."

"직장 내에 컴퓨터를 도입하는 사업도 목표가 정해졌다고 해서 상부 기관이 곧바로 예산을 지급하는 것도 아니네. 모든 걸 자력갱생의 정신으로 직접 마련해야만 돼. 국내에는 그런 시장도 없을뿐더러 힘이 돼줄 연줄도 없어. 연줄도 그렇지만 일단 자금이 있어야지. 없는 것투성이라 여러 차례 토론 끝에 젊은 동무는 중국으로, 난 일본에 오게 된 거야."

철수는 저도 모르게 한숨이 새 나왔다.

"사실은 나 말고 젊은 동무가 오고 싶어 했는데, 전문가도 아닌

나를 보낸 건 그나마 일본을 잘 알고, 매형이 오사카에서 공작기계 도매상을 하고 있어서야. 그러니 어떻게든 돌파구를 만들고 싶어…."

광수가 일본에 혼자 오게 된 내막을 막상 듣고 나니 철수는 갑자기 허탈했다.

"이보게 광수, 사실은 꼭 물어보고 싶은 게 있었어."

"자네와 허심탄회한 얘길 나누고 싶어서 이렇게 요코하마까지 왔잖은가. 다만 답하기 괴로운 질문은 하지 말게나. 그렇지 않아도 어제 처남한테 어지간히 시달렸거든."

철수는 잠시 천정을 올려다본 후 천천히 입을 열었다.

"지금 평양의 식량 사정이 어떤가? 배급은 잘 되는 거야?"

광수의 표정이 순간 굳어졌다.

"양은 많지 않지만 최근 몇 달은 그럭저럭…."

"지방은 어떠한데?"

"평양보다는 좋지 않겠지."

"최근에 한국과 일본 등 외국에서 원조 식량을 보낸 걸 알고 있어?"

"…뭐, 알고는 있지."

북은 계획적으로 식량을 배급한다고 했다. 다른 분야도 그렇지만 식량 배급제는 90년대 중반쯤 완전히 무너지고 말았다. 게다가 연이은 가뭄과 풍수해로 곡물 수확이 현저히 감소하자 심각한 식량난으로 아사자가 속출했다. '고난의 행군'이란 시기가 그것인데, 구체적인 통계나 사례가 공표된 적은 없었다.

"광수, 내 얘길 오해 없이 들으면 좋겠어. 조국과 동포단체가 어떤 말을 했는지 모르지만, 40여 년 전과 지금은 전혀 다르다는 걸 먼저 알았으면 해. 그 당시 압도적인 동포들이 북을 동경하고 지지했다면 지금은 매우 다양하고 복잡해졌다고 보는 게 좋아."

광수가 이쪽으로 몸을 바짝 당겼다.

"사실, 북을 지지하고 안 하고의 문제가 아니라 적지 않은 피붙이들이 북으로 떠났으니 공화국이 어떤 방향으로 나갈지 진심으로 걱정한다고 해야 옳을 거야."

"…그야, 당연하지."

"지금부터 하는 얘긴 나 개인의 생각이야. 자네도 알다시피 난 동생 가족과 친구들을 만나러 여러 번 북에 다녀왔네. 최근엔 경기가 좋지 않아서 못 갔지만, 솔직히 말하면 마음이 무거워서 가고 싶지 않았어. 난 이북에 실망했다네. 아니, 꿈이 깨졌다고 할까. 가족을 만나고 일본으로 돌아오는 배나 비행기 안에서 사람들이 뭐라고들 하는지 알아?"

어느새 철수는 언성이 높아졌다.

"북은 일심단결하는 인민의 위력을 자랑스럽게 말하고 위대한 조국이라 소리 높여 선전하는데, 그게 사실이라면 아무 말도 안 해. 그런데 상상 이상으로 곤궁한 피붙이들의 처지를 직접 보고 나니 지금까지 들어온 찬사가 허무해지더군. 평양과 지방 인민들의 생활 격차는 좀 과장되게 표현하면 천국과 지옥 같아. 평양 시내의 경관은 훌륭하지만, 지방의 모습과 인민들의 생활은 전혀 딴판이야. 온통 좋다는 선전만 앞세우니 정말 그런가 싶어 가족을 만나보면 선전과 현실의 격차에 모두 망연자실한다네. 그리고 돌아올 땐 누구도 북을 칭찬하는 사람이 없어. 만약 있다면 북을 무조건 신뢰하는 일부 충성스러운 이들이지. 대부분은 재건을 진심으로 바라지만 한편으로는 북에 있는 피붙이의 신변이 걱정돼서 그저 영합하는 것뿐이야. 활동가들도 사적인 장소에서는 일반 동포와 다름없이 말하지만, 공적인 자리에 나가면 입을 다물거나 연신 공허한 형용사를 써가며 현실을 흐린다네. 심한 경우엔 세계사에서 찾아볼 수 없는 위대한 국가라는 둥 헛소리를 지껄이는 녀석도 있어. 그런 인간들은 한 번도 북이 아닌 다른 나라를 제 눈으로 본 적이 없어. 만약 보았더라도 북에 대한 절대불변의 사상으로 철저히 무장되어 있어서 기존의 개념에서 한 발짝도 나아가려 하지 않는, 그저 우물 안 개구리야. 그런 놈들은 이중인격자라구! "

흥분한 철수가 탁자를 힘껏 내리쳤다.

"이봐, 진정하게나. 알았으니 차분히 얘기해…."

이렇게 말하는 광수도 흥분한 것 같았다.

철수는 소파에서 벌떡 일어나 냉장고에서 보리차를 꺼내 단숨에 들이켜고는 물병을 아예 들고 왔다.

"과거의 활동가들은 성실했고, 뜨거웠고, 사명감에 넘쳤었지. 그래서 동포들에게 많은 존경을 받았어. 그런데 지금은 그저 심부름만 하는 샐러리맨 같은 녀석들뿐이야. 그들도 양심이 있으니 마음이 편치 않다는 건 잘 알지. 피붙이 하나쯤은 북에 있으니 같은 심정인게 당연해. 그러면서도 지금은 매우 소극적이어서 동포들의 불안이나 불신, 의문에 제대로 응대해주지도 못한다네."

철수는 다시 컵에 물을 따라 마른 입술을 적셨다. 그리고 심호흡을 한 후 이야기를 이어갔다.

"자네 그거 아나? 1~2년이 아니라 벌써 40년 이상 일본에 있는 가족들이 북으로 떠난 피붙이들을 위해 돈과 생필품을 운반한다네. 마치 보따리장수처럼 말이야. 국가적인 행사가 열리면 해마다 기부 요청까지 받고 있어. 어처구니없게도 어디에 공장을 짓는다거나, 어느 지역에 가로수를 심기 위한 기부금이라고 하지. 동포단체는 그걸 '애족애국 운동'이라고 말해. 애족도 애국도 중요하지. 하지만 난 그걸 보며 의문이 들었어. 조국 건설을 돕는 일이라며 어떻게든 재일동포한테 기부금을 요구하는 게, 그게 조국이 맞는 건가? 게다가 40년이나 계속되고 있어. 조국이 요구해서가 아니라 동포들이 자주적으로 나서는 거라 평계를 대기도 해. 하지만 뒤에서는 조국과 재일동포 단체가 미리 입을 맞추고 올해는 이것, 내년에는 저것, 이런 식으로 정하고 있어. 단체를 꾸려 북을 방문할 때도 절대 빈손으로는 가지 않는다네. 사소한 기념품 같은 것이 아니라 수백, 수천의 현금을 갖다 바치는 사례도 있어. 그들을 깎아내리려는 게 아니라 어쨌든 조국에 도움이 되길 바라는 건 사실이니까. 그렇지만 고작 해외동포에 지나지 않는 우리에게 40년이 지나도록 손을 내미는 조국은 대체 뭐냔 말이야? 우리의 조국이 그토록 가난한 거야? 지금까지도 궁핍한 상황이 반복된다면 그건 정치가 빈곤한 탓 아니냔 말을 하고 싶은 거야. 정치가나 지도자는 절대 선으로 숭상받으며 오로지 인민에게 호령만 할 뿐이잖아. 우리가 귀국 운동에 열중하던 시절의 꿈과 이상이 지금은 어찌 되었나? 그때의 꿈은 아직도 실현되지 않고 있어. 분단되어 있으니 늘 군사적 긴장 상태인데다가 고난의 행군을 할 수밖에 없는 상황도 있었지만 그래서 어쩌겠다는 건데? 안 좋은 상황에 놓인 나라들은 얼마든지 있어.

다른 나라를 모방하라는 게 아니라 같은 사회주의 국가인 중국과 베트남처럼 개혁개방정책에 의한 국가건설은 어려운 일인가? 우리식 사회주의라며 독자성만 외치는 것도 이젠 진절머리가 나. 잘은 모르겠지만 중국처럼 단숨에 개혁개방을 할 수 없는 경제적 정치적 구조도 있긴 하겠지. 내 말의 요점은 적어도 인민들의 평범한 의식주와 일상이 보장되는 게 좋은 정치 아니냐 말이야. 뭐든 외부의 원조에 의존하면서 꼴사납게 자존심만 내세우며 자국과 지도자만 찬양하는 꼴 아닌가? 북이 그토록 세계에 자랑할 만한 나라야? 자존심이 중요하다는 건 나도 알아. 그치만 현재의 처지를 겸허하게 인정한 다음, 인간적 긍지를 저버리지 않는 것이 진짜 자존심 아니야? 자네한테는 미안하지만, 공공사업장에 컴퓨터를 도입하기 위해 외부에 의존하는 북의 체질을 도무지 이해할 수 없어. 애초에 그런 일은 국가가 나서서 추진하는 것이 기본 아냐? 내 말이 맞지? 안 그런가?"

철수는 옛 친구에게만큼은 가감 없이 묻고 싶었다.

먼 곳에서, 게다가 41년 만에 일본에 온 친구를 격려하고 응원하고 싶었지만, 그동안 품어온 생각들이 제어할 틈도 없이 쏟아져 나왔다. 광수에겐 가혹하게 들릴지도 모른다는 생각이 스쳤지만, 알 수 없는 분노가 끓어오르는 것을 자제할 수 없었다.

"내 말이 듣기 괴로웠다면 미안하네. 자네를 격려하고 응원해줘야 하는데, 오히려 기분 상하는 말만 늘어놓고 말았어. 나도 한때는 마음을 두었던 공화국이라 이런 말을 하는 것이 부모 얼굴에 침을 뱉는 것처럼 괴롭다네."

"하고 싶은 얘기가 아직도 많은 것 같군. 자네 생각에 모두 찬성

할 수는 없지만 인정하는 부분도 많아. 나는 자네가 무슨 얘길 해도 들을 수 있어. 아니, 들어야 한다고 생각해."

"정말? 내가 어떤 말을 해도 친구로 생각해 주는 거지?"

"그럼, 두말하면 잔소리지."

"그렇다면 이 얘기도 들어 보게나."

철수는 다음 얘기를 꺼내도 될지 순간 망설였지만 두 번 다시 기회가 없을 것 같았다. 광수가 어렵게 일본에 온 목적이 헛되다면 어떤 충고를 해도 의미 없는 일이다. 그저 북에 대한 찬사만 듣고 새로운 정보를 얻지 못한 채 돌아가면 그 또한 무슨 의미가 있을까 생각하니 입이 저절로 움직였다.

"4년 전이었네. 청진에 사는 이 아무개 동무가 편지를 보내왔어."

"이태복 말인가?"

"맞아. 1년에 한 번은 편지를 주고받은 게 벌써 10년이 넘었어. 그 친구는 항상 무언가에 도전하고 있다면서 내게도 힘내서 열심히 살라고 했지. 그런 그가 한 번은 '염치없는 부탁'이라며 이것저것 보내 달라는 편지를 보내왔어. 처음 있는 일이라 나도 놀랐네. 평양에서 기자를 했었는데, 자유주의에 물들었다는 이유로 좌천당했다고 하더군. 형편이 곤란해졌을 것 같아서 어떻게든 도와주고 싶었는데, 직접 부탁할 사람을 찾지 못했지. 여하튼 헌 옷과 약간의 생필품을 상자에 넣어 보내기로 했는데, 헌 옷들을 채워 넣던 집사람이 이렇게 말하더군. 넥타이 안쪽에 1만 엔 지폐를 3장쯤 넣고 꿰매서 보내자고 말이야. 좋은 아이디어였지만 난 반대했어. 중간에 도난당하거나 그 돈을 그가 알아차리지 못하면 어쩌나 싶어서 말이지. 헌데 집사람이 말하길 당신 친구 아니냐, 이런 때에 도와주지도 않으면서 우정이니, 동포애가 어떠니 큰소리만 친다고. 우린 넉넉하진 않아도 어떻게든 살지 않냐며 결국 집사람이 넥타이 3개에다 돈을 넣고 꿰매서 보냈어. 새것은 아니어도 남편이 보내는 선물이니 그 마음을 잘 헤아려달라는 글을 일본말로 써서 동봉했어."

"그래서 어찌 되었나?"

"반년 후에 답장이 왔어. 하늘이 우리의 우정을 굽어살펴 천사를 보내주었다며 몹시 기뻐하는 내용이었어. 이봐, 광수. 내가 하늘이 보낸 천사야? 공화국이 왜 이런 지경까지 된 거지? 우리의 조국이 도대체 왜 이렇게 된 거냐구?"

철수는 눈물을 글썽였다. 광수의 눈언저리도 젖어있었다.

그때 휴대전화가 울렸다.

"아, 자네가 기다리던 전화인가 봐. 분명 영미 동무일 거야."

철수는 웃옷 주머니에 손을 넣어 전화기를 꺼내며 한쪽 눈을 찡긋 감았다.

"에, 당신이야?"

아내 혜자가 건 전화였다.

"벌써 시간이 이렇게 됐나? 응, 지금 고광수 동무랑 사무실에 있어. 도쿄까지 차로 데려다주고 올 거라 늦을 거야. 응, 알았어. 광수 바꿔줄 테니 인사라도 나눠. 이봐, 우리 마나님이 자네와 통화하고 싶대, 받아 봐."

철수는 전화기를 광수에게 내밀었다.

"아이고, 부인, 오랜만입니다. 평양에서 만나고 20년이나 지났네요. 어허허."

철수는 두 사람이 통화하는 사이에 화장실에도 다녀오고 나갈 채비를 마쳤다.

"고맙게도 집에 와서 자고 가라고 하시네."

"나도 그럴 생각이었는데, 자네가 내일 오사카로 가야 한다니 어쩔 수 없지, 뭐."

"나도 그러고 싶지만 그럴 수가 없어. 오늘 여기에 오는 일정은 일본 법무성에 알리지도 않았거든. 말하면 골치 아플 것 같아서 말이야. 행선지를 포함한 모든 일정을 사전에 신고하게 되어 있거든…."

"거참, 귀찮겠는걸. 역시 국교를 맺지 않은 나라에서 와서 그런가?"

"뭐, 그렇겠지. 처남도 걱정하고 있을 테니 전화 좀 빌림세. 도착하면 몇 시쯤 될까?"

"1시간 반 정도면 도착해. 12시쯤 될까?"

도쿄까지 가는 길은 수도권 고속도로가 가장 빠르지만, 철수는 일부러 모토마치元町에서 완간센湾岸線 도로를 탔다. 도중에 '베이브리지' 다리를 건널 때 광수에게 요코하마의 야경을 꼭 보여주고 싶어서였다.

"여기서 보는 야경이 제일 멋지다네. 어떤가, 아름답지?"

랜드마크 빌딩과 화려한 불빛들을 가리켰지만, 광수는 '오오' 하고 짧게 감탄했을 뿐이다. 그보다는 가나가와현神奈川縣 지역의 동포들과 동기생들의 근황을 더 궁금해했다.

"철수 자네는 여전히 힘이 넘쳐 보여."

"무슨 말이야?"

"아니, 아까 자네가 탁자를 '쾅'내리쳤을 땐 간담이 서늘하던데."

둘은 마주 보며 큰 소리로 웃었다.

"여하튼 정치 얘기만 하면 온몸이 뜨거워지는 이유가 뭘까?"

"불행한 민족이라 그렇겠지."

"맞는 말이네. 분단 이후 반세기가 넘도록 여전히 갈라져 있으니 참 불행한 민족이야…"

늦은 시각이라 간간이 보이는 차들이 시원스레 속도를 내며 지나갔다. 철수는 핸들을 잡은 손에 힘을 넣으며 광수에게 물었다.

"북으로 떠나기 전까지 20여 년을 일본에서 살았는데, 잊지 못할 추억 하나를 꼽으라면 뭔가?"

"한 가지만? 너무 어려운데…"

광수는 잠시 뜸을 들이다 뭔가 떠올랐는지 희미하게 웃었다.

"고3 여름방학에 사내놈들끼리 아이치현愛知縣 오쿠미카와奧三河로 놀러 갔던 거 기억나?"

"기억하지 그럼. 영순 동무네 집에 갔었잖아. 그 먼 산골짜기에서 혼자 도쿄까지 나와 기숙사생으로 학교에 다녔으니 그 친구도 참 대단해. 그렇게 멀리 가본 건 나도 처음이었어. 아, 근처에 있는 챠우스茶臼 산 정상에 올라가 소리친 것도 생각나? 자네가 장래의 꿈이나 목표를 한 사람씩 외쳐보자고 했었잖아."

광수도 그날이 생각났는지 배시시 웃는다.

다들 고교를 졸업하면 하고 싶은 일이 많았지만, 사회적으로 가로막힌 벽으로 앞날이 보이지 않았으니 무슨 말을 해야 할지 몰라 슬금슬금 엉덩이를 뺐다. 그러다 누군가 가위바위보로 순서를 정하자고 했는데, 첫 번째 타자로 걸린 친구가 광수였다. 광수는 야단스레 비명을 지른 후 머뭇머뭇 한 발짝 앞으로 나갔고 저 멀리 보이는 일본 알프스를 향해 목이 터져 나갈 듯 외쳤다.

"와세다대학 노문과에 들어가고 싶다! 가고 싶어! 제발 부탁이니 입학시켜 주라~! "

광수의 외침에 놀라는 녀석도 있고 비웃는 녀석도 있었다. 그리고는 나머지 애들이 바짝 긴장했다.

소리쳐 꿈을 외치면 이룰 수 있을까? 광수처럼 마음에 둔 대학이나 취직하고 싶은 곳을 말하면 그대로 이뤄질까?

마치 지독한 안개비가 시야를 가린 것처럼 도무지 앞날을 가늠할 수 없는 시절이었다. 그저 "이 멍청한 놈아~! " 하고 세 번 고함치거나, "난 돈을 많이 벌어서 무조건 부자가 될 거다~! "라고 소리친 녀석도 있었다.

졸업을 목전에 두고도 대부분은 딱히 목표를 정할 수 없었다. 일본 사회에서 조선인은 여전히 암묵적인 피식민자였기 때문이다.

"그때 철수 자네가 뭐라고 외쳤는지 똑똑히 기억해."

"난 뭐라고 했었지? "

"아주 화창한 날이었어. 감청색 하늘에 떠 있는 구름을 가리키면서 자네가 이렇게 외쳤지. '손오공처럼 저 구름을 타고 백두산에서 한라산까지 가보고 싶다~'라고 말이야."

"맞아, 그랬지. 40년도 더 된 일을 생생히 기억하다니, 우리도 아직은 치매 걱정은 안 해도 될 것 같지? 히히히."

"당연하지, 아직은 거뜬해! "

둘은 누가 먼저랄 것도 없이 하회탈 같은 얼굴로 껄껄 웃었다.

"영순 동무가 마중 나왔던 도요하시豊橋 역까지 가는 데 5시간이나 걸렸잖아. 그때 자네가 당시 엄청난 인기였던 프로레슬러 '역도산力道山'이 조선인이라고 해서 다들 어찌나 놀랐던지. 친척 아저씨한테 들었다며, 우리도 싸울 땐 일단 박치기부터 날리지 않냐고 침까지 튀겨가며 야단이었어."

당시만 해도 철수는 '역도산 재일조선인 설'을 믿지 않았어. 일본 가요계의 여왕에 오른 '미소라 히바리美空ひばり'와 여러 유명인이 조선인이라는 소문도 돌았다. 당시 학생들에겐 그런 소문의 진위를 따지는 일이 둘도 없는 놀이였다.

몇 년 후 '역도산 재일조선인 설'이 사실임을 눈으로 확인한 철수는 속으로 얼마나 가슴이 뛰었는지 모른다.

"자네가 북으로 귀국한 직후, 아마 1962년 무렵일 거야. 어느 날 회의가 있어서 민족단체의 중앙본부에 들른 적이 있어. 건물 현관 앞에 그 당시 최고급 차인 신형 벤츠가 전시되어 있어서 직원에게 물으니 놀랍게도 역도산이 공화국 수뇌에게 보내는 진상품이라 하더군."

철수는 잠시 뜸을 들인 후 광수에게 물었다.

"묘향산에 있는 국제친선전람관을 자넨 알겠지?"

"외국의 원수나 대표단, 정치가, 개인들이 증정한 기념품을 전시하는 곳이잖아. 아직 가보진 않았지만…."

"언젠가 그 전람관에 갔는데 예전에 중앙본부 현관에서 보았던 그 벤츠가 전시돼 있어서 너무 놀랐어."

역도산, 본명 김신락은 1922년에 함경북도 홍원군에서 6형제 중 막내로 태어난 인물로 1950년대부터 60년대에 걸쳐 일본열도를 휩

쓴 영웅이다. 그의 큰형도 고향에서 이름난 씨름선수였다.

어린 시절부터 힘이 장사였던 역도산은 성인도 출전하는 씨름대회에 나가 3위까지 했다. 그는 우연히 이 경기를 관람한 일본 스모계 관계자에게 스카우트되어 16세였던 1940년에 일본에 왔는데, 스모계에서도 두각을 나타내더니 결국 정상에까지 올랐다.

역도산은 고향에 처자식이 있는 몸이었다. 스모 관계자의 양자로 들어가 '모모타 미츠히로百田光浩'라는 이름을 썼기 때문에 그가 조선인이란 걸 많은 일본인이 몰랐을 것이다.

1951년, 역도산은 10여 년에 걸쳐 활약한 스모계를 은퇴하고 새로운 목표를 찾아 미국으로 갔다. 프로레슬링의 본고장인 미국에서 실력을 쌓아 하와이까지 진출해 200회 이상의 전적을 남겼다.

일본으로 다시 돌아와서는 최초로 프로레슬링협회를 만들어 많은 제자를 양성하게 되는데, 이때부터 일본에 프로레슬링 붐이 일어났다.

역도산의 필살기였던 '박치기'와 오키나와의 무술 가라테를 응용한 '가라테 춉'은 역도산 돌풍을 일으키기에 충분했다. 결정적인 순간이 되면 이 두 가지 기술을 전광석화처럼 퍼부었는데, 먼저 박치기로 기세를 꺾은 뒤 '가라테 춉'을 난타해 단숨에 승부를 결정했다. 그 순간 경기장은 '우와~~' 하는 함성이 폭발하며 제어불능의 흥분상태에 빠졌다.

1950년대 초반, TV 방송국 개국과 함께 프로레슬링 실황이 중계되자 거리와 공중목욕탕은 텅텅 비었고, TV도 폭발적으로 전국에 보급되는 신화가 탄생했다.

반면에 그다지 알려지지 않은 비화도 있다.

두 가지 사건과 불행한 사건 하나가….

1959년 12월부터 북으로 귀국하기 시작한 재일동포들은 니가타 新潟 항에서 귀국선을 타고 일본을 떠났다.

첫 번째 비화는 1961년 1월이다.

역도산은 그해 1월, 니가타항구에 정박 중인 귀국선에서 북에 두고 온 딸과 감격적으로 상봉했다. 딸 김영숙은 성인이 돼서야 친부를 만나게 된 것이다.

이날 역도산은 수행원들에게 아무 일정 없이 하루를 쉬겠다고 했다. 당시 수행원 중 한 사람인 애제자 '안토니오 이노키アントニオ猪木'에 따르면, 그날 스승이 좋아하는 골프를 치러 가는 줄 알았다고 한다. 역도산은 그날 일을 일체 입 밖으로 꺼내지 않았다.

안토니오 이노키는 스승이 일본 태생의 조선인이라 생각했는데, 북에서 태어난 재일조선인 1세라는 걸 나중에야 알았다고 술회했다.

두 번째는 1963년 1월의 일이다.

역도산은 한·일 국교가 체결되기 이전, 비공식으로 방한했다. 그는 서울에 도착하자마자 가장 먼저 판문점에 데려가 달라고 관계자에게 청했다.

한국의 겨울 추위는 매섭다. 그런데 판문점에 도착한 역도산이 갑자기 웃옷을 벗어 던지고 제지하는 군인도 뿌리친 채 단숨에 군사분계선을 향해 달려가 소리쳤다.

"엄마~! 엄마~! 어마이~!"

"형님~! 형님~!"

고향 산하를 향해 단장의 심정으로 민족 분단의 비극에 몸부림친 그는 프로레슬러 역도산이 아닌, 한 조선인 김신락이었다.

마지막으로 1963년 12월 15일 밤, 역도산은 도쿄에서 야쿠자들과 시비 끝에 칼에 찔렸고, 병원에서 치료받던 중 숨을 거둔다.

TV와 라디오는 정규방송을 중단하고 사망 소식을 전했고, 신문은 호외까지 발행하며 갑작스러운 그의 죽음을 애도했다. 37세라는 통한의 젊은 나이로 투혼의 생애에 막을 내린 역도산을 애제자 안토니오 이노키는 이렇게 회고했다.

'생전의 스승은 은퇴 후 정계에 진출하려 했다. 좀처럼 진전되지 않는 일본과 남북의 친선을 위해, 특히 국교조차 맺어지지 않은 북조선과 일본의 우호·친선을 위해 여생을 바치고 싶다고….'

긴 이야기를 잠자코 듣던 광수는 평양에서 역도산의 애제자 안토니오 이노키를 보았다고 한다.

"그가 1995년 4월에 미국과 일본의 프로레슬러를 대거 이끌고 평양에 왔었어. 온갖 기술을 쓰는 프로레슬링이라는 격투기가 북에서는 그때 처음 공개된 셈이야. 10만 명을 수용하는 '5·1경기장' 관중석엔 나도 있었지만, 평양 시민들도 관심이 대단했지. 경기는 이틀간 이어졌는데, 첫날은 관중들이 그저 링을 바라보기만 했어. 그런데 둘째 날부터 경기가 무르익으며 양측 선수의 난투극이 벌어지자 관중들도 흥분했지. 고작 이틀 만에 전 세계 3만 명의 레슬링 팬과 관광객까지 38만 명이나 봤으니까."

"역도산의 제자 중에는 안토니오 이노키와 동문이었던 한국의 김일(1929~2006)도 있어. 알아?"

"이름은 들었는데, 자세히는…."

"김일은 전라남도 출신으로 역도산의 기사를 읽고 감동해 1956년에 처자식을 두고 일본으로 밀항까지 했는데, 불행히도 체포되고 말았어. 이듬해 한국으로 강제송환을 당하게 된 그는 지푸라기라도 잡는 심정으로 만난 적도 없는 역도산에게 도와달라고 편지를 썼어. 주소를 알 리도 없었지. 그저 수취인을 역도산 선생님이라 썼을 뿐이야. 그런데 신기하게도 그 편지가 배달된 거야. 역도산은 곧바로 당국과 교섭해 김일을 석방하도록 간청했지. 자신이 책임지고 신병을 맡아 제자로 키우겠다면서 말이야. 그 후 김일은 역도산에게 배운 레슬링으로 일본은 물론 한국에서도 큰 활약을 했어. 애제자 이노키는 스승의 유지를 받들어 국회의원이 된 후 김일과 함께 위안부 피해자 할머니들을 찾아가 사죄도 하고 금일봉도 전달했는걸. 그 연장선으로 평양에서의 흥행도 가능했을 거야."

"그건 처음 듣는 얘긴데."

두 사람은 한동안 생각에 잠겼다.

"스승의 유지를 받들어 평양에 온 이노키 덕분에 일본에 호의를 갖게 된 이들도 나오기 시작했어."

"좋은 일 아니야? 새로운 친일파의 출현이었겠네?"

"이 사람, 무슨 소릴 하는 거야."

"과거 역사를 진심으로 반성하는 일본인과 친선·교류를 바라는 '친일파'라는 의미야. 지금 일본은 무조건 '혐조', '혐한'을 외치는 수구 세력이 판을 치고 있거든.

"…그런 뜻의 '친일파'라면 괜찮지만…."

광수는 '친일파'라는 단어가 못마땅한 모양인지 벌레라도 씹은 표정이다.

"그러나저러나, 자네 사업은 괜찮은 거야?"

"아, 그 얘길 시작하면 내일 아침까지도 모자랄걸. 나도 그렇지만 광우병 파동 때문에 난리야. 태준이도 전화할 때마다 죽을 지경이라고 하고. 게다가 곳곳에서 조선신용조합이 파산하니 동포들의 타격이 이만저만 아니거든. 실은 우리 회사도 위태위태해."

"그 정도로 심각한 줄은…."

"밤에 잠을 못 이룰 때가 많아."

조수석에 앉은 광수가 이쪽으로 얼굴을 가까이 대더니 또 귓속말 하려는 자세를 한다.

"이 친구 또 그러네, 차 안에 우리 둘 말고 또 누가 있다고 그래. 큰 소리로 얘기하라니까."

광수가 머쓱했는지 얼른 제자리로 몸을 돌렸다.

"사실 조국의 인민 중에도 눈치만 보고 적당히만 하려는 사람이 많아 골치가 아프다네."

"그게 무슨 말이야?"

"주어진 일 외에는 안 하려고 해. 업무효율 같은 건 일절 고민하지도 않고."

"철밥통이라서?"

광수가 쓸쓸히 웃었다.

"그나저나 영미 동무한테서는 끝내 전화가 안 오는군…."

철수는 대답 대신에 핸들을 꽉 쥐고 액셀을 힘껏 밟았다. 토요타 자동차가 시속 120km로 질주하며 하네다공항 지하차도를 막 통과했다.

9

'전영미'

광수는 철수보다 세 살이 많아도 고교 동기였고, 영미는 광수보다 한 살 아래였지만 학교에서는 철수와 광수의 1기 선배였다.

철수가 중학생 때였다.

40대로 보이는 한 사내가 집 근처에 살았는데, 그 집 문패에는 '田'이라고만 쓰여 있었다. 이웃에 사는 일본인들은 '덴田'상이라 불렀다. 사실 그는 '전' 씨 성을 가진 조선인으로 키가 상당히 크고 깐깐한 성격이었다.

어느 여름밤, 전 씨가 집에 와서 아버지와 술을 마시고 있었다. 꽤 취한 그는 웃옷을 벗은 채 메리야스만 입고 있고, 구릿빛으로 그을린 팔뚝에는 근육이 불거져 있었다. 그의 다부진 체격을 볼 때마다 넋을 잃고 바라보곤 했다. 험상궂은 이목구비만 아니라면 그다지 무섭지 않았을 것이다. 동네 여자들은 우락부락한 그가 눈을 부라리며 쳐다보면 저도 모르게 접시를 떨어뜨렸다고 할 정도다.

여하튼 전 씨와는 달리 그의 부인은 깡마른 데다 약간 신경질적이며 남의 눈에 잘 띄지 않아 그다지 존재감이 없는 사람이었다.

인근에는 전 씨네 외에도 네다섯 가구쯤 동포들이 살았다. 밤이 되면 사내들이 자주 철수네 집에 모여 막걸리를 마셨다. 가끔은 부인들도 합석했지만 전 씨의 부인만은 한 번도 얼굴을 내민 적이 없었다.

다들 가난하고 낮에는 일에 매달리느라 하루해가 짧기만 했으니 술자리라고 해 봐야 변변치도 않았다. 그래도 이따금 이렇게 모였던 이유는 조국 땅에서 벌어진 전쟁이 어떻게 전개될지 불안했기 때문이다.

조선학교 학생들은 날마다 방과 후 거리로 나가 반전反戰 서명운동을 펼쳤고, 부모들 또한 동포단체 활동가들과 전쟁 동향이나 앞날에 대한 걱정, 아이들 장래를 걱정했다. 그런 자리엔 어김없이 막걸리판이 벌어졌다.

어른들은 술이 얼큰하게 오르면 부부싸움 얘기도 하고, 애들 시선도 아랑곳없이 인간미 넘치는 장면을 보이기도 했다.

딸린 식구 없이 부부뿐인 전 씨네는 딱히 걱정거리가 없을 줄 알았는데, 오히려 그가 술주정도 심하고 불평도 많았다. 주로 여자와 돈에 관한 얘기였던 것 같다. 철수는 재미 반 호기심 반으로 어른들 곁에서 이야기를 듣곤 했다.

"일본인 마누라는 쓰잘 데가 없어."

전 씨는 늘 이렇게 불평했다. 그 말을 듣고 부인이 일본인이란 걸 알았다. 마늘을 듬뿍 넣은 술안주를 좋아한 전 씨가 왜 불평하는지 알 것도 같았다.

철수가 소학교에 다닐 때도 '마늘 냄새가 지독하다'라며 이웃 일본 아이들이 자주 따돌리곤 했다. 일본인 부인도 그 아이들처럼 마늘 냄새가 싫고 매운 조선식 반찬을 만드는 것이나 그런 음식을 먹는 사람들과 어울리는 게 내키지 않아서가 아니었을까? 그게 아니면 아무리 반찬을 정성껏 만들어도 남편 입에는 도무지 안 맞았는지도 모른다.

또 전 씨는 '내가 돈만 있으면 말이야'라는 말을 입버릇처럼 달고 살았다. 일자무식이었던 철수의 아버지와는 달리 그는 글을 읽고 쓸 줄 알았기에 무엇을 해야 돈을 벌 수 있는지 잘 아는 것 같았다.

여하튼 철수는 험상궂은 얼굴에 술로 불콰해진 전 씨와 눈이 마주치기라도 하면 오한이 든 것처럼 괜히 몸이 떨리고 기가 죽었다.

그런 그가 기분 좋게 취했을 때는 전혀 다른 사람이 되었다. 머리를 쿡 찌르며 '공부 열심히 해라. 효도해라.' 하기도 하고, 가끔은 눈가를 적시며 용돈을 주기도 했다. 용돈을 받는 건 좋아도 그가 왜 눈물을 글썽이는지 알 수 없었다. 또 시도 때도 없이 남의 집 아이의 머리를 쥐어박는 이유도 궁금했다. 취기가 오른 흐릿한 눈빛으로 거칠기도 하고 어쩐지 슬퍼 보이기도 했던 전 씨가 좀처럼 익숙해지지 않았다. 그래서 그가 오면 얼른 인사만 하고 방으로 내뺐다.

전 씨는 또 한 가지 묘한 버릇이 있었다.

항상 콧잔등을 찡그리며 움찔움찔 연신 콧구멍으로 공기를 뿜어 댔다. 마치 개가 재채기하는 것처럼 그때마다 콧구멍에서 '킁킁' 소리가 났다. 그 소리만으로도 그가 집에 온 걸 금방 알았다.

전 씨가 하는 일은 폐고무를 재생하는 일이었다. 미노와바시三ノ輪橋에 있는 집에서 일터가 있는 닛포리日暮里까지 날마다 이른 아침에 자전거를 타고 나갔다. 어머니에게 듣기로는 자전거나 자동차 폐타이어를 공짜로 얻어와서 틀에 끼워 벗겨낸 후 칼로 잘라서 샌들을 만들거나 구두 밑창을 만든다고 했다. 당시에는 고무 샌들이 유행한데다 구두를 신는 사람도 늘어난 시기다.

철수는 그런 전 씨에게 별명을 붙였다.

'고무집 킁킁 씨' 아니면 그냥 '킁킁 씨'라 불렀는데, 신기하게도 이렇게 부르면 그가 무섭지 않았다. 그러다 식구들까지 모두 그를 '킁킁 씨'라 부르기 시작했다.

고철 수집상을 하는 아버지와 고무 재생업을 하는 킁킁 씨는 어느새 의형제처럼 가까이 지냈는데, 세 살이 많은 아버지와 킁킁 씨는 서로 '형님' '아우'하며 밤마다 술잔을 부딪치고 불콰해졌다.

철수는 언제나 집 뒤쪽 골목에 있는 킁킁 씨네 집을 지나 학교에 갔다. 그 길이 역까지 가는 지름길이다.

어느 날 아침, 등굣길에 킁킁 씨네 미닫이 출입문을 열고 나온 세일러복 차림의 소녀와 맞닥뜨렸다. 새하얀 세일러복이었으니 아마 초여름 무렵이다. 소녀는 잔잔한 파도 같은 주름이 들어간 검정 치마를 입고 가지런한 단발머리에 서글서글한 눈매가 인상적이었다.

킁킁 씨에겐 자식이 없었으니 놀러 온 친척 아이인가 싶었는데 그 후로도 몇 번 뒷골목에서 그 소녀와 마주쳤고, 거리에서 소녀를 발견하기도 했다. 미노와바시三ノ輪橋 역에서 우에노上野 역까지 가는 전차를 같이 탄 적도 있었다.

어머니에게 슬쩍 물어보니 이상한 대답이 돌아왔다.

"아아, 걘 킁킁 씨네 둘째 딸이야. 아마, 중2라고 했지. 조만간 진짜 부인과 큰딸이 온다던데. 아, 다른 사람한테 절대 말하면 안 된다."

비밀처럼 속삭이는 어머니 말에 점점 더 그 소녀가 궁금해졌다. 게다가 킁킁 씨에게 '진짜 부인'이 있다는 말은 또 뭔가? 딸이 하나 더 있다는 것도 금시초문이다.

서글서글한 눈매를 가진 영미라는 소녀의 아버지가 킁킁 씨라니

믿기 어려웠다. 그렇다면 좀처럼 눈에 띄지 않는 일본인 부인은 대체 누구란 말인가. 가짜 부인?

그러다 얼마 지나지 않아 또 이상한 일이 일어났다.

하얀색에서 검은색 세일러복으로 바뀔 무렵, 갑자기 소녀의 모습이 보이지 않았다. 소녀는 별안간 철수 앞에 나타났다가 1년도 채 안 되어 홀연히 시야에서 사라졌다.

그로부터 4년이 지난 후 갑자기 소녀가 다시 나타났다.

그사이 3년에 걸친 6·25 전쟁으로 고철 수집상이 제법 돈이 되었다. 그 덕에 아버지는 작업장으로 쓰던 마당 한쪽에 단층 다세대 주택을 짓고 세를 놓았다. 방이 다섯 개였는데 그중 하나를 킁킁 씨가 딸이 지낼 방으로 빌린 것이다. 게다가 소녀는 같은 도쿄 조선고등학교의 1기 선배가 되는 2학년이었다.

어머니는 그제야 킁킁 씨 가족에 대해 자세히 이야기해 주었다.

해방 직전인 1944년, 킁킁 씨는 일본에 건너와 함께 살았던 가족과 고향으로 돌아가려 했는데 사정이 여의치 못해 먼저 처자식만 귀국시켰다. 그런데 일본이 패전한 직후 사회적 혼란과 남북의 상황이 심상치 않았다. 게다가 고향 땅에서 전쟁까지 발발하자 결국 킁킁 씨만 고향으로 돌아가지 못하게 된 것이다.

가족과 헤어진 처지가 된 킁킁 씨는 고독하고 처량했다. 그래도 어떻게든 살아야 했기에 거주지를 옮겨 가며 소식이 끊긴 고향의 처자식을 간신히 찾아냈다. 그 후 '진짜 부인'이 겨우 목숨만 부지한 채 두 딸을 데리고 남편이 있는 일본까지 밀항해 왔다고 했다.

당시 철수가 다닌 도쿄 조선고등학교도 한국에서 밀항해 온 학생들이 적지 않았다. 어쩌다 일본 경찰에 발각되기라도 하면 체포되어 규슈九州에 있는 '오오무라大村 수용소'로 끌려가 결국 한국으로 강제 송환되었다. 밀항자는 일정 기간 일본에 살았다는 기득권을 확보하기까지 거주지를 옮겨 다니며 숨어 살 수밖에 없었다.

술에 취하면 자주 일본인 부인을 푸념하거나 유난히 돈에 집착하며 주정을 부리던 킁킁 씨의 속사정을 그렇게 어느 정도 알게 되었다. 영미가 갑자기 나타났다가 홀연히 자취를 감춘 까닭도 어머니의 말을 듣고 이해되었다. 킁킁 씨네는 일본인 부인과 고향에 있던 가족들 문제가 복잡하게 얽혀 어쩔 수 없이 뿔뿔이 흩어져 산 것이다.

여하튼 철수는 영미가 다시 나타난 무렵부터 안절부절못하는 나날이 시작되었다.

철수는 영미의 출현으로 갑자기 주변이 화사해지는 것 같았다. 전문대학교에 다닌다는 영미의 언니도 자주 와서 자고 갔는데, 그때마다 화사함은 한층 더 했다. 그도 그럴 것이 영미의 방과 자신의 방 사이에는 1미터 정도의 좁은 통로만 있을 뿐이라 마음만 먹으면 단숨에 다리를 뻗어 뛰어들 수도 있는 거리였다.

그런데도 철수는 좀처럼 영미에게 말을 걸지 못했다. 이미 얼굴도 알고 학교에서 마주칠 때도 많았지만 먼저 말을 건넬 용기가 나지 않았다. 일단 무슨 말을 해야 좋을지도 몰랐고, 더욱이 학교에서는 남자든 여자든 선배라면 어려웠다.

당시 조선중고등학교의 분위기는 6·25전쟁 발발로 어수선했고, 조선인학교를 없애려는 일본 문부성의 탄압이 본격화되어 갑자기 도쿄도의 관리를 받는 도립조선인학교 처지에 놓이는 등 긴장을 늦출 수 없는 날들이었다. 그런데 고등학생이 되었을 때부터 다시 사립인 각종학교가 되면서 그간의 어수선한 상황이 일단락되었고 학생들도 공부에 전념하자는 분위기로 바뀌기 시작했다.

당시 학생자치회가 '이제부터는 공부에 전념하자'라는 슬로건을 내걸었을만큼 이전까지는 일본에 있는 1세들이 자녀들을 위해 직접 일궈온 민족교육을 어떻게 지킬 것인가의 문제와 남북 간에 벌어진 전쟁으로 학교가 혼란하기만 했다. 학생자치회가 만든 슬로건에는 당시 조선학교 학생들의 조국을 향한 뜨거운 심정과 결의도 담겨 있었다.

철수는 학교가 끝나 집에 와서도 밖에 나가지 않고 책상에 앉아 있는 시간이 점점 늘어났다. 뒤처진 공부를 만회해야겠다는 생각도 있었지만, 사실은 영미 때문이었다.

그녀가 방에 있는 기척이라도 나면 온통 신경이 그쪽으로 쏠려 공연히 창문을 여닫으며 주의를 끌려 애썼다. '나 지금 방에 있다'라는 메시지를 그녀가 눈치채주길 기대하며 아마도 학창 시절 중 가장 많은 시간을 책상에서 보냈을 것이다.

어느 날 밤, 늘 그렇듯 창가를 향해 앉아 교과서를 읽는 퍼포먼스에 열중하던 철수는 문득 영미의 방 창문이 스르르 열리는 것을 감지했다. 그리고 드디어 그녀가 말을 걸었다.

"너, 김철수 맞지?"

처음 들어보는, 너무도 자연스러운 발음의 우리말이었다.

"예."

철수는 선생님이 지명했을 때처럼 벌떡 일어나 뒤를 돌아보았다.

그녀가 하얀 잇속을 보이며 환하게 웃고 있었다. 짙고 풍성한 눈썹, 맑고 커다란 눈망울이 눈부셨다.

"너 열심히 공부하는구나. 난 전영미야. 학교에서 봐서 알겠지만, 내가 1년 선배니 앞으로 잘 지내보자."

일본어가 아닌 우리말로 그렇게 말했다. 게다가 조선학교 친구들이 쓰는 '일본어식 우리말'과는 전혀 달랐다. 부드럽게 혀를 굴리는 그녀의 말은 그저 우리말 단어를 일본어 어순에 따라 늘어놓는 그것과는 차원이 달랐다. 매끄럽고 왠지 모를 따듯한 울림이 느껴지는 우리말이다.

"저도… 잘 부탁합니다. 선배, 많이 가르쳐 주십시오."

철수는 상기된 얼굴로 간신히 이렇게 대답하고 머리를 꾸벅 숙였다. 상급생에게, 더구나 여자한테 이렇게 조신하게 인사를 해 본 적이 있던가. 입에서 튀어나온 자신의 우리말은 이제 막 말을 배우는 어린애 말투 같아서 얼굴이 화끈거렸다.

이것이 영미와 주고받은 첫 번째 대화였다.

"철수, 방에 있어?"

"있지롱."

의자를 박차고 일어난 철수가 창문을 활짝 열어젖히며 큰소리로 대답했다.

"너 말야, 또 한 번 선배한테 그렇게 대답하면 혼난다. 암튼 바쁘지 않으면 건너와. 언니가 수박 사 왔어. 같이 먹자."

"오케이~ 30분 내로 갈게요. 지금 숙제하던 중이라."

숙제는 진즉에 끝냈고 아까부터 따분함을 이기느라 코를 후비던 중이었다. 부른다고 쪼르륵 달려가면 남자 체면이 서지 않을 것 같았던 철수는 기둥에 걸린 작은 거울을 보고 삐죽삐죽 자라나기 시작한 머리를 매만지며 시간이 지나길 기다렸다.

영미는 처음에도 그랬지만 말을 튼 이후로도 항상 반말을 썼다. 한국에선 남자든 여자든 친한 사이에는 그런 말투를 쓰는 것인지 동갑내기나 손아랫사람한테도 그랬다. 처음 만난 사이여도 나이가 어리면 이름 뒤에 '씨'나 '군'을 붙이지도 않고 명령투 같은 반말을 썼다. 첫 만남부터 상하를 확실히 구분하는 말투라는 생각이 들었다.

여하튼 그녀가 선배이니 반말을 할 수도 없었지만 애초에 그런 대화법 자체를 몰랐기에 그녀의 반말투에 괜한 반발심이 들기도 했다. 학교에서는 선후배와 상관없이 일본어의 '상'이나 '군'과 비슷한 '동무'를 붙여 불렀고, 말투도 대부분 존댓말을 썼기 때문이다.

철수는 영미가 하는 우리말을 듣고 보면서 이거야말로 진짜 살아있는 우리말이라는 생각이 들었다. 일본에서 태어난 2세들이 접하는 우리말은 학교 선생님의 말씀과 교과서가 전부였다. '일상적인 생생한 회화'를 들어본 적 없는 학생들로선 교과서에 나오지 않는 그런 대화 자체가 불가능했다.

영미가 어린 시절 고향 땅에서 자라며 익힌 말은 '살아있는 우리말'의 표본 같았다. 무언가 신선한 느낌이었다. 그때마다 철수는 진짜 조선 사람이 되는 것 같아서 기분이 들떴고, 그 언어 속에 빠져 죽어도 좋을 것 같았다.

또 그녀가 하는 말에는 후배를 아끼는 마음도 느껴졌다. 언제나 그녀의 우리말에 압도당해 저절로 저자세가 되었지만, 그 또한 무어라 형용할 수 없이 황홀했다. 명령 어투로 위아래 선을 긋는 게 아닌 마치 하나가 된 듯한 포근함 그리고 연대감마저 들었다.

철수는 지루하게 30분을 기다린 끝에 영미의 방 미닫이문을 조심스레 노크했다.

"어서 들어와."

천천히 방문을 열고 들어가자 장지문 귀틀에 걸터앉은 영미가 웃으며 손짓했다.

방 안 한가운데에는 둥근 탁자가 있었고, 그 위에서 이미 절반으로 잘라 놓은 커다란 수박이 기우뚱거렸다. 탁자 뒤로는 물방울무늬가 들어간 원피스를 입은 영미의 언니가 살짝 웃으며 이쪽을 빤히 쳐다보았다.

여자의 방에 들어가 보는 것은 처음이라 어쩐지 목덜미가 화끈거리고 눈앞이 뿌옇게 흐려지는 것 같았다.

"여기 앉아."

철수는 영미가 가리킨 곳에 무릎을 꿇고 앉았다.

"편히 앉아."

그 말에 슬그머니 일어나 책상다리로 다시 앉았다.

"우리 언니야. 인사해."

"안녕하십니까. 김철수입니다."

"만나서 반가워요. 영미 언예요."

빨간 립스틱을 바른 언니는 어깨를 덮은 헤어스타일을 빼고는 시원한 이마와 짙은 눈썹, 큰 눈이 영미와 닮아 있었다. 영미보다 세 살쯤 많다고 했으니 스물한 두 살이다.

3평 남짓한 방 안은 앉은뱅이책상과 작은 책장 그리고 꽃무늬가 들어간 비닐 옷장만 놓여있어 소박했지만, 방안에 감도는 향과 작은 꽃병에 꽂아 놓은 꽃 한 송이가 여자의 방이라는 것을 느끼게 했다. 부엌과 화장실은 공동으로 사용했기에 방에는 꼭 필요한 가구만 있었다.

"그렇게 구석구석 살피지 마, 창피하게."

영미가 시야를 가리려는 듯 앞에서 팔을 벌려 좌우로 흔든다.

"귀엽게 생겼는데?"

아까부터 지켜보던 언니가 영미를 쿡 찌르며 말했다.

여자한테 처음 듣는 말이라 철수는 얼굴을 붉히며 눈을 둘 곳을 찾느라 곤혹스러웠다.

"그렇게 대놓고 말하면 어떡해, 철수가 당황하잖아."

"뭐가 어때. 네가 괜찮은 애라고 해서 나도 느낀 대로 말한 것뿐인데."

동생의 핀잔에도 아랑곳하지 않고 언니의 시선이 계속 철수를 꼼꼼히 더듬었다.

"언니두 참, 그만 좀 쳐다봐."

영미가 언니에게 눈을 흘긴다.

방에 들어온 순간부터 줄곧 얼어 있는 표정의 철수는 이럴 때 뭐든 재치 있는 말로 분위기를 바꿔야 한다고 생각은 했지만, 그런 우리말 표현이 도무지 떠오르지 않아 초조했다.

"미안, 미안. 우리 영미, 잘 좀 부탁해요. 자자, 어서 수박 먹자."

이제 면접은 끝났다는 듯 그제야 언니는 우리말이 아닌 일본어로 말했다. 언니는 쟁반에서 앞접시와 숟가락을 집어 하나씩 들려주고는 자신의 수저로 설탕을 듬뿍 퍼서 수박 위에 골고루 뿌렸다.

"철수 씨, 어서 들어요."

언니가 방긋 웃으며 수박을 권했다.

초면이긴 해도 동생의 후배이니 이름만 부를 줄 알았는데 일본어를 쓰기 시작하자 언니는 '씨'를 붙여서 말했다.

"두 분 먼저 드세요."

"어머나, 예의도 바르네. 후후후."

언니는 살포시 웃으며 숟가락으로 잘 익은 수박 속을 야무지게 떠서 입 속에 넣었다.

사실 철수는 예의를 차린 것이 아니라 절반으로 잘라 놓은 수박을 어떻게 먹어야 좋을지 몰라서 먼저 하는 걸 보고 따라 하려고 한 것뿐이다.

보통은 초승달처럼 자른 수박 조각을 손에 들고 먹는데, 두 자매는 절반으로 자른 수박에 숟가락으로 구멍을 파듯 떠서 먹었다. 앞접시는 씨를 뱉어 놓는 용도였다.

집에서 큰 냄비에 끓인 찌개를 먹을 때면 온 식구가 숟가락을 냄비에 담가 국물을 떠먹었지만, 수박을 이런 식으로 먹지는 않았다. 먹는 방식이 다른 것을 보고 신기했다.

"철수 씨는 소학교부터 조선학교에 다녔다고 하던데?"

한쪽 무릎을 세워 앉으며 언니가 물었다. 아마 아버지인 쿵쿵 씨한테 들었을 것이다.

"네. 국어강습소가 생긴 때부터 계속 조선학교에만 다녔습니다."

"국어강습소가 뭐야?"

철수는 해방 직후, 아직 남북 정부가 수립되지 않은 시기에 일본에 있던 동포들이 곳곳에 만든 국어강습소부터 고등학교가 설립되기까지, 일본 땅에서 1세들이 자주적으로 일궈온 민족교육의 역사를 요약해 설명했다. 국어강습소에서 공부했던 어릴 때 추억도 덧붙여 말했다.

그 이야기를 듣고 나자 언니는 무릎을 바꿔 세우며 몸을 바짝 당겼다.

"그렇게 많은 학교를 만드느라 동포들 고생이 이만저만 아니었겠네. 그런데 왜 그렇게 힘들게 만든 학교가 '북한'을 지지하는지 그 이유를 모르겠다니까."

언니는 도무지 이해가 안 된다는 표정이다. 정치적으로 한국을 지지하는 사람은 북을 가리킬 때 '조선'이란 단어를 일절 안 쓰고 이북은 '북한' 이남은 '남한'이라 표현했다.

"그건 말이죠…"

철수는 해방 직후 남북의 정세와 일본에 남은 동포들의 처지에 대해 나름의 생각을 덧붙여 다시 장황하게 설명했다.

"한국인이 한국말을 배우는 건 당연한 일이야. 하지만 왜 북한을 지지하는지 그 근거를 알고 싶어."

언니는 숟가락으로 뜬 수박을 입으로 가져가면서 같은 질문을 반복했다.

남북이 분단된 후 이북 정부는 곧바로 재일동포를 재외국민으로 인정했고 민족교육에도 많은 관심을 보이며 여러 방책을 취했지만, 그와 반대로 남쪽 정부는 기민정책으로 일관했다. 조선학교가 북을 지지하게 된 근거를 장황히 설명했음에도 언니는 여전히 못마땅한 표정이다.

"아까부터 계속 북한을 두둔하는데, 한 번이라도 북에 가 보고 그렇게 말하는 거야?"

갑자기 언니가 이쪽을 노려보며 물었다.

철수는 열심히 설명한 보람도 없이 언짢은 표정으로 같은 질문을 반복하는 언니가 짜증스러웠다. 말투도 어느새 날이 서 있다. 애초에 설명을 들으려던 게 아니라 잘못된 생각을 뜯어고치겠다는 태도로 느껴져 철수도 점점 화가 치밀었다.

"그렇다면 북보다 남이 좋다고 말하는 누나의 근거는 뭡니까? 누나는 북에 관해 뭘 알고 그렇게 말하는 거죠?"

철수도 지고 싶지 않았다.

"한국 쪽이 좋은 게 당연하잖아. 난 거기서 살아봤으니 잘 알 수밖에!"

"그럼 계속 한국에서 살면 되지, 죽을 각오를 하고 일본에는 왜 밀항해 온 겁니까?"

순간적으로 내뱉은 이 말이 두 자매의 쓰라린 상처를 헤집어놓았다는 생각이 들자 갑자기 당혹스러웠다.

"일본에 있는 조선인은 왜 전부 빨갱이인 거야!"

흥분한 언니는 혀를 차기까지 했다.

"철수 씨, 나는요, 6·25전쟁이 났을 때 북의 인민군과 빨갱이들이 아무 죄도 없는 사람들을 죽이는 걸 이 눈으로 똑똑 봤어요. 그래서 난…"

"거짓말! 남쪽 군인들도 미국과 한통속이 되어 인민들을 학살했잖아요. 제주도에서 일어난 4·3사건도 마찬가지 아니에요? 그건 어떻게 설명할 겁니까?"

철수도 화가 치밀어 마구 쏘아붙였다.

"아— 왜들 그래 정말?! 철수도, 언니도, 이제 그 얘긴 그만해! "

말없이 둘의 언쟁을 듣고 있던 영미가 갑자기 비명을 지르듯 소리치며 두 사람을 제지했다. 마지못해 입을 다물긴 했으나 분을 삭이지 못한 철수와 언니는 거친 숨을 몰아쉬며 어깨가 들썩일 정도로 씩씩댔다.

방안에는 한동안 얼음장 같은 침묵이 흘렀다.

그러다 갑자기 언니가 수박 속을 숟가락으로 박박 긁더니 연달아 입속에 떠 넣었다. 그걸 보고 철수도 질 수 없다는 듯 들고 있던 숟가락으로 웅덩이처럼 국물만 남은 수박을 긁어 입에 욱여넣고는 수박씨를 우적우적 씹은 후 접시 한가득 뱉어 놓았다.

두 사람을 지켜보던 영미는 수건을 건네며 둘의 눈치를 살폈다. 수건으로 거칠게 입가를 닦는 철수를 빤히 째려보던 언니가 갑자기 어깨를 들썩이며 웃기 시작했다. 몸을 지탱하지 못하겠는지 양손으로 바닥을 짚고 등까지 기대며 숨이 넘어갈 듯 낄낄 웃었다. 우스꽝스러운 그 모습에 영문도 모른 채 영미와 철수도 웃음이 터지고 말았다.

눈물까지 흘리며 한참을 웃고 난 언니가 수건으로 눈가를 훔치며 말했다.

"철수, 맘에 들었어. 고집도 있고 지기 싫어하는 걸 보니 한국 사람이 틀림없네. 어릴 때부터 받은 민족교육의 힘인가? 내가 아는 사람들은 한국 얘긴 피하기만 하는 데다, 우리말도 모르면서 줏대 없이 굴어서 안타까웠거든. 알다시피 내 동생은 사정이 있어서 일본학교에 다니다 2년 늦게 조선고등학교로 전학했어. 그때부터 물을 만난 고기처럼 달라져 안심은 했는데, 영미가 점점 북을 친근하게 여기는 것 같아서 철수한테도 초면에 짓궂게 군 거야. 이제야 조선학교에 대해 조금 알 것도 같아. 그래도 나를 설득하려고는 하지마. 조선학교가 여전히 북에 가까운 교육만 하는 건 잘못됐다고 생각하니까. 앞으론 나랑도 친하게 지내자. 내가 한참 누나지만 편하게 생각해."

"그렇게 말씀하시면…."

좀 더 따지고 싶었으나 옆에 있던 영미가 이제 그만하라고 눈짓으로 사인을 보냈다.

"그나저나, 철수는 여자 친구 있어?"

"예?!"

"놀라긴, 사귀는 여자 친구 있냐고."

별안간 여자 친구가 있냐고 묻는 언니가 어이없었다.

"언니!"

영미가 고함을 치며 언니에게 또 눈을 흘긴다.

"뭐가 어때서 그래. 빨갱이 학교 학생들은 어떻게 연애하나 무지하게 궁금했거든."

언니는 진심이라는 듯 눈을 반짝거렸다.

"우리를 완전히 동물원 원숭이처럼 생각하는 것 같다. 안 그래, 철수?"

세 사람은 동시에 크게 웃었다.

그날 이후 창문 사이로 영미와 나누는 대화가 일상이 되었다. '싸움 친구'인 누나가 자러 오는 날 밤에는 오히려 누나가 먼저 방으로 불렀다. 누나는 여전히 사소한 일로 역정을 내다 이내 태연해졌고, 그다음엔 정신없이 웃고 떠드느라 시간 가는 줄 몰랐다. 때론 은근히 논쟁을 즐기는 것도 같았다. 누나의 완고한 반공주의에 진땀을 빼기도 했는데, 본인의 경험을 바탕으로 말하는 누나에게 철수는 아무런 반론을 못 할 때도 있었다.

여하튼 두 자매의 우리말을 듣고 있기만 해도 즐거웠다. 부모님의 대화 속에 간혹 튀어나오는 단어나 학교에서 배우는 국어가 정말로 통하는 우리말인지 답답했었다. 학교에서 열심히 쓰면서도 애매한 느낌이었는데, 한국에서 어린 시절을 보낸 두 자매의 말과 조선학교에서 배우는 그것이 전혀 다르지 않다는 걸 알고 나자 신기한 감동이 밀려왔다.

자매가 쓰는 우리말은 아직 가보지 못한 조국에 다가가는 경험이었다. 그것은 마치 잊고 있던 몸속의 기억을 발견한 듯 설레기까지 했고, 전혀 다른 세계로 이끄는 것 같았다.

한 인간을 성장시키는 밑거름은 저마다 다를 것이다. 그것은 책이 되기도 하고, 별것 아닌 친구의 조언일 수도 있고, 혹은 스승의 올바른 가르침일 수도 있다.

철수는 영미의 출현으로 그 어느 때보다 우리말을 열심히 배우고 느꼈다. '일본어식 우리말'만 접했다면 뿌리인 조국의 자연과 문화도 모르고 막연히 조국을 그리는 마음만 지닌 채 성인이 되었을지 모른다.

그런데 이 행복했던 배움의 시간도 불과 1년이 안 되어 아쉽게 끝나고 말았다.

철수가 고교 2학년이 되고 영미는 졸업반이 된 해에 킹킹 씨가 닛포리日暮里에 있는 일터 근처에 집을 마련해 이사를 나갔다. 킁킁 씨는 결국 일본인 부인과 헤어지고 뿔뿔이 흩어졌던 가족은 한 지붕 아래 살게 되었다.

1년 후 철수는 고교를 졸업하고 조선대학교에 입학했지만, 대학 생활에 도무지 흥미를 느끼지 못하고 우에노上野 도서관에 틀어박혀 외국 소설만 파고들었다.

그러던 어느 날, 도서관에서 전문대 대학생이 된 영미와 우연히 다시 만났다.

10

"정말 멋진 야경이지!"

그녀가 흥분된 표정으로 창밖을 가리켰다.

요코하마橫浜 조선소와 부두를 재정비한 '미나토미라이 21'의 야경이 나비오스 요코하마 호텔 1층에 있는 레스토랑의 전면 유리창으로 한눈에 들어와 말 그대로 장관이었다.

"와아, 진짜 멋지네."

눈 앞에 펼쳐진 광경에 철수도 절로 탄성이 나왔다.

두 사람은 레스토랑 안에서도 훤히 보이는 빌딩 숲 야경을 한동안 넋을 잃고 바라보았다.

둥근 대관람차 뒤로는 70층의 랜드마크 타워가 보이고, 그 옆으로는 '퀸즈스퀘어 요코하마'라 부르는 건축물 3개가 높이차를 이루며 우뚝 서 있다. 관람차의 거대한 바퀴에 점등된 네온 장식과 빌딩 전체를 밝힌 색색의 불빛이 칠흑 같은 어둠을 배경으로 바다를 수놓았다. 여기서는 잘 보이지 않는데 우측에는 거대한 돛 모양의 인터콘티넨탈 호텔이 있고, 나비오스 요코하마 호텔 뒤쪽은 메이지 시대에 붉은 벽돌로 지은 건축물인 아카렌가赤煉瓦 창고들이 있어 영화촬영지로도 이용되었다.

철수는 지금 이곳에 그가 함께였다면 어땠을까 생각하며 오사카에 가 있는 광수를 떠올렸다. 빛의 바다를 둘러싼 밤하늘은 세 사람의 옛 추억을 회상하기에 더할 나위 없는 분위기를 자아냈다.

"나도 여기서 오래 살았지만, 여기서 보이는 야경이 이렇게 훌륭

한 줄은 처음 알았네."

"랜드마크 타워 꼭대기에 있는 레스토랑이 예약이 안 돼서 어찌할까 고민하다 문득 이곳이 떠올랐어. 여기 화려한 야경을 의외로 사람들이 잘 모르더라고. 여기로 정하길 잘했지? "

"응, 최고인걸. 근데, 이렇게 기막힌 곳을 어떻게 찾았어? "

"늦은 밤에 남편이 나를 여기 데려온 적이 있어."

"멋진데, 남편과 심야에 데이트라…."

"그게 아니라 둘이 싸우다 지쳐서 싸움터를 집에서 이곳으로 옮긴 것뿐이야."

그때 기억이 떠올랐는지 영미가 미간을 찌푸린다.

"누이, 지금 나한테 자랑하는 거지? "

철수는 장난기가 발동해 그녀의 얼굴을 빤히 쳐다봤다.

오랜 인연이지만 상황에 따라서 '누이' '영미 상' '전영미 씨' 등으로 그녀의 호칭을 바꾸는 게 철수의 버릇이다.

"쳇, 내 속도 모르면서. 결혼하고 40년이 지나도록 그 사람은 내 마음을 아직도 잘 몰라."

"또 시작이시네. 과장이 좀 심한 거 아니우? 아들 둘이 훌륭히 성장해서 독립한데다 아무 걱정 없이 생활하잖아. 외출도 자유롭게 하고. 남들이 보면 누이는 부러울 정도로 행복한 사람이에요."

"뭔가 다 아는 것처럼 말하지 마. 자유로이 외출하게 된 건 불과 몇 년 안 됐고, 그것도 그이와 대판 싸움을 한 끝에 얻어낸 거야."

영미는 큰 소리로 단호히 말했다.

누가 듣지는 않을까 신경이 쓰인 철수는 저도 모르게 어깨를 움츠리며 주위를 둘러보았다.

만석에 가까운 레스토랑에는 대부분 젊은 커플이 앉아 있었다. 여름밤 데이트에는 이만한 장소가 없을 것 같다.

서글서글한 눈매에 자리 잡은 몇 개의 잔주름을 제외하곤 예순여섯이라는 나이가 믿기지 않을 만큼 영미는 정갈한 피부를 유지했다. 우아하게 나이 들어가는 그녀의 모습에 철수도 흡족했다.

"예전에도 자주 누이한테 혼이 났는데, 예순넷이 된 이 나이에도 여전히 핀잔을 듣는 걸 보니 하나도 변한 게 없어."

"어머, 그게 불만이야?"

"그게 아니라, 50년 동안 미운 정 고운 정이 들어서 그런지 이젠 아무렇지도 않은걸, 뭐."

"그야 당연한 것 아냐? 철수는 나보다 두 살 아래에다 내겐 남동생 같은 존재이니 잔소리를 듣는 게 당연하지."

"예예, 누님."

두 사람은 마주 보고 웃었다.

그 사이 웨이터가 다가와 영미 앞에 붉은 포도주가 담긴 글라스를 놓고, 철수 앞에는 온더록스 잔을 내려놓았다.

철수는 차가운 위스키로 적당한 취기를 맛보고 마지막엔 스테이크를 먹는 것이 가장 좋았다. 언제나 이런 장소에서의 메뉴는 그녀에게 맡겼는데, 먼저 계산하게 놔두지는 않았다. '누이'인 자기가 사는 것이 당연하다며 영미가 늘 먼저 계산대로 향했다.

"건배합시다."

철수가 잔을 들고 건배를 청하며 이렇게 말했다.

"오랜만에 만난 오늘과 누이의 추억을 위하여!"

영미는 포도주의 맛을 보듯 한 모금 마신 후 물었다.

"내 추억? 무슨 말이야?"

그녀가 고개를 갸웃거렸다.

"딱히 의미는 없어요. 좋은 곳에 데려와 주었으니 조만간 누이에게도 뭔가 좋은 일이 생겼으면 하는 마음에 한 말이야."

철수는 다시 광수를 떠올렸다. 만약 두 사람을 만나게 하려면 일단 그녀가 두말없이 'OK'를 해야 가능했다.

"뭔지 모르겠지만 좋은 일 있으면 꼭 얘기해줘."

순진한 표정으로 그녀가 웃었다.

잠시 후 이탈리아 식초에 재운 작은 전갱이 요리가 맛깔스럽게 나왔다.

"이거 이름이 뭐지?"

"'안티파스토'라고 하는 이탈리아 전채 요리야. 남편과 가끔 먹으러 왔는데, 맛이 괜찮아서 철수한테도 한 번 맛보게 하고 싶었어. 코스요리가 나오기 전까지 술안주로 하기엔 좀 부족하지?"

남편의 흉을 자주 하긴 해도 영미는 이런 식으로 표나지 않게 남편의 장점을 알리는 데 마음을 썼다.

영미는 치매를 앓다가 3년 전에 세상을 떠난 구순의 시어머니를 마지막까지 간호했다. 약 6년간 오로지 시어머니를 돌보느라 안간힘을 쏟았던 고생담은 잠시 숨을 돌리기 위해 밖으로 나온 그녀에게 찻집에서 여러 번 들었다. 또 10년쯤 되었다는 남편에 대한 불만을 털어놓기도 했다.

병든 시어머니를 돌보는 일은 힘들어하지 않았다. 며느리로서 성심성의껏 남편의 어머니를 보살폈고, 치매에 걸리기 전에는 혼자 시어머니를 모시고 고향인 제주도에도 몇 번 다녀왔다.

며느리로서 당연하다고 생각했는데 이따금 남편이 그 역할을 강요하는 것이 섭섭했다. 하나를 보면 열을 짐작할 수 있듯 영미는 시댁의 온갖 대소사도 도맡아 챙겼다. 그런데 남편은 위로의 말은커녕 그녀가 고향을 그리워하는 걸 이해해주지 않는 모양이었다. 자신은 민단조직의 임원이면서도 아내가 그쪽과 관련된 부인들 모임에 나가는 건 탐탁지 않게 여겼다.

'그 사람과 난 어딘가에서 어긋나 있는 것 같아.'

언젠가 그녀는 꺼질 듯한 목소리로 남편과 메워지지 않은 깊은 골을 이렇게 말했다.

어느 부부나 이런저런 문제를 안고 산다고 다독였지만, 그녀에게는 위로가 안 되는 모양이었다. 힘들 때는 누군가 그저 얘길 들어주기만 해도 마음이 한결 나아지는 법이니 그때마다 그녀의 얘기를 조용히 들어주었다.

남편은 도쿄도東京都 내에 역세권 비즈니스호텔을 3개나 갖고 있는데, 일흔에 가까운 지금도 10층짜리 맨션을 짓느라 분주했다. 왕성한 사업욕으로 자이니치在日 중에서도 꽤 성공한 사내다.

언젠가 철수가 실행위원으로 관여한 '자이니치 경제 심포지엄'에서 그녀의 남편이 패널로 참가한 적이 있었다.

우연한 기회에 그녀의 남편을 만나 적잖이 놀란 철수는 휴식 시간을 이용해 아직 면식이 없는 그에게 인사라도 할까 망설였지만 결국 하지 않았다. 아무리 그녀의 남편이라 해도 영미와의 오랜 인연에 누군가 개입하는 게 솔직히 싫었다.

"자, 선물."

영미가 작은 봉투를 테이블 위에 올려놓았다.

"이번 선물은 뭐예요? "

"고추장이랑 속초의 명물 명란이야."

"매번 고마워서 어쩌지."

한국에 다녀올 때마다 그녀는 맛있는 고추장을 선물했다. 고추장만 있으면 어떤 요리든 맛을 내는데 요긴하게 쓰였다.

"속초라면 강원도 해안에 있는 속초? "

"응. 거기서 친구랑 설악산에 올라갔어. 북에서 제일 가까운 산이잖아."

"설악산은 금강산과 이어진 산이죠."

"작년 6월에도 서울에 갔는데, 마침 김대중 대통령이 평양을 방문한 때였어. 기차역과 공항에서도 실시간으로 중계됐지. 북의 김정일, 그 직위가 뭐더라? 아, 국방위원장이다. 두 사람이 반갑게 포옹하고 자동차를 타고 평양 시내를 행진하는 장면을 서울 시민들이 얼마나 감격스럽게 보던지…"

"그래서 북에 가까운 설악산에 가고 싶었던 거예요? "

"맞아, 왠지 가보고 싶었어. 설악산은 다들 한 번쯤 가보고 싶어 할 만큼 멋진 경관의 등산코스가 아주 많아. 아참, 그리고 철수가 쓴 소설 '우리들의 깃발'도 생각나서 북에 제일 가까운 곳에 가보고 싶더라고."

"오호, 그거 영광인데."

"밤에 호텔에서 그 소설을 다시 읽어봤지."

"에? 그 긴 소설을? "

"북으로 귀국을 앞둔 친구들이 나오는 부분 말이야. 내가 아는 철수의 동기생들도 많았잖아."

"한국 땅에서 내 소설을 읽었다니, 감격스럽네. 그 부분엔 우에노上野 도서관에서 우구이스다니鶯谷 역으로 가는 길에 주인공과 여대생이 나오는 장면도 있는데, 거기도 읽었어요?"

"……으음, 읽었지."

"그거 누구 얘기인지 알려나?"

"글쎄, 누구였을까…?"

영미가 입술을 오므려 내밀며 살짝 웃었다.

철수가 조선대학교에 입학했을 당시엔 학교보다 우에노上野 도서관에서 보내는 시간이 더 많았다. 게다가 고교 시절에 친했던 친구들은 북으로 귀국할 준비에 여념이 없었다. 그들과 함께하지 못하는 나약함과 쓸쓸함을 견딜 수 없어 소설책만 붙들고 있었다.

어느 날, 도서관에서 한 지붕 아래 살다가 닛포리日暮里로 이사 간 영미를 우연히 다시 만났다. 그녀가 도쿄 조선고교를 졸업하는 날은 변변히 얘기도 못 나누고 교정에서 헤어졌는데 그로부터 1년 만이었다.

소설만 읽으려니 슬슬 지겹기도 했고, 헛헛한 마음을 누군가에게 털어놓고 싶기도 했다. 영미라면 자신의 얘기를 들어줄 것 같았다.

그녀도 무척 반가워했다. 만나자마자 오카치마치御徒町에 있는 명곡名曲 찻집 '시마島'로 데려갔다. 근방에는 '주엔壽苑' '로마'라는 찻집도 있어 친구들이 자주 모이는 아트지였다.

찻집에서 그동안 혼자 끙끙 앓아온 심정을 털어놓자 말없이 듣고

만 있던 영미가 실은 자신도 할 얘기가 있다고 했다.

그녀의 고백은 뜻밖이었다. 고교를 졸업하기 전, 친구 몇 명과 함께 북으로 가려고 비밀리에 밀항할 방법을 찾았다는 것이다.

구체적인 방법까진 말하지 않았지만, 친구들 가운데 3명이 반년 만에 밀항에 성공했다고 한다. 하지만 영미는 친구들과 함께 떠날 수 없었다. 가족들의 맹렬한 반대와 방해 때문에 집안은 아수라장이 되었다.

전쟁통에 간신히 일본으로 밀항해 온 식구들이 겨우 다시 만나 살게 되었는데, 이번엔 다시 북으로 떠나려는 둘째 딸의 심정을 부모님이 이해할 리 없었다. 그것이 비록 조국을 향한 어린 딸의 간절한 심정이라 해도 그 무모함에 쿵쿵 씨는 격노했다. 빨갱이를 몹시 싫어했던 언니가 그나마 하나밖에 없는 동생의 진지한 희망을 알아주긴 했지만, 부모님의 강한 반대와 가택연금이나 다름없는 상황으로 영미는 도저히 친구들과 연락할 방법이 없었다. 결국 그녀는 단념해야 했다.

영미가 자신과 같은 꿈을 품었다는 걸 알고 어쩐지 기뻤다. 좌절감에 빠져 있던 두 사람은 그날 이후로 서로의 상처를 어루만지며 다시 가까워졌다.

매일은 아니어도 대학 수업이 끝나면 영미는 도서관으로 왔다. 철수도 도서관에서 그녀를 기다렸고 집에 돌아갈 땐 늘 함께 전차를 탔다. 때론 같이 영화를 보러 가거나 찻집에서 클래식을 들으며 많은 얘기를 나누었다. 철수에겐 그런 나날들이 행복했다. 어쩐지 다시 활력을 찾은 느낌이었다.

그러던 어느 날이다. 밤 9시면 문을 닫는 도서관에서 나와 그녀와 나란히 우구이스다니鶯谷 역을 향해 걷고 있었다.

역까지 가는 가장 한산한 길은 국립박물관 뒤쪽 길이다. 주변에 몇 개의 신사가 있고, 도로 양쪽은 우거진 수목으로 둘러싸여 고요했다.

언제나 같은 시간에 이 길을 지나는 이들은 대부분 도서관에서 집으로 돌아가는 사람이거나 젊은 아베크족이다.

달빛은 하염없이 밝았고, 바람도 기분 좋게 불었다. 영미는 콧노래를 흥얼거리며 걸었다. 철수도 들떠 콧노래를 따라 불렀다.

바닥에 희미하게 둥근 원을 그린 가로등 불빛 아래를 지날 때 그녀가 바람에 날린 머리칼을 살며시 목덜미 뒤로 쓸어 넘겼다. 그 순간 셔츠 깃 사이로 보이는 하얀 살갗이 눈에 들어온 철수는 심장이 두근거렸다. 주위는 촉촉한 나뭇잎 향으로 가득하고 고요했다.

철수는 순간 걸음을 멈추었다. 그러자 나란히 걷던 영미가 문득 뒤돌아보며 물었다.

"왜 그래?"

"저기, 나 있지…."

갑자기 다리가 결박되기라도 한 것처럼 한 발자국도 움직일 수 없었다. 무언가 주체할 수 없이 뜨거운 것이 몸속을 휘돌아 솟는 걸 영미에게 들킬까 봐 조마조마했다.

"왜 그러는데?"

"나 있잖아……."

그녀가 다가와 물끄러미 쳐다보았다. 그러자 반사적으로 다리가 한 발짝 앞으로 나갔다.

영미가 순간 무언가를 예감한 듯 도로 옆 울타리로 뒷걸음치듯 물러섰다. 철수는 그녀에게 천천히 다가갔다.

울타리에 가로막혀 멈춰 선 영미는 울타리에 기댄 채 가방을 가슴 언저리에 감싸고는 고개를 연신 가로저었다. 그녀의 고갯짓에 철수는 왠지 모를 굴욕과 슬픔이 느껴졌다. 하지만 뒷일은 생각하고 싶지 않아서 그대로 영미의 어깨를 당겨 힘껏 끌어안았다.

"나… 사실 난…."

"철수, 그만 해. 제발 부탁이니 그만 해."

타이르는 것인지 속삭임인지 모를 영미의 목소리가 귓가에 들렸다. 그녀도 단단히 묶인 것처럼 옴짝달싹 못하고 그만하라는 말만 되풀이했다.

그녀의 목소리가 맴돌수록 품에 닿은 영미의 가슴은 더욱 부드럽게 느껴졌고, 하복부 아래는 제어할 수 없이 뜨겁고 단단해졌다.

"철수, 알았으니까 그대로 가만히 있어."

그녀는 뭔가 각오를 하는 것 같았다. 순간 팔에서 스르르 힘이 빠져나가는 것을 느꼈다.

"눈 감아. 부끄러우니까 눈은 감아줘."

철수는 눈을 감았다.

영미의 콧김이 볼에 난 잔털에 느껴졌다. 곧이어 그녀의 보드라운 입술이 오른쪽 볼에 와 닿았다.

그 순간 그녀를 끌어안으려는데, 갑자기 몸을 반대쪽으로 돌린 그녀가 그대로 종종걸음을 치며 뛰어갔다.

철수는 어둠 속을 달려 멀어져가는 영미의 희미한 그림자를 석상처럼 우두커니 선 채 바라보았다.

"근데, 누이는 그때 왜 도망쳤어요? "

철수가 히죽 웃으며 물었다. 가슴이 두방망이질 쳤던 그 날의 해프닝이 더 이상 쑥스러운 나이도 아니었다.

"도망치지 않으면 어떻게 됐을까? "

영미가 묘한 미소를 짓는다.

"내가 그렇게 싫었어? "

"그럴 리가, 많이 좋아했지."

"그럼 왜 그랬는데? "

"그런 다음엔 어찌할 생각이었어? "

"…하긴 나도 약간 충동적이었다고 할까. 만약 10년 전이었다면 도망치게 놔두지 않았을지도 모르죠. 하하하."

"뭐야, 불륜이라도 하겠다는 뜻? "

영미가 한쪽 눈을 흘긴다.

"뭐 다 그런 것 아니겠어? "

"그것도 나쁘지 않네."

핀잔을 들을 줄 알았는데 뜻밖의 대답이라 쳐다보니 영미가 고개를 살짝 기울이며 뭔가 골똘히 생각하고 있다.

"어떻게 말하면 좋을지 모르겠는데, 철수는 옛날이나 지금이나 나한텐 좋은 남자야."

이전에도 같은 말을 그녀에게 들었다. 좋은 남자이지만 연애 상대는 아니라는 뜻이다.

그 말에 철수는 빙그레 웃었다.

"왜 웃어? "

"아니, 누이하고 만날 때마다 매번 그 시절 얘기가 나와서. 이젠 질릴 만도 한데 말이지. 그래도 오늘 얘긴 처음이지?"

"그렇네."

"좀 창피해서 말 안 했을 뿐이야. 누이는 그날 일을 다 잊었을 것 같았거든."

"잊을 리가 없지. 그래도 이런 식으로 확인받고 싶지는 않았는데."

"어째서?"

"그것도 나한텐 소중한 추억이야."

사실 그 일이 있은 다음 날부터 영미는 도서관에 오지 않았다.

그녀에게 해서는 안 될 짓을 한 것 같아 마음이 무거웠던 철수는 다시 만나면 어떻게 사과해야 할지 고심했다. 아무리 생각해도 자제심을 잃고 충동적으로 행동한 자신을 이해할 수 없었고, 그 결과가 어떨지는 생각하지도 못했다. 그저 그녀를 안고 싶은 마음이 다였을 뿐이었다.

일주일이 지난 후, 도서관 구석에 영미가 앉아있는 것을 발견한 철수는 가슴을 쓸어내렸다.

아직도 나를 경멸하고 있을까? 그날 일을 추궁하면 어쩌지? 어떤 말로 먼저 사과해야 좋을까….

눈에 들어오지도 않는 책을 붙들고 머리를 싸매던 사이 폐관 시간이 다가왔다. 영미가 앉아있던 자리를 확인해 보니 이미 그녀의 모습은 온데간데없었다.

아직 화가 풀리지 않아 나와 마주치고 싶지 않은 모양이었다. 평소 같으면 서로의 자리를 확인하고 집에 갈 때 합류했는데, 무시하고 가버린 것 같았다. 그런데 도서관 로비로 나와보니 뜻밖에도 그녀가 있었다.

"뭘 그렇게 꾸물거리다 이제 나와. 선배를 기다리게 해서 되겠어?"

마치 아무 일도 없었던 듯 해맑게 웃으며 이전과 다름없는 '누이'가 거기 서 있었다.

"선배… 내가….'"

"됐어, 아무 말도 하지 마. 학교에서 할 일이 많아서 그동안 못 온 것뿐이니까."

그녀는 뻔한 변명까지 했다.

"어서 집에 가자."

영미는 먼저 팔짱까지 끼며 걷기 시작했다. 마치 일주일 전의 기억이 죄다 지워지기라도 한 것 같았다. 아마 그녀가 그렇게 하지 않았다면 이후 그녀와의 관계는 완전히 달라졌을 것이다. 한편으로는 마음이 놓이면서도 그녀를 이성으로 느낀 순간의 감정만은 숨길 수 없는 사실이었다.

그로부터 얼마 후, 도서관에서 체호프의 '벚꽃 동산'을 읽고 있는데 누군가 어깨를 쿡 찔러 돌아보니 광수 녀석이 배시시 웃고 있다.

"엇?!"

도서관까지 찾아오다니 뜻밖이었다.

"웬일이야? 밖으로 나가자."

도서관 2층 통로 구석은 선 채로 신문을 열람하는 곳인데, 바로 옆 좁은 곳에 길쭉한 간이 의자가 있었다.

"뭘 읽고 있었냐?"

"체호프의 '벚꽃 동산'"

"아아, 안톤 파블로비치 체호프!"

순식간에 작가의 풀네임을 말하는 광수가 슬쩍 얄미웠다.

"여긴 어쩐 일이야?"

"오늘은 내가 노문과를 대표해서 왔다. 네가 학교에 안 나오니 다들 궁금해서."

"자식, 허풍은. 내가 여기 있는 건 또 어찌 알았어?"

"어디 있는지 다 찾는 방법이 있지. 땡땡이는 그만 치고 학교도 좀 나오지? 생각보다 강의도 꽤 재밌는데."

광수는 불알친구를 대하듯 거침없이 말했다.

그는 고교 1학년 때 일본학교에서 조선학교로 전학을 와 기숙사생이 되었다. 그런데 졸업할 때까지는 같은 반이 된 적이 없어서 제대로 대화를 나눈 기억이 없다. 고교를 졸업한 후 조선대학교 노문과에 같이 입학하면서부터 이전보다 더 자주 만나게 됐다.

노문과 학생 15명 중 철수가 아는 얼굴은 4명뿐이다. 나머지는 고교 선배나 지방에서 올라온 학생들이다. 친한 친구들은 대학 진학 연령에 맞게 입학했는데, 그 외 녀석들은 모두 두세 살 많았다.

광수의 얘기로는 창립 초기라 어수선했던 대학 강의가 이제 제대로 진행되기 시작했고, 내용도 알차고 재미있다고 했다. 러시아 문학 전공자로서는 이름이 꽤 알려진 일본인 강사도 있다고 했다. 그 말에 철수도 약간 흥미가 생겼다.

"네가 사는 동네인 아라카와구荒川區 미카와시마三河島에 하숙집이 있어. 앞으론 학교 밖에서도 자주 보게 될 테니 잘 지내보자."

광수가 이렇게 말하며 웃옷 주머니에서 '신세이新生' 담배를 꺼냈다. 담뱃갑 모서리를 가운뎃손가락으로 툭툭 두드리자 담배 한 개비가 튀어나온다. 그걸 뽑아서 건네고는 능숙하게 성냥을 그어 담뱃불을 붙였다. 깊게 한 번 빨아들인 담배 연기를 후~ 하고 내뱉으며 그가 학교 얘기를 계속했다. 담배를 피우는 모습이 굉장히 자연스러웠다.

철수는 고교를 졸업하자마자 곧바로 술과 담배부터 배웠다. 이 두 가지를 배워야만 어쩐지 성인들의 세상에 발을 딛는 것 같았다. 술은 어느 정도 마시겠는데 아직 담배는 매캐해서 목구멍 깊숙이 빨아들이지는 못하고 입 안에 연기를 머금었다가 후~ 내뿜는 게 고작이었다.

"네가 일부러 여기까지 찾아왔으니 오늘은 그만 가야겠다. 친하게 지내는 고등학교 선배도 여기 있어. 같은 방향이니까 함께 커피라도 마시러 가자."

철수는 광수가 내뿜는 연기를 피하려고 고개를 숙여 손목시계를 확인했다.

"벌써 7시네."

"너 아직 담배를 제대로 못 배웠구나? 근데, 그 선배라는 사람, 혹시 여자야?"

"자식, 귀신이네. 어떻게 알았어?"

철수는 두 사람을 데리고 아메요코アメ横 뒷골목에 있는 찻집 '주

엔壽苑'으로 갔다. 이곳은 우에노上野 변두리에 있는 명곡名曲 찻집 중에서도 가장 오래되고 중후한 3층짜리 서양식 건물이다. 언제나 만석인데 클래식을 좋아하는 대학생들이 자주 찾는다. 레코드판도 많아서 어떤 곡을 신청해도 들을 수 있었고, 허스키 보이스의 여성 DJ도 인기가 좋았다.

고등학교 때 서로 얼굴은 알았지만 광수와 영미가 이렇게 만나는 건 처음이었다.

광수 녀석은 말주변이 무척 좋았다. 여자 앞이라고 주눅 들기는커녕 자신이 '좀 놀았던' 학생이었다는 말도 스스럼없이 했다.

일본 중학교에서는 싸움박질에 시간 가는 줄 몰랐는데 '조센징'이라 괴롭히고 따돌림당한 것이 그가 싸우는 이유였다. '조센징'은 그런 일을 당해도 되는 존재라 여기는 그들 보란 듯이 당당히 조선학교에 가겠다고 큰소리를 쳤지만, 속으로는 체념 반 두려움 반으로 고베神戶에서 도쿄東京에 있는 조선학교까지 전학을 와 기숙사생이 되었다고 한다.

조선학교에 온 것까진 좋았는데, 문제는 우리말을 전혀 몰랐으니 어쩔 수 없이 2년이나 유급된 고1 과정부터 배우라는 말을 들었다. 그렇게 말한 선생을 두들겨 패줄까도 생각했지만, 여기서마저 쫓겨나면 더는 갈 곳이 없을 것 같아 참았다고 했다.

싸움박질로 시간을 보냈다는 말이 사실일까 의심스러웠지만, 상당히 구체적으로 말하는 걸 보니 죄다 거짓말은 아닌 것 같았다.

중학교 시절 그의 무용담은 영미도 배꼽을 잡을 정도로 웃으며 들었다. 그러다 찻집에 흐르는 베토벤 심포니에 대해 그럴싸한 설명을 하기도 했고, 러시아 문학도 제법 아는 듯 말하는 것을 보니 도

대체 이 자식의 허풍이 어디까지인지 가늠이 안 되었다.

자신과 영미를 약간 깔보는 것도 같아 슬쩍 괘씸하기도 했는데, 세 살이나 많으니 그만큼 아는 것도 많을 거라는 생각도 들었다.

높지도 낮지도 않은 적당한 톤의 목소리와 두툼한 입술로 쏟아내는 다양한 화제는 은근히 사람을 끌어당기는 매력이 있었다. 처음에는 당연히 광수도 동생인 줄 알았던 영미는 그가 한 살 많다는 얘기를 듣자 묘하게 그를 배려했다.

이날 이후 세 사람의 관계가 묘한 방향으로 흘러가기 시작했다.

11

"설악산 정상에서 본 하늘이 얼마나 짙고 푸르던지…. 저 산 너머에 친구들이 있다고 생각하니 나도 모르게 눈시울이 뜨거워지지 뭐야. 그런데 함께 간 친구는 무덤덤하더라고. 이북으로 간 친척이나 친구가 한 명쯤은 분명 있을 텐데 말이야. 인간의 감정과 기억은 참 박정도 하지. 흘러간 시간과 함께 하나둘 잊힌다 생각하니 어쩐지 서글펐어…."

주문한 메뉴가 다 나온 후 마지막으로 나온 디저트 접시에 놓인 포도알을 집으며 영미가 나지막하게 말했다.

"누이, 그러지 말고 북에 한 번 다녀오는 건 어때? 한국 국적이어도 친족 방문으로 북에 다녀온 사람이 많아요. 나도 여러 번 북에 다녀왔지만, 한국에도 두 번 갔다 왔거든. 무엇보다 사람은 만나야 진짜 모습을 알 수 있는 것이고, 오해도 풀리고 새로운 발견도 하는 법이야. 남북 모두 내 나라이니 정치나 제도 같은 건 상관없이 직접 가서 보고 느끼려 해. 이제는 나한테도 시간이 얼마 안 남았다는 초조함도 있어서겠지만, 누이는 맘만 먹으면 내일이라도 당장 갈 수 있잖아?"

"하긴, 근데 어쩐지 찜찜하지 않았어? 난 남편이 민단계 임원이라 지금으로선 북에 가기도 쉽지 않아. 철수는 한국도 갔다 왔으니 이젠 북에는 갈 수 없는 것 아닌가?"

영미가 걱정 반 호기심 반으로 물었다.

"한국에 살면 모를까 이북에선 재일동포의 경우 모두 입국을 허가해, 조선적朝鮮籍이든 한국 국적이든 상관없이 말이야. 내가 한국에 처음 갔을 땐 더 이상 북에 못 갈 거라 염려도 했지만 내 나라에 가는데 찜찜할 게 뭐가 있어? 지금까지는 정치가 개인의 감정까지 규제했지만, 아니, 지금도 물론 규제가 없진 않지만 난 그런 거 상관 안 해."

"그렇긴 해도 아직 분단이 끝나지 않았잖아. 규제가 있는 것도 당연한 것 아니야?"

"이제는 이데올로기로 사람의 행동을 구속할 수 있는 시대가 아니죠. 한민족이라는 마음이 중요하지, 그걸 무시하는 이데올로기 따윈 존재할 가치도 없다고 생각해. 그런 이유로 남북 어느 쪽이든 문호를 닫는다면 통일을 부르짖을 자격이 없어. 정치란 게 무자비해서 그리 쉽게 사람들의 소망을 이뤄주진 않지만, 내 마음을 죽이면서까지 그런 주의나 주장을 좇을 맘이 이제는 없어. 북을 지지하는 재일동포도 연간 몇백 명씩 단체로 한국에 있는 고향에 갈 수 있게 됐잖아요. 지금은 그런 시대라구. 남북의 이산가족이 다시 만나게 된 것도 시대적 흐름인데다, 김대중 대통령과 김정일 위원장이 평양에서 만나 포옹까지 했잖아. 앞으로 여러 우여곡절을 겪긴 하겠지만 점점 상황이 호전될 거야."

"규제에 얽매이지 않고 자유로이 북에 가보고 싶어. 겉은 이렇게 늙었지만, 마음만은 아직도 예전 그대로야. 젊은 시절을 생각하면 그립기만 해. 그땐 북을 동경했었지. 실제로는 어떤 모습인지 내 눈으로 확인도 하고 싶고, 그곳으로 떠난 친구들과 만나 얘기도 나누고 싶어. 어릴 때 뜻을 함께했던 친구들이 북에 있다고 생각하면 지금도 가슴이 뛰어. 정말 열정을 불태웠었잖아, 우리 모두…."

그녀의 말에 철수도 고개를 끄덕였다.

"맞아, 불타올랐었지. 타오르다 못해 밀항까지 하려 했던 철없는 여고생이 내가 아는 사람 중에도 하나 있지."

"나? 아직도 그걸 기억하다니, 철수도 참 어지간하다."

영미가 콧잔등을 찡그리며 씁쓸히 웃었다.

"잊을 리가 있나? 사실 그때 우에노 도서관에서 다시 만난 누이가 나와 같았다는 걸 알고 얼마나 기뻤는데. 누이는 한국에서 살기도 했으니까 그곳이 더 그립겠지만, 나는 양쪽 모두 살아본 적이 없으니 조국에 대한 마음이 누이와는 달랐지. 지금은 그리움과 원망이 공존한다랄까. 그리움과 원망이 갈마들며 켜켜이 쌓이니 애증이라 해야 하나. 애정이 있었기에 원망도 깊은 것 아니겠어."

"음, 너무 심각해지는데?"

"그야 자이니치在日라면 누구나 품고 있는 감정이니까."

철수는 마음이 무거웠다. 괜한 소릴 했나 싶어 테이블에 놓인 커피잔에 팔을 뻗으며 화제를 바꾸었다.

"근데, 남편이나 친한 친구들과 이런 이야기를 나누기도 해요?"

"거의 없지. 내 젊은 시절을 알고 있는 사람은 지금으로선 철수밖에 없을걸. 그러니 이렇게 그 시절 얘기를 나누고 있으면 젊어지는 기분이고 즐겁지. 진짜 영원한 나의 보이프랜드라니까, 철수는."

눈을 찡긋거리며 영미가 웃었다.

"그거 고마운데. 하하하. 그런데, 만약에 북에 가게 된다면 제일 먼저 누굴 만나고 싶어?"

"글쎄…."

눈동자를 위로 향하며 곰곰이 생각하던 그녀가 가장 먼저 말한

사람은 함께 밀항을 계획했던 동급생 셋이다. 그다음으로 아라카와
荒川에서 청년운동을 하던 시절의 친구와 철수의 동기생 중에도 몇
명쯤 말했다. 그중에 광수의 이름은 나오지 않았다.

광수는 영미를 처음 만났을 때부터 그녀를 연모했다. 그걸 알게
된 건 '초지일관 그룹'이 일본을 떠난 후 상당히 지나서였다.
영미의 속마음은 무엇이었을까.
광수가 그녀를 좋아한다는 사실을 알고 난 후 철수는 몹시 우울
했다. 그런데 밀항까지 생각할 만큼 열정이 뜨거웠던 영미는 아무런
내색조차 하지 않았다. 북에 대한 마음도, 광수에 관해서도 언급하
지 않았다. 분명한 건 그녀도 광수를 마음에 두었다는 것이다. 그걸
깨달았을 때 어쩐지 세 사람이 만든 울타리에서 혼자만 바깥으로
밀려난 것 같았다.
광수가 영미에게 호감을 느끼는 건 자연스러운 일이다. 인간의 감
정이란 그런 것이니까. 하지만 그녀도 보이지 않는 곳에서는 광수에
게 관심을 준다고 생각하면 괴로웠다. 왜 하필 광수일까. 함께 있을
때 어쩌다 두 사람이 서로를 보고 웃으면 무언가 특별한 의미라도
있는 것 같아 신경이 날카로워졌다. 분명한 질투였다. 그래서 더 괴
로웠다.
그런데도 여전히 학교가 끝나면 우에노上野 도서관으로 직행했다.
그녀가 있어서이기도 했지만, '초지일관 그룹'의 정보를 들을 수도
있고, 딱히 공부할 만한 장소도 없었기 때문이다.
광수는 언제든 따라나섰다. 거기 가면 모두와 만날 수 있고, 그
자리엔 영미도 있다는 걸 알았기 때문일까.

그렇다고 홍일점인 그녀가 늘 있는 건 아니었다. 갓 '성인'이 된 사내들의 세계를 때로는 피하기도 했다. 그럴 때마다 철수는 친구들이 알아차리지 못하게 그녀를 배려했는데 어느 틈엔가 광수도 표나지 않게 영미를 챙긴 모양이었다.

'저 자식, 여자한테는 아주 신사처럼 구네.'

광수의 행동을 그 정도로밖에는 여기지 않았다. 나이가 제일 많은 광수는 때때로 생각지도 못한 배려를 해서 놀라기도 했다.

한편으로 초지일관 멤버들은 중국을 거쳐 북으로 들어가는 귀국이 오늘이 될지, 내일이 될지 모르는 긴장된 나날을 보냈다. 하루하루가 일본에서의 마지막 날이기도 했다. 그런데 졸업 후 1년이 지나도 여전히 뜬구름을 잡는 상황이 계속되자 차츰 의욕도 느슨해졌다. 그 대신 넘치는 에너지를 주체하지 못해 어떻게든 속풀이를 할 구실을 찾아다녔다.

약간의 돈과 시간만 생기면 유흥가로 몰려가 술을 마시며 에너지를 발산했다. 술에 취하면 길 한복판에 벌러덩 눕는 철수를 친구들은 충혈된 눈으로 비웃곤 했다. 수상한 곳을 기웃거리기도 하고, 유행하던 스낵바에도 들어가 어두침침한 클래식 찻집과는 비교할 수 없는 화려한 조명에 안절부절못하기도 했다.

우에노上野 주변의 환락가도 자주 배회했다. 한꺼번에 4명의 여고생을 꼬드겨 24시간 영업하는 커피숍에서 아침까지 버틴 적도 있었는데, 찐한 장면이 연출되는 행운은 찾아오지 않아 다들 실망하기도 했다.

멤버들과 어울려 처음 '여자'를 품었던 그 이듬해 봄부터 초지일관 친구들이 하나둘씩 안 보이기 시작했다. 외국 항로를 이용하는 배편을 비밀리에 마련한 것 같았다. 그동안 매일같이 몇몇이 모여 누군가의 송별회를 열었다. 송별회를 준비하자고 한 건 광수였다. 고교를 졸업하고 1년 반이 지난 후, 초지일관 멤버들은 석 달에 걸쳐 아무도 배웅해주는 이 없는 부둣가에서 일본과 작별했다. 1959년 12월 말, 정식으로 '공화국에로의 귀국'이 실현되기 전이었다.

친구들이 모두 떠나자 철수는 한동안 가슴에 뚫린 커다란 구멍이 메워지지 않았다. 결국 언젠가는 만날 테니 조국으로 떠난 친구들과 같은 마음으로 살아가자며 마음을 다잡았다.

대학 생활도 열심히 했다. 이 무렵에 우연히 지역의 청년동맹을 이끄는 박상옥 위원장을 만나 청년동맹사업을 돕게 되었다.

청년동맹의 주된 활동은 청년학교를 만들고 각종 행사를 조직하는 것이었다. 청년학교에서는 조국의 역사와 문화를 배우고 다양한 행사를 통해 동포 청년들을 규합하는 일이 무엇보다 중요했다.

친구들이 북으로 떠난 이듬해부터 가나가와현神奈川縣 가와사키川崎 지역에서 시작된 '공화국에로의 귀국운동'은 일본 전역으로 확대되어 갔다. 이를 계기로 자이니치在日의 민족운동은 전성기를 맞았다.

청년동맹의 박상옥 위원장은 고교 3기 선배로 25세였다. 추진력도 남달랐고, 사내다운데다 언변까지 좋은 그를 여러 청년이 따랐다.

우리말을 배우는 3개월 과정이 1기로 구성된 청년학교는 위원장의 뛰어난 지도력 덕에 청년들이 모여들었는데, 얼마 안 가서는 좁은 지부 사무소만으로는 수용할 수 없을 만큼 사람들이 늘어났다.

수강생은 10대 학생들부터 30대의 노동자 청년들까지 다양했다. 우리말 실력은 초보 수준부터 귀동냥으로 들어 조금은 알아도 글자는 읽지 못하는 등 격차가 심해서 한 자리에서 기초부터 가르치기엔 무리였다. 두 번째 기수부터는 초·중·상급으로 나눴는데, 100여 명이 수강을 신청했다. 상황이 이렇게 되자 엎드려 빌다시피 강사를 맡아 달라 부탁한 조선학교 교사에게만 그 많은 수강생을 맡길 수 없었다. 지부 자체적으로 수강생을 맡을 강사진이 필요했다.

"차기 강습부터는 조선학교 교실을 빌리기로 했다. 수강생도 남자가 비교적 많으니 여자 수강생을 더 모집하기로 하자. 이런 일은 여자들이 있으면 남자들이 저절로 모여들기 마련이야. 그리고 이 활동을 지도할 수 있는 청년들도 더 필요해…"

박 위원장의 독려로 임원들은 업무를 분담해 지도할 사람을 모으느라 애를 썼다.

철수의 머릿속에 제일 먼저 떠오른 사람은 당연히 광수와 영미였다. 곧바로 학교에서 만난 광수에게 청년운동을 함께하지 않겠냐고 물었다. 그런데 광수는 그다지 흥미를 보이지 않고 대답을 얼버무렸다. 두말없이 따라올 거라 믿었던 광수의 시큰둥한 반응에 조금은 화가 났지만 어쩔 수 없었다.

이 무렵 철수는 누구보다도 청년운동에 열을 올렸다. 여태까지 어울렸던 친구들과는 달리 대부분 청년 노동자들이었다. 말과 행동이 거친 이도 있었지만 다들 또래 사람들에게 굶주려 있던 터라 대부분은 소박하고 활기차고 붙임성도 좋았다. 그들을 알게 되어 새로운 기쁨도 맛보게 되었다.

활동에 전념하다 보니 도서관에는 두 달 가까이 가지 못했는데 광수도 학교 때문인지, 우에노上野 도서관에는 안 가는 것 같았다. 아마 가자고 졸랐어도 그럴 상황이 아니었기에 그다지 신경을 쓰진 않았다.

교사를 부탁해 볼 사람은 영미밖에 없었다. 학교에서 돌아오는 길에 지부 사무소에 들러 회의를 끝내고 도서관이 문을 닫는 시간에 맞춰 우에노上野 도서관으로 향했다. 혹시 만나지 못하면 다음 날 집으로라도 찾아가 부탁할 생각이었다.

도서관에 도착해 헐레벌떡 로비에 들어서는 순간, 광수와 영미가 사이좋게 계단을 내려오는 걸 보고 망부석처럼 굳어지고 말았다.

먼저 철수를 알아차린 쪽은 영미다. 어쩐지 두 사람도 당황하는 눈치였다. 지금까지와는 전혀 다른 두 사람의 분위기에 갑자기 머릿속이 새하애졌다.

광수는 어색하게 웃으며 우두커니 서 있었다.

"저기, 영미 동무, 의논하고 싶은 게 있는데."

"좋아. 가면서 얘기할까? 그건 그렇고, 두 달씩이나 안 나타나고 그동안 뭐 한 거야?"

우두커니 서 있는 광수는 본체만체 영미와 밖으로 나갔다. 도서관에 오지 못한 이유는 이미 광수가 잘 알 텐데 녀석은 영미에게 말하지도 않은 것이다!

머릿속은 복잡했지만 일단 청년동맹 사업에 관해 설명해야 했다. 머지않아 2기 청년학교가 시작되는데 우리말 강사가 부족해서 애를 먹고 있다고 했고, 내친김에 주 3회, 저녁 6시부터 9시까지 상급반 강사를 맡아달라는 부탁도 했다.

"오, 그거 재밌을 것 같아. 나도 꼭 하게 해줘. 광수 동무, 우리도 도와주자! "

"으응, 재밌겠네. 좋은 일이기도 하고. 나도 도울게…"

뒤따라오던 광수가 거북이처럼 목을 길게 빼며 말했다.

영미는 철수를 부를 때 그냥 이름만 불렀다. 그런데 광수에겐 '동무'를 붙이는 걸 보고는 어쩐지 기분이 묘했다. 광수한테는 말투도 신경 쓰고, 녀석을 보는 눈빛도 이전과는 다른 것 같았다.

불과 몇 시간 전에 학교에서 만나 부탁했을 땐 시큰둥하더니, 영미 앞에서는 태도를 싹 바꾸는 저 자식은 또 뭔가. 도서관에 오지 못하는 사정을 말해 준 기색은 전혀 없고, 더구나 그동안 내색도 없이 혼자만 도서관에 와서 영미에게 접근한 건가!

온몸에서 힘이 빠져나갔다. 그렇다고 그녀와 뭔가 약속을 나눈 사이도 아니다. 도서관에서 돌아가는 길에 참지 못하고 갑자기 그녀를 껴안은 사건도 벌써 2년이나 지났고, 그녀도 '없었던 일'로 하자고 했다.

두 사람 사이가 달라졌다면 어쩔 수 없는 일이라고도 생각했지만, 까닭 모를 화가 끓어올랐다. 광수와 도서관 계단을 내려온 사람이 영미가 아니라 다른 여자였다면 아마도 녀석에게 빙긋 웃어줬을 것이다. 상대가 영미라는 사실이 억울하고 분했다.

광수 때문에 유곽에서 처음으로 여자를 품고 후회했던 일, 진정한 사내를 운운하며 어른처럼 굴었던 자식이 아무런 내색도 하지 않고 뒤에서는 뻔뻔하게 그녀에게 접근하다니…

이 무렵부터 마음이 뒤틀리기 시작했다. 굴절된 속마음 때문에 이전처럼 광수를 대할 수 없었다. 이후로는 둘만 있을 때도 세 살 많은 그에게 '동무'라는 호칭도 뺀 채 일부러 '너, 임마' '이 자식' '야!'라고 불렀다.

어찌 되었든 청년학교 교사를 흔쾌히 응해 준 영미와 그녀를 따라온 광수를 반가워 한 사람은 박 위원장이었다.

영미와 광수의 활약은 그야말로 눈부셨다.

본고장의 우리말을 자유자재로 쓰는 영미에게 상급반 수강생들의 이목이 단숨에 집중됐고, 그녀의 출현으로 여성 청년들도 많이 모였다.

광수의 아이디어도 참신했다. 그의 제안으로 매주 토요일 밤 학교 교정에서 열었던 '스퀘어 댄스의 밤' 덕분에 수확이 컸다. 점점 입소문을 타자 청년들이 교류할 수 있는 자리를 만들자는 의견이 나와 부랴부랴 '댄스파티'라는 이름을 내걸고 홍보했더니 순식간에 2백여 명의 참가자가 몰려 조선학교 교정은 매주 활기에 넘쳤다. 당연히 청년학교 수강생도 폭발적으로 늘어났다.

박 위원장의 예상대로 여성 청년들이 모이자 꽃을 찾아들 듯 남자들도 모여들어 사무소는 밤마다 젊은이들로 북적였다.

"댄스만이 아니라 모두가 좋아할 만한 것을 기획해보자."

광수의 제안으로 야구, 배구, 독서회도 만들었다. 독서회는 나중에 광수가 대표를 맡은 '청보리靑麦' 동인지로 이어졌다.

잡지 '청년靑年'도 같은 시기에 발행했다. 이것은 철수가 편집책임을 맡아 등사판으로 인쇄했는데, 매회 500부 정도 발행한 이 지역 청년동맹의 기관지다.

그로부터 1년 후 가을에는 아라카와구荒川區 공회당에서 '아라카와荒川 조선청년 대문화제'를 개최했는데, 700석의 장소에 1천 명

가까운 동포 청년들이 모여 대성황을 이루었다.

설립 초기 조선대학교는 2년제 대학이었다.

애초에 동포단체의 활동가나 교사를 양성하는 교육기관으로 설립되었기에 졸업생들은 당연히 전국 각지의 동포단체나 조선학교로 파견되었다. '조국을 더 잘 알자'라는 운동이 펼쳐져 일본 구석구석까지 동포조직이 생겨났고, 각지의 조선학교에는 4만 6천여 명의 아동과 학생들이 취학했다. 그 때문에 단체 활동가와 교사가 늘 부족하기만 했다.

그렇게 정신없이 대학 2년이 지나갔다.

철수는 대학을 졸업한 후에 청년동맹의 중앙부속기관인 출판국에 배속되었다. 주로 기관지, 잡지 편집, 취재와 조국에 관한 계몽 서적을 발행하는 곳이다.

광수가 배속받은 곳은 모교인 도쿄 조선중고등학교다. 그런데 그는 거절하고 가지 않았다. 그보다는 공부를 더 하겠다는 향학심이 컸다. 고베神戸에 계시는 그의 부모님은 대학을 졸업하면 돌아오라 했지만, 광수는 돌아갈 마음이 없었고 영미와 헤어지고 싶지도 않았기에 그대로 미카와시마三河島에 눌러앉은 것 같았다.

그렇게 철수는 도쿄의 청년동맹 중앙부속기관인 출판국에서, 광수와 영미는 지역에서 공부와 활동을 병행하는 나날을 보냈다. 때마침 '공화국에로의 귀국운동'이 일본 전역에서 펼쳐져 날마다 요청 시위와 집회가 곳곳에서 열렸고, 많은 동포가 동포단체로 결집했다.

철수는 눈코 뜰 새 없이 바빴다. 기관지와 잡지 기사를 취재하느라 일본 전역을 돌았기에 지역 활동에 참여는 물론이며 두 사람을 만나기도 쉽지 않았다. 간혹 취재를 나간 현장에서 마주치거나 짬을 내서라도 '청보리青麦' 동인지의 평가모임에 나가야 볼 수 있었다.

두 사람은 사이가 좋아 보였다. 서로를 배려하며 잘 지내는 걸 보니 공연히 날을 세웠던 자신이 한심하기도 했고 가끔은 질투가 나긴 했어도 어느새 웃어넘길 수 있었다.

철수가 어느덧 스물네 살이 되었을 때다. 자주 출장 갔던 도요하시豊橋에서 스물한 살의 여성을 만났는데, 그녀는 전문학교에 다니며 지역 청년운동을 하고 있었다.

스물넷과 스물한 살.

4년 전에 영미를 생각했던 마음과는 달리 무언가 구체적인 미래를 그릴 수 있을 것도 같았다. 아직은 막연해도 현실적인 만남이었고, 무엇보다 그녀가 마음에 들었다. 이전과는 다르게 미래를 함께할 상대를 찾는 자신이 놀랍기도 했다.

간사이關西 지역에 출장이 있을 때마다 일부러 도요하시豊橋에 들러 그녀를 만났다. 짧은 만남이 아쉽기만 했는데 전화나 편지를 보내며 조금씩 사랑을 키워가다 1962년, 드디어 3년의 장거리 연애 끝에 혼례를 올렸다.

그런데 광수와 영미는 뜻밖이었다.

1960년 초, 광수는 고베神戸에 있는 가족과 함께 북으로 귀국했고, 그로부터 2년쯤 지난 봄날에 영미가 결혼한다는 소식을 알려왔다.

한때 한 지붕 아래 살았으니 부모님도 영미의 결혼식에 초대되었

는데, 철수는 이날 지방 출장으로 결혼식에는 가지 못했다. 나중에
전해 들으니 그녀의 남편은 킁킁 씨가 마음에 쏙 들어 한 고학생이
며 장래가 촉망되는 청년이라고 하객들이 입을 모았다고 했다.

12

식사가 끝난 후 나온 디저트와 커피잔이 모두 비워졌다. 이제 슬슬 자리에서 일어나야 할 시간이었지만, 철수는 아직 중요한 말을 하지 못했다.

광수 일이다.

어떻게 말을 꺼내야 영미에게 그를 만날 마음을 갖게 할까 내내 고민했다. 그녀는 질리지도 않는지 야경에 흠뻑 취해 있었고, 하고 싶은 얘기도 아직 남아있는 눈치였다.

"혜자 씨는 그 뒤로 경과가 어때?"

위암 수술을 한 아내의 근황을 물었다.

"응, 시간도 참 빠르지. 올해로 벌써 4년째네. 놀랄 정도로 잘 먹고 잘 지내니 수술 경과가 좋다는 증거 아닐까."

"정말 다행이네."

"몇 년 전부터 아주 귀찮을 정도로 내게 영양제를 먹으라고 잔소리하더니, 정작 큰 병에 걸린 건 집사람이야."

"남편 생각해서 그러지. 착한 사람이잖아, 혜자 씨. 15년 전이었나, 철수가 시모다下田로 친구들을 초대한 적 있잖아?"

"아아, 아라카와荒川에 살았던 친구들을 불렀었지."

벌써 17, 8년은 된 것 같다. 옛 친구들을 몇 명쯤 불러 시모다下田 온천에서 하룻밤을 보낸 적이 있다.

영미가 결혼한 후로 소식이 끊어진 채 몇 년이 흘렀는데, 어느 날

민단계 신문에서 책을 소개하는 코너에 전영미라는 이름을 발견하고 흥분했다.

그녀는 '사진으로 보는 한국의 관혼상제'라는 책을 만든 민단계 여성들 모임의 대표를 맡고 있었다. 곧바로 출판사에 연락해 자신이 알고 있는 영미가 맞는지 확인했다.

철수가 먼저 결혼했고 영미도 얼마 안 지나서 가정을 꾸렸기에 이후로는 만날 기회가 없었다. 결혼한 후로는 도쿄도東京都 내에서 몇 차례 이사도 해야 했고, 출판국을 그만둔 뒤로는 요코하마橫浜로 옮겨 와 정착하느라 그녀의 소식이 궁금하면서도 일상에 묻혀 마음뿐이었다.

출판사의 도움으로 바로 그날 영미와 연락이 닿았다. 더욱 놀란 건 그녀가 요코하마에서 가까운 츠루미鶴見에 산다는 사실이었다.

동포사회는 생각보다 협소하다. 같은 가나가와현神奈川縣에 살았으니 어느 자리에서든 만날 기회가 있었을 것이다. 그런데 서로가 일상적으로 접하는 동포사회가 민단계와 총련계로 달랐으니 만날 기회가 흔치 않은데, 그녀와 연락이 닿아 몹시 기뻤다.

각자 몸담은 조직이 다르니 남과 북을 바라보는 시점도 차이가 있음은 당연했다. 하지만 그런 것은 상관없었다. 잊을 수 없는 젊은 날을 공유하고 있었기에 다시 만나자 지난 세월이 새록새록 되살아났다.

영미는 젊은 시절의 친구들을 자주 얘기했다. 함께 친구들을 만나고 싶어서 영미와 다시 만난 이듬해 봄에 아라카와荒川에 살았던 친한 친구들 몇을 불러 온천여행을 갔다. 그때는 아내도 함께 갔다. 영미에게 아내를 소개하고 싶었다.

"친구들을 만난 것도 좋았지만, 실은 철수의 아내가 어떤 사람인지 더 궁금했어."

그녀가 빙그레 웃는다.

"그래, 만나보니 어땠어?"

"솔직히 말하면 시어머니가 된 기분으로 혜자 씨를 꼼꼼히 관찰했지. 고작 하룻밤인데, 나와는 접점이 없는 혜자 씨가 옛 친구들과 나에 관해 아주 잘 알고 있어서 놀랐어."

"친구들 얘기는 내가 자주 했거든. 둘이서 처음으로 북에 갔을 때 집사람은 조선고교 동기생 모임이 처음이었는데도 어색하지 않아서 다들 좋아했지. 광수의 처하고 우리 집사람은 같은 아이치현愛知縣 출신이라 금방 친해졌고…."

슬그머니 광수의 이름을 꺼냈다. 그런데 영미는 그저 흘려듣는 눈치다.

"혜자 씨한테는 좀 미안한데, 난 안심이 되던데. 남편 친구들을 잘 챙기고 소중히 생각한다는 건 쉬운 일이 아니야. 그만큼 남편을 믿고 존중한다는 뜻이거든."

"그런가?"

"당연하지. 내게도 참 다정했고. 원래 마음이 따뜻한 사람인 것 같아서 철수가 장가를 잘 갔구나 싶었어, 정말이야."

"누이한테 그런 말을 들으니 기분 좋네."

영미는 자주 이렇게 말했는데 그때마다 흐뭇했다.

"그런데 말야, 말이 나온 김에 묻고 싶은 게 있는데."

영미의 눈치를 살피며 본론을 꺼냈다.

"뭔데?"

"대답하고 싶지 않으면 안 해도 괜찮아요."

"뭔데 그렇게 뜸을 들여, 무슨 얘긴데?"

"오래된 일이긴 하지만, 내가 큰맘 먹고 누이를 광수한테 양보했는데, 왜 헤어진 거예요?"

'아, 이게 아닌데…. 이렇게 말하려던 게 아닌데….'

"김철수, 말투가 그게 뭐야? 내가 무슨 물건이야? 누가 누구한테 양보했다는 거야. 그리고 그걸 이제 와서 왜 물어?"

영미의 반응을 보니 아차 싶었다.

"그냥… 얘기해주면 안 되나? 진짜 궁금해서 그래요. 몇 번인가 물었는데도 광수 얘기는 피하는 것 같아서 내내 마음에 걸렸거든."

"……."

그녀는 대답하는 대신 웨이터를 불러 위스키 온더록스와 포도주를 갖다 달라며 연어샐러드도 함께 시켰다. 레스토랑에 들어온 지 어느새 두 시간이 훌쩍 지나있었다.

웨이터가 가져온 포도주를 한 모금 마신 후 영미는 물끄러미 이쪽을 바라보았다. 그녀의 침묵이 길어지는 것이 어색해 시선을 피하느라 안간힘을 썼다.

"40년이나 지났네. 뭐, 대단한 로맨스도 아닌데, 그렇게 궁금하다면 그냥 시원하게 얘기해 줄게."

결심한 듯 그녀는 천천히 이야기를 시작했다.

"그 사람한테 좋아한다는 말을 들었어."

철수는 저절로 몸이 앞으로 나갔다.

"응, 그래서?"

"괜찮은 남자한테 그런 말을 듣고 기분이 나쁜 여자가 어딨겠어.

만날 때마다 좋아한다고 말했거든."

"그래서 누이는 어땠는데?"

"나도 그 사람이 좋긴 했는데, 솔직히 말하면 그 사람만큼은 아니었어. 다만 나처럼 공부를 더 하고 싶어 하는 게 좋았지. 머지않아 북으로 귀국하는 희망자 신청이 시작되니 함께 가자고 했어. 알다시피 난 전과가 있었잖아."

영미가 씁쓸히 웃는다.

"맞아, 밀항 미수 전과, 하하하."

슬쩍 눈을 흘긴 그녀가 얘기를 이어갔다.

"미카와시마三河島에 있는 조선인 부락에서 그 사람이 하숙했던 거 기억하지?"

"아아, 나도 자주 갔었어."

"작은어머니 댁인데, 한국의 건어물을 파는 가게였어."

"맞아, 그랬지."

"어느 날 하필이면 그곳에 물건을 사러 오신 우리 아버지와 딱 마주쳤지 뭐야. 그 사람 작은어머니가 굉장히 수다스러운 분이었는데, 우리 아버지라는 걸 아시고는 내가 광수 씨랑 가까운 사이니 맺어 주면 잘 살 거라고 말씀하신 거야."

"어이쿠야."

"그때부터 난리가 났지."

마치 다른 사람 얘기처럼 말하면서도 어지간히 괴로운 일을 겪었는지 40년이 지났는데도 어제 일처럼 영미의 목소리가 가늘게 떨리는 것이 분명히 느껴졌다.

영미의 아버지, 쿵쿵 씨는 어디서 어떻게 알아봤는지 광수의 가족에 대해 소상히 알고 있었다. 게다가 북과 일본의 적십자 회담이 타결되면 가장 먼저 북에 가려던 광수의 속내까지 알게 됐다.

큉큉 씨는 해방 후 가족이 뿔뿔이 흩어졌던 고통을 절실히 경험한 당사자다. 간신히 찾아낸 가족을 일본으로 밀항까지 시켜서 함께 살게 됐는데, 또다시 딸이 북으로 밀항을 계획한 걸 알고는 노발대발했다. 어떤 곳인지도 모르는 북에 가려는 놈과 딸이 교제하는 걸 알고 큉큉 씨는 영미를 집 밖으로 한 발짝도 나가지도 못하게 했다.

게다가 큉큉 씨는 규모가 작긴 해도 십여 명의 종업원을 두고 자전거 타이어 튜브를 만드는 작은 공장도 운영했다. 이제는 자식들을 고생시키지 않고 그토록 원하는 공부를 얼마든지 시켜줄 수 있었다. 어디서 굴러먹던 놈인지 모르는 녀석이 아닌, 앞으로 일본에서 성공할 사윗감을 직접 찾아주겠다며 호언장담을 한 것이다. 조국에서 벌어진 전쟁으로 이산가족이 되었던 아픔이 채 가시지 않았는데, 겨우 다시 모인 가족이 또다시 이산가족이 되는 상황을 받아들이지 못하는 게 당연했다.

"확실한 기억은 아니지만 오랜만에 우리 집에 놀러 오신 누이의 아버지가 갑자기 날 만나고 싶어 했다는 얘길 들었어. 마침 내가 출장 중이라 집에 없었는데, 나중에 우리 어머니가 누이와 광수 일을 집요하게 물으시더라고."

"그 사람은 그런 일이 있었는지도 몰랐어. 그 후로 지부 사무소에 나오지 않는 나를 집까지 찾아왔으니까. 가끔은 아버지가 집에 계셔서 호된 소리를 듣고 그냥 돌아갔고, 때론 협박당하기도 했지."

"그랬었군. 누이 아버지한테 그런 일을 당했으니 광수도 힘들었겠네."

"그 사람, 왜 그런지 아버지한테는 한 마디 못한 채 잔뜩 주눅이 들어 있었어. 그때부터 아버지는 날 도서관에도 가지 못하게 하셨고, 어쩌다 밖에 나가도 저녁 7시까진 무슨 일이 있어도 집에 들어오라고 엄명을 내리셨지."

"그야, 아버지가 누이를 그만큼 아끼니까 그러신 거지."

"그건 아는데, 한 번은 우리 언니한테도 들켜서 지겹도록 잔소리를 들었어."

"그래서 어떻게 했어?"

"그 와중에도 낮에는 엄마 몰래 몇 번 그 사람을 만났지."

"누이도 참 대단하네."

"그런데 어떻게 알았는지 이내 들통이 나고 마는 거야. 아버지는 점점 더 엄해졌고, 엄마는 내 일거수일투족을 감시했어. 내게 오는 편지도 다 뜯어봤으니 그 사람이 편지도 못 보냈지. 그때 철수가 간혹 그 사람의 편지를 전해주지 않았다면 일체 연락할 수 없는 상태였거든."

"에? 내가 광수의 편지를 전했다고? 누이한테?"

"어머나, 잊었어?"

"내가 그랬었나?"

철수는 머리를 긁적이며 40년 전의 기억을 더듬었다. 몇 차례쯤 영미의 집에 찾아간 기억은 있었다.

"나도 그 사람이 좋았던 건 사실이야. 하지만 솔직히 그에겐 미안하지만, 아마 그가 아니었어도 좋았을지 몰라. 그저 한없이 다른 세계로 날아가고 싶었지. 그땐 그곳이 북이었고, 나를 아껴주는 그 사람이 내 곁에 있었을 뿐이야…."

"백마 탄 왕자님이 짠~ 하고 나타나 누이를 데리고 어디론가 데려가 주길 바랬구만."

"나는 전과도 있었고, 부모님이 울며 애원하는 모습을 보는 것도 견디기 힘들었어. 그래도 그 사람이 좀 더 용기를 내서 내 손을 끌어줬다면, 우리 부모님을 어떻게든 설득해주었다면, 아마도 그걸 바랐는지도 모르겠어."

"가족들 모르게 밀항을 결심했던 사람이란 게 믿기지 않을 정도로 소극적인데?"

"고3 때하고는 다르지. 그동안 세상을 조금 알게 된 것도 있고."

"맞다, 생각났다! 그 무렵 광수한테 연락이 와서 한 번 만났어. 두 사람 사이를 눈치는 챘지만, 그 친구가 내게 고백한 건 처음이었어. 안쓰러울 정도로 괴로워했던 기억이 나. 자기는 괜찮아도 누이를 불행하게 만들지 않을까 걱정했던 것 같아…."

"…그랬었구나. 만약 가더라도 그건 내 의지로 결정한 거니 그렇게 괴로워하지 않아도 됐을 텐데. 그런 얘길 내게 털어놓지 않아서 더 답답했어. 그러다 그가 부모님이 계신 고베神戸로 돌아간다고 했을 때 마지막으로 그림을 선물했어."

"그 시절에 그림을 선물하다니, 누이답구려."

"내 진심이었어. 일부러 긴자銀座에 있는 화랑까지 가서 바위에 부딪히는 거친 파도를 그린 그림을 샀는걸."

"오호."

"힘껏 부딪히는 파도처럼 그 사람이 과감히 나서주길 바랐는지도 모르지."

"…그런 뜻이 있을 줄이야. 그래서요?"

"그림을 선물한 날, 반드시 다시 연락하겠다고 했어. 그 말을 난 굳게 믿었어. 그때가 오면 곧바로 그를 따라갈 수 있게 나름대로 마음의 준비도 했으니까. 정말이야. 그런데 결국 내겐 아무런 연락도 없이 떠나고 말았어⋯"

영미는 한동안 눈을 감고 생각에 잠겼다.

한마디 말도 없이 북으로 떠난 광수, 미래를 함께하자며 달콤하게 속삭였을 광수가 냉정하게 떠나버린 40여 년 전은 그녀에게 아물지 않은 상처임이 분명했다.

"아, 잠깐만⋯! "

철수는 문득 머리를 스치는 기억에 저도 모르게 소리쳤다.

"광수가 북으로 가기 반년 전이었나, 출장에서 돌아오는 길에 만나자고 해서 고베神戸에서 광수를 만난 적이 있어. 그때 누이한테 전해달라며 내게 편지를 맡겼어. 조만간 도쿄에 갈 일이 있는데, 그 전에 꼭 누이한테 전해달라면서."

"편지? 무슨 편지? 난 받은 적 없는데."

"그럼 그 후로 도쿄에서 광수를 못 만난 거야? "

"방금 말했잖아. 고베神戸로 간 뒤로는 한 번도 만나지 못했다고. 내겐 아무 연락도 없이 그냥 떠났다니까! "

'아뿔싸, 내가 그 편지를 전하지 않은 것인가⋯ 아아⋯'

철수는 순간 양손으로 머리를 감싸 쥐었다. 애매한 기억이 머릿속을 빙빙 맴돌기만 했다.

"⋯그 편지가⋯바로 그 편지였구나⋯! "

"무슨 말이야? "

불끈 쥐었던 두 손으로 머리를 감싸고 괴로운 표정을 짓는 철수를 영미가 당황하며 쳐다보았다.

"내, 내가⋯엄청난 실수를 저지른 것 같아⋯."

"그러니까, 뭐야? 뭐가 엄청난 거냐구?"

4년 전 환갑이 되던 해에 창고에 있던 먼지에 뒤덮인 트렁크에는 젊은 시절의 편지들과 나중을 위해 보관한 서류들이 들어 있었다. 수백 통의 편지들을 하나씩 꺼내 잠들기 전 침대에서 읽었었다. 무려 2주일이 넘게 젊은 시절의 추억에 푹 빠져 보냈는데, 그중에 개봉하지 않은 한 통의 편지가 있었다.

겉면에는 '전영미 동무에게'라고 적혀 있는데, 보낸 사람의 이름이 없었다. 봉투를 열어보았다. 안에는 광수의 필적이 분명한 편지가 들어있었다. 광수가 영미에게 쓴 러브레터를 읽어보니 저절로 웃음이 나고 낯간지러웠다.

그런데 그 편지가 어째서 자신의 트렁크에 들어 있는지 아무리 생각해도 떠오르지 않았다. 게다가 봉투도 뜯지 않은 편지가 40년이 넘도록 그 안에 있었다는 게 이상했다.

"누님, 정말 미안해요. 내가 정말 나쁜 놈이야. 너무 늦어버렸지만 이렇게 사과할게요."

철수는 테이블 위에 양손을 올린 채 이마가 닿을 정도로 깊이 고개를 숙였다.

"도대체 왜 그러는 거야?"

무슨 영문인지 모르는 영미는 당황한 기색이 역력했다.

"아무래도 내가⋯ 북으로 떠나기 전 광수가 누이에게 보낸 마지막 편지를 전하지 않은 것 같아⋯."

4년 전 트렁크에서 편지를 발견하기까지의 경위를 자세히 설명했다. 그러면서 문득 의문이 들었다. 만약 그때 일부러 편지를 전하지 않은 것이라면, 두 사람을 질투한 옹졸함을 어떻게 설명해야 할까. 입이 찢어져도 영미와 광수에게 사실대로 말할 수 없는 노릇이다.

북으로 떠나기 전 광수를 만났을 때, 당장은 영미와 함께 가지 못해도 좋다고 했었다. 나중이라도 꼭 자신과 함께 조국에서 인생을 펼쳐나갈 수 있기를 바란다고 했다. 말로는 전하지 못했어도 편지에 담긴 자신의 절절한 심정을 그녀가 알아주기를 바란다며 한 통의 편지를 부탁했다.

광수의 마음을 충분히 이해할 수 있었다. 편지는 반드시 전해주겠다고 약속했다. 그런데 왜 전하지 못한 걸까….

그를 만나고 도쿄로 돌아온 후 잇달아 지방 출장을 가야 했다. 광수의 편지를 전해야 한다는 생각은 있었지만 좀처럼 시간이 나지 않았다. 한편으론 두 사람이 북으로 떠난 이후 느껴질 허전함도 두려웠던 것 같다. 가까운 친구들이 모두 떠났고 그나마 곁에 있던 영미와 광수까지 떠난다면…. 그 생각이 들자 모두 정리됐다고 여긴 질투가 불쑥 고개를 들었던 것일까?

여하튼 조만간 영미에게 전하긴 해야겠다 싶어 책상 서랍에 넣어둔 채 시간이 흘렀고, 결국 이래저래 40여 년이나 트렁크 속에 잠들어 있던 것이다.

"…그랬구나… 철수한테 편지를 맡겼었구나…. 그렇지만 이제 와서 무슨 소용이야…."

영미는 희미하게 웃으며 혼잣말했다.

"그 친구의 편지를 까맣게 잊고 있었다니, 나도 정말 바보 같아. 미안해요, 누이."

"그건 됐고, 그 사람이 무슨 얘기를 썼는지 궁금하긴 하네. 한번 읽어 보고 싶은걸."

영미의 반응에 광수가 와 있다는 얘길 해도 될 것 같았다.

"누이, 실은… 광수가 누이를 만나고 싶어 해."

영미는 두 눈을 동그랗게 뜨며 놀랐다.

"내가 음성메시지를 남겨 놓았는데, 확인 못한 거야? "

"메시지 확인하는 법을 몰랐어. 누가 가르쳐줘서 나중에 듣긴 했는데, 오늘 만나기로 한 약속 때문이라 생각해서 딱히 신경 쓰진 않았어…. 근데 그 사람이 나를 만나고 싶어 한다니 무슨 말이야? "

"광수가 공적인 업무로 지금 일본에 와 있어요. 누이를 만나고 싶어 해."

"지금 날 놀리는 거지? "

"정말이라니까. 진짜로 광수가 지금 일본에 와 있다구—! "

그간의 일을 영미에게 빠르게 설명했다.

"동기생들이 환영회를 준비하고 있어서 오늘 중으로 오사카에서 도쿄로 올 거야. 환영회 전에 잠시라도 좋으니 만나 보지 않겠어요? "

"……"

"한 번 만나보면 좋겠는데."

"……"

"도저히 싫은 거예요? "

"싫어! 싫다니까! "

영미는 고개까지 저으며 거절했다.

"왜요? "

"안 만나. 이제 만나서 어쩔 건데?"

"그러니까 왜 싫은지 말해봐요. 복잡한 심경은 알겠지만 그래도 광수가 41년 만에 일본에 왔잖아. 게다가 이런 기회는 두 번 다시 없을지도 몰라요. 만난다고 무슨 일이 생기는 것도 아니잖아. 누이한텐 광수도 젊은 시절의 추억 아닌가? 그냥 가볍게 생각하고 만나 봐. 아니, 한 번만 만나 줘요. 우린 친구잖아. 그때의 감정이 아직 남아있다면 만나서 뺨이라도 때려줘요. 더는 맘에 담아두지 말고 그렇게라도 하면 후련하지 않겠어?"

"그런 식으로 말하지 마."

"알아, 그러니까 누이도 너무 거창하게 생각하지 말고 그냥 웃으면서 자연스럽게 만나면 되는 거야."

"그래도 난 안 내켜⋯."

광수가 일본에 온다는 사실이 자신도 믿기 어려웠는데, 그녀가 이런 반응을 보이는 것도 무리는 아니었다. 여러 번 설득했음에도 그녀는 끝내 광수를 만나겠다는 대답은 하지 않았다.

레스토랑을 나온 후 츠루미鶴見에 있는 그녀의 집까지 가는 차 안에서 영미는 줄곧 눈을 감은 채 말이 없었다.

한참 후 조용한 고급주택가로 들어서자 뽀얗게 불을 밝힌 외등이 고개를 숙이고 있는 그녀의 집이 시야에 들어왔다.

"여기서 내릴게."

집에서 조금 떨어진 곳에 차를 세웠다.

철수가 먼저 내려 조수석 문을 열었는데 영미는 내리려 하지 않고 그대로 있었다.

"그 사람의 편지를 철수가 갖고 있다는 말, 정말이야?"

"으응, 받았어요. 분명히. 집에 보관하고 있고."

"나를 만나고 싶다고 한 것도 사실이고?"

"사실이야."

"……알았어. 그 사람, 한 번 만나 볼게."

"정말? 정말 만나 주는 거예요?!"

"다만 조건이 있어. 혼자서는 안 만날래. 철수가 같이 가주면 만날게."

어둑한 주위에도 아랑곳없이 그녀의 표정에서 결심이 섰음이 분명히 느껴졌다.

철수는 말없이 고개를 끄덕인 후 천천히 집으로 걸어가는 영미의 뒷모습을 한참 동안 지켜보았다.

13

고광수가 일본에 온 다음 날부터 철수는 오전 업무가 시작되기 전에 해야 할 일이 한 가지 늘었다. 매일 아침 8시 반쯤 전화로 그의 동정을 살피는 일이다.

북에 갔을 때 현지의 친구가 얼마나 큰 의지가 되는지 직접 겪어보았고, 덕분에 공식 안내원을 통해서가 아닌 현지에 사는 이들의 숨결을 조금이나마 '날 것'으로 느낄 수 있었다. 북에 갈 때마다 광수는 평양에서 그 역할을 해주었다.

오랜 세월이 흘러 일본에 온 광수에게 오사카에 있는 그의 누님 부부와는 다른 면으로 안내원 역할을 해주고 싶었다. 40여 년의 공백이니 고작 한 달간 체류한다고 해서 속속들이 알 수는 없겠지만, 과거의 일본이 아닌 지금의 일본을 꼼꼼히 보고 광수가 나름대로 무언가를 발견해 주길 바랐다. 게다가 그가 혼자서 일본에 올 기회는 두 번 다시 없을지도 모른다. 업무와 관련한 것은 누님 부부에게 맡기더라도 만년에 일본에 온 광수에게 잊지 못할 추억을 만들어주고 싶었다. 젊은 시절 뜻을 같이한 옛 친구에게 해줄 수 있는 것이 그것밖에 없다는 생각이 들었다.

환영회 준비도 서둘러 논의해야 했다. 태준이는 8월 15일을 중심으로 시작되는 '오봉お盆' 연휴 때가 어떻겠냐고 했다. 광수는 아무 때나 상관없다고 했는데 철수는 생각이 달랐다. 그때는 가족여행을 가는 사람도 많고, 자식과 손자들과 함께 지내려는 사람도 많을 것 같아서다. 그런데, 도쿄에 있는 동창회 총무 몇 명이 일요일인 8

월 15일에 환영회를 하기로 정한 모양이다. 불경기 탓에 여행계획을 잡은 사람도 별로 없고, 자식과 손자들은 굳이 그때가 아니어도 된다고 한 것 같다. 오히려 옛 친구들과 만나는 편이 더 즐겁고, 하루라도 빨리 광수에게 북의 최신 정보를 듣고 싶기 때문이리라.

환영회 장소로 정한 '금강원' 식당의 사장 박 동무도 여름 불경기인 15일에 와주면 감지덕지라 한 것 같았다.

환영회 때문에 전화를 걸어 온 태준이는 대략적인 내용이 정리되자 온통 광우병 소동에 관한 얘기였다.

"우리 식당의 하루 평균 매상액이 7만 엔 이쪽저쪽이야. 그런데 광우병 소동이 시작되자 1~2만 엔이 고작이라구. 어제는 손님이 하나도 없었어."

"정말이야?"

"자네한테 거짓말을 해서 뭣하겠나. 지난달엔 출입문만 뚫어져라 쳐다보다 문을 닫은 날이 3일이나 돼. 이래서는 은행 대출도 갚기 전에 굶어 죽겠어. 어허허."

태준이는 수화기 너머로 연신 씁쓸한 웃음소리를 흘려보냈다. 애써 웃긴 했어도 그의 속내가 어떨지 짐작이 갔다.

도쿄 조선신용조합이 파산하기 전, 태준이는 아내가 하고 있던 식당을 리모델링 하느라 7백만 엔을 대출받았다. 불과 얼마 전까지는 운 좋게 파산하기 전에 대출받아 다행이라고도 했다. 그도 오로지 '우리의 신용조합'만 거래해 왔다. 식당을 운영해 번 돈과 조금씩 변통한 돈으로 대출금을 갚아왔는데, 매달 25만 엔 정도의 상환금이 벌써 3개월이나 밀렸다고 했다.

"근데, 환영회 회비는 어떡할 거야?"

"1인당 1만 엔. 3천 엔이 식대이고, 나머지 7천 엔을 모아서 광수에게 주자고들 하더군."

"전부 몇 명이나 모여?"

"최소한 10명은 되겠지."

"10명이면 7만 엔… 식대가 3천 엔이면 너무 싼 거 아냐? 광우병 소동으로 박 동무네도 적자라며? 그 정도로는 거기서 모임을 하는 의미가 없잖아."

"그렇긴 하지. '금강원'은 그래도 괜찮다고 했지만, 적어도 5천 엔씩은 해야겠지? 그렇게 되면 광수에게 줄 돈이 5만 엔으로 줄어드는데…"

"그건 안 되지. 적어도 10만 엔은 되어야 해. 현재 회비가 40만 엔 있으니까 그걸로 보태자고."

"회비는 회원들의 몫이라고 회장이 늘 잔소리했는데…"

"북에 귀국한 광수는 회원 아닌가? 친구끼리 이럴 때 안 쓰고 언제 쓰겠어."

"뭐, 그렇긴 하지. 암튼 그것도 의견을 모아야 할까…?"

불경기 때문인지 태준이는 기운이 하나도 없었다.

그의 앓는 소리를 듣지 않아도 숯불고기 집 매상이 곤두박질치는 상황은 눈 뜨고 볼 수 없는 지경이었다. 어떤 장사든 이변이 없을 만큼 저마다 비명을 지르는 상황이다. 추가 융자신청에 대한 감감무소식도 '가나가와神奈川 신용조합'의 소리 없는 비명 같아서 철수도 기운이 빠졌다.

융자계 담당 계장은 추가 융자 결정이 나오는 대로 연락을 주겠다고 했다. 긁어 부스럼만 될 것 같아서 요사이는 지점에 들르는 것도 참고 있었다.

여하튼 추가 융자만 나오면 5채쯤은 부동산을 확보할 수 있다. 그걸 효율적으로 회전시키면 어떻게든 숨통이 트일 것 같았다. 예정보다 일주일이나 늦어졌지만, 오늘이라도 승인이 떨어지면 금요일인 내일쯤엔 통지가 올 확률이 높다. 그런데 이번 주말부터 열흘 간 '오봉お盆' 연휴라 사무실도 휴무에 들어간다. 시내의 다른 부동산업자들도 이 기간엔 모두 문을 닫는다.

융자 승인 통보가 늦어져 의욕이 나지 않았지만, 손을 놓고 있을 수만은 없었다. 연휴 이후의 입찰에 대비해야 했기에 야나가와柳川를 부추겨 경매물의 사전 조사를 하느라 지난 사흘을 분주히 보냈다.

"뭐라구?!"

일주일 전 야나가와柳川에게 처음 얘길 들었을 때만큼의 강도는 아니었지만, 결국 가나가와 조선신용조합도 파산한다는 소식에 충격을 감출 수 없었다.

"공식발표는 오늘 오후 5시경, 본점에서 한답니다."

야나가와는 발표 시간까지 특정해서 말했다.

철수는 거칠게 수화기를 집어 들고 15명의 가나가와 조합 이사 가운데 한 명인 박금철에게 전화를 걸었다.

박금철은 '조선신용조합 후원회' 시절에 가깝게 지낸 대학 3년 후배다. 그는 가마타蒲田 역 앞에 5층짜리 작은 빌딩도 갖고 있고, 파친코와 불고기 식당도 운영했었다. 배려심이 남다르고 성품도 온화한 그는 동포들의 신뢰를 얻어 몇몇 동포단체의 임원도 겸임했다.

박금철은 곧바로 전화를 받았다.

철수는 몇 마디 인사를 나눈 뒤 넌지시 조합 얘기를 꺼냈다. 야나가와의 정보가 사실인지 확인하고 싶었다.

"조합에서 좀처럼 추가 융자 승인이 안 나와서 애를 먹고 있어. 무슨 일이라도 있는 것인지…."

"그건 아닐걸요. 다만 예금고가 거의 바닥인 건 사실이죠. 이사인 나도 파친코로 적자를 본 뒤로는 한 푼도 추가 융자를 못 받았어요."

7년 전, 그도 억대의 융자를 받아 후지사와藤沢에 있는 파친코를 설비까지 포함해 통째로 매입했는데, 인근 점포와의 경쟁에 밀려 막대한 적자를 낸 채 헐값에 넘겼다는 소문이 있었다.

"그래도 자넨 이사 아닌가, 내 사정 좀 조합에 잘 말해 줄 수 없겠나?"

"그건 힘들어요, 선배. 지금은 그런 게 통하는 시대가 아니라구요."

철수도 그걸 모르는 건 아니었지만 지푸라기라도 붙잡고 싶은 심정이었다.

"…가나가와 조합이 파산한다는 소문이 있던데. 혹시 뭔가 들은 소식 없나?"

"저런, 누가 그런 소릴 해요. 난 금시초문인데. 운영이 어려운 건 맞지만 가나가와 조합은 아직 괜찮아요. 지난 3월에 하코네箱根에서 열린 이사회 때도 경영진이 자신만만했고, 선배도 참석한 5월 총회 때도 분명 배당률까지 발표했잖아요."

파산 위기는 아니다, 아무런 정보도 듣지 못했다며 박금철은 느긋하기만 했다. 뭔가 알고 있으면서 애써 조심하는 낌새가 아닌, 하염없이 낙관적인 말투다. 야나가와는 파산 공식발표가 오늘 오후 5시라 했다. 그것이 사실이면 조합 이사라는 이 인간은 범죄적이라 할 만큼 근무 태만인 셈이다. 그의 태평함에 철수는 더 이상 대화할 마음이 생기지 않았다.

3개월 전에 있은 '요코하마横浜지점 총회'에는 철수도 구성원으로 참석했었다.

늘 그렇듯 아무런 긴장감도 없이 그저 박수로 끝난 총회였다. 일반적인 일본의 경제 상황이 보고되고, 조합이 안고 있는 문제점도 그저 나열만 했을 뿐이다. 토론도 정해진 사람만 했고, 사전에 검열된 찬반 토론이 이어졌다. 질문도, 안건 토의도 없었다. 불황에 빠진 일본의 경제 상황에도 우리는 조국의 따뜻한 배려를 바탕으로 조직과 동포가 일치단결하고 있어서 '조합이 흔들림 없이 발전하고 있다'라고 했다.

도쿄에서 은밀하게 전해지는 시그널이 지역 조합의 이사 귀에는 전혀 안 닿는 것인지, 닿았다 해도 알아듣지 못하거나 방관한 증거다. 게다가 파산한 지역 조합의 인수처가 될 '겨레신용조합'의 유력 발기인에게 가나가와 조합의 이사장도 참여할 수 있는지 조율 중이라고도 했다. 실제로 파산을 염두하고 살길을 찾는 이사장의 행보조차도 박금철은 전혀 모르는 것 같았다. 설사 위험신호를 감지했다 한들 이사진들은 아마 이렇다 할 조치도 취하지 못할 것이다. 불신이 커진 동포들의 시선도 인지하지 못하고, 그저 우물 안 개구리처럼 조직의 논리에 끌려다니며 이용만 당하는 '온순한 사람들'이다.

철수가 한숨을 내쉬며 수화기를 내려놓자 옆에서 듣고 있던 야나가와가 입을 열었다.

"이런 사람들이 이사를 맡고 있으니 조합이 잘 될 리 있겠어요?"

심상치 않은 분위기에 평소 수다스러운 하시즈메橋爪까지 바짝 긴장한 표정으로 두 사람을 살핀다.

"저…사장님, 실은 제가…3년째 조선신용조합에 적금을 붓고 있어요. 한 달에 만 엔씩, 이제 석 달만 지나면 만기예요. 혹시 오늘 해약해도 괜찮을지…."

"파산해도 예금은 보호받을 수 있어요."

야나가와가 염려하지 말라는 듯 하시즈메에게 말했다.

"그건 알지만… 아들 결혼 자금으로 쓸 거라. 만약 파산하면…."

"그래, 해약하는 게 좋겠어."

사무실 벽시계가 2시 반을 가리켰다. 하시즈메가 가방에서 통장을 꺼내 허둥지둥 사무실을 나갔다.

철수와 야나가와는 소파에 몸을 묻은 채 번갈아 가며 깊은 한숨을 내쉬었다.

"도쿄를 시작으로 간토關東 지역에 있는 6개 신용조합이 줄줄이 파산해 채무초과액이 4,400억 엔을 넘는다고 해요."

"작년에 2차 파산까지 한 긴끼近畿 지역은 얼마였지?"

"3,100억 엔이요."

"가나가와 쪽은 얼마나 되려나…."

"여하튼 어느 쪽이나 파산 처리에 필요한 공적자금은 1조 엔이 넘는다고 합니다."

"예금보호법으로 공적자금에서 해결할 수 있으니 그나마 다행인데, 금액이 너무 커. 우리도 똑같이 세금을 내긴 하지만 출혈이 너무 심해."

"그래서 인수처로 나선 '겨레' 발기인 모임이 최근 1년 반 동안 어지간히 살벌하게 토론했다잖아요. 결국 5가지 방침을 세웠대요."

"어떤 내용이야?"

"전부 기억나진 않지만, 첫째로 거액 대출은 안 한다. 두 번째는 이사를 포함한 경영진은 조합원의 합의를 거쳐 민주적인 선거로 선출한다. 세 번째는, 그 뭐냐, 일본의 금융정책에 따라 법률을 준수한다. 나머지는 뭐였더라…."

"당연한 것뿐이네. 그렇게 기본적인 기준도 지키지 못한 게 파산의 원인이라는 건가?"

"아마도…."

또다시 무거운 침묵과 한숨이 오갔다. 얼마 후 통장을 들고 서둘러 나갔던 하시즈메가 돌아왔다.

"지점 분위기가 어땠어요?"

철수와 야나가와가 동시에 그녀에게 물었다.

"특별한 건 없었어요. 중도 해약한다니까 창구 여직원이 아쉬워하긴 했는데…."

하시즈메는 자신이 유난을 떤 것 같아 멋쩍었는지 그 이상은 말하지 않고 자리에 앉았다.

오후 3시 반.

영업 마감 시간이 지났지만, 오늘도 추가 융자신청에 대한 연락은 오지 않았다.

"융자계 계장은 자리에 있던가?"

"네, 있었어요."

"그래? 통화라도 해봐야겠어."

철수는 수화기를 들고 거칠게 버튼을 눌렀다.

신호음이 들리고 얼마 후 전화를 받은 여직원에게 '하마키浜嬉 부동산상회'라 말하고 융자계 이 계장을 찾았다.

"잠시만 기다려 주세요."

계장을 찾는 여직원의 목소리가 들렸다. 그런데 계장은 연결되지 않고 이내 통화보류 멜로디가 들려왔다.

한참이 지나서 다시 들려온 목소리는 아까 그 여직원이다.

"죄송합니다. 계장님은 오후부터 외근 중입니다. 오늘은 지점으로 복귀하지 않을 것 같습니다… 죄송하지만, 전화 끊겠습니다."

당황한 듯한 여직원은 머뭇거리며 이렇게 말하고는 이쪽의 대답도 듣지 않고 전화를 끊었다.

평소보다 이른 시각에 귀가한 철수를 보고 혜자는 허둥지둥 부엌으로 가 저녁 준비를 시작했다.

철수는 말없이 방으로 들어가 옷을 갈아입고 정원으로 나갔다.

해가 뉘엿뉘엿 지기 시작했음에도 종일 지면을 달구었던 열기가 피어오르며 허공에 아지랑이를 만들었다.

철수는 긴 호스를 끌어와 정원의 잔디와 나무들이 흠뻑 적셔지도록 충분히 물을 뿌렸다. 그리고는 호스 입구를 눌러서 세찬 물줄기를 만든 다음 해가 지는 서쪽 하늘을 조준했다. 가랑비 같은 물방울들은 곳곳으로 흩어졌고 차츰 철수의 옷자락도 젖어 들었다.

철수는 온몸이 젖은 채 테라스 의자에 앉아 담배를 꺼내 물었다.

천천히 내뿜은 담배 연기가 갈 곳이라도 찾는지 허공을 헤매다 사라졌다.

어둠이 내려앉자 정원 곳곳에 있는 수은등이 깜박거리다 하나둘 불을 밝힌다. 길어진 낮 동안 이글거린 해는 서쪽 하늘로 완전히 넘어간 것 같다.

아내 혜자는 여름만 시작되면 풀벌레 소리 좀 들어보라고 야단을 떨었다. 시끄러울 정도로 울어대는 벌레 소리가 철수의 귀에는 들리지 않았다. 중학교 때 폐결핵을 앓았는데 치료제로 쓴 스트렙토마이신 부작용으로 미세한 소리를 들을 수 없게 되었다. 여름이 익어 갈수록 목청을 높이는 풀벌레와 매미 소리는 더 이상 듣지 못하는 추억의 소리다.

먹는 둥 마는 둥 식사를 마친 철수는 수저를 놓자마자 안방으로 들어와 TV 스위치를 켰다. 저녁 7시 NHK 뉴스를 보기 위해서다. 공중 폭격이 계속되는 아프간 상황을 전하는 뉴스가 절반이었고, 나머지는 광우병 소동에 관한 속보였다. 조선신용조합에 관한 뉴스는 없었다.

8시가 되어 위성채널인 KNTV로 채널을 돌리니 오늘의 한국 소식을 전하고 있다. 도무지 방한할 기색이 없는 김정일 총서기와 김대중 대통령의 햇볕정책을 비난하는 야당 측 움직임이 톱뉴스다.

9시가 되자 다시 채널을 NHK로 돌렸다.

7시 뉴스와 거의 비슷한 뉴스가 이어지더니 갑자기 속보 자막이 나왔다.

"속봅니다. '가나가와 조선신용조합'이 금융당국에 파산을 통보하고, 오늘 오후 5시 기자회견을 통해 공식적으로 파산을 발표했습니다."

아나운서는 건조한 어조로 사태를 보도했다. 화면에는 굳은 표정으로 뭔가를 읽고 있는 조합 이사장의 얼굴과 요코하마橫浜 역 동쪽 출구에 있는 8층짜리 본점 건물이 보였다.

"여보, 큰일 났어요!"

거실에서 TV를 보던 혜자가 뉴스를 보고 숨이 넘어갈 듯 소리쳤다.

14

가나가와 조선신용조합 파산 발표가 나온 사흘 후부터 열흘 간의 긴 '오봉お盆' 연휴가 시작되었다.

연휴를 맞아 고향으로 떠나는 귀성 인파와 관광객들이 도로와 역을 메웠지만, 불경기 탓인지 예년 같지는 않았다.

철수는 가뜩이나 심란한 마음으로 긴 연휴를 보낼 생각에 머리가 지끈거렸다. 하지만 연휴가 끝나기 전까지 딱히 할 수 있는 일도 없었다. 하는 수 없이 며칠은 아내 혜자와 함께 특별한 계획 없이 보내기로 했다.

연휴 둘째 날 오전은 햇볕이 뜨거워지기 전에 서둘러 잔디를 깎고 정원수를 다듬을 생각이었다. 그런데 닥치는 대로 이것저것 손대다 보니 어느새 태양이 머리 꼭대기까지 올라와 땀이 빗물처럼 쏟아졌다. 정원을 대충 정리하고 실내로 들어와 차가운 물을 뒤집어쓴 후 낮잠을 청했다.

셋째 날은 늦은 아침을 먹은 후 혜자를 부추겨·밖에 나가기로 했다. 파산 뉴스 탓에 심란했는지 혜자도 답답한 모양이었다. 일단 나가자는 말에 행선지도 묻지 않고 곧바로 따라나섰다.

철수는 차를 몰아 1시간 정도 달렸다. 미우라三浦 반도 끝에 있는 잡목 숲에 차를 세우고 조릿대가 빽빽이 들어찬 가파른 언덕을 서로 부축하며 올라간 후 다시 파도가 밀려오는 모래사장까지 내려갔다. 양말을 벗고 바짓단을 걷어 올린 두 사람은 바위투성이의 얕은 바다에 발을 담갔다.

모래사장과 갯바위 사이를 오가는 작은 게들이 허둥지둥 몸을 숨기는 모습이 우스웠다. 해초들은 잔잔히 너울대는 파도에 흔들렸고, 갯바위에 생겨난 웅덩이에는 손가락보다 작은 물고기들이 제 세상인 듯 헤엄을 쳤다. 바위에 부딪힌 파도가 하얗게 부서져 솟구칠 때마다 혜자는 비명을 지르며 철수의 팔에 매달렸다.

울퉁불퉁한 바위에 조심스레 발을 디디며 조금씩 바다 가까이 들어가 보았다. 두 사람이 앉기에 안성맞춤인 바위를 발견하고 서로의 몸을 기대며 바위에 앉았다.

햇살은 뜨거운데 바닷바람은 시원했다. 곳곳에서 부서지는 파도를 바라보고 있으니 무거운 마음도 조금은 씻기는 것 같았다. 뭉게구름 사이로 쏟아져 내린 햇볕이 바닷물 표면에 닿으며 반짝반짝 너울거린다. 꽃무늬가 들어간 밀짚모자를 쓴 혜자는 드러난 살갗이 그을릴까 봐 가지고 온 수건을 모자 위에 둘러 방한모처럼 얼굴을 감쌌다.

두 사람은 파도 소리와 갈매기 울음소리만 들리는 갯바위에 앉아 한참 동안 바다를 바라보았다.

"둘이서 또 해외여행 갈 수 있으려나?"

혜자가 무심하게 중얼거렸다.

"왜, 못 갈 것 같아?"

"아니, 당신 회사가…."

"걱정하지 마. 또 갈 수 있으니까."

철수는 빙긋 웃으며 자신에게도 말하듯 힘주어 말했다.

"나폴리에 다시 갈 수 있으면 좋겠네."

멀리 수평선에 시선을 둔 채 혜자가 말했다.

"응."

눈 앞에 펼쳐진 바다가 10년 전 추억을 떠올리게 했다.

혜자와 처음으로 떠난 해외여행은 이탈리아였다. 그때도 지금처럼 햇볕이 뜨거운 여름이었다.

나폴리 해안에 갔을 때는 갑자기 혜자가 없어져서 진땀을 뺐다. 관광버스는 혜자를 기다리느라 다음 장소로 출발하지 못했고, 철수는 가이드 옆에서 좌불안석이었다. 한참을 찾아다니다 부두에서 그물을 걷어 올리는 어부를 한가로이 구경하고 있는 혜자를 발견했을 땐 출발 시각이 30분이나 지난 후였다.

"바보 같으니라구, 정신을 어디에 팔고 다니는 거야? 여기서 미아가 되면 어쩌려고 그래?!"

철수는 눈을 치켜뜨며 고함을 쳤다. 멈출 줄 모르는 철수의 구박에 혜자는 결국 아이처럼 울음을 터뜨렸다.

"시간을 잘못 알았다구요!"

이때부터 이틀 동안 혜자는 말을 섞으려고도 하지 않았다.

아찔했던 그 순간도 이제는 웃음만 나는 추억이 되었는데, 바다를 바라보고 있자니 둘이서 나폴리를 여행한 그때가 그리웠다.

"…인생의 절반이 지났어도 난 여전히 생각하네, 산을 옮기겠다고. 땅에 씨앗을 심어 골짜기를 울창하게 만들겠노라고. 하지만 어느덧 생의 절반이 휙 가버리고 말았네…."

"무슨 말이에요?"

"젊을 때 문학감상회에서 읽은 어느 시인의 시야. 문득 생각났어."

바다는 쓸쓸한 기억도 떠올리게 했다. 철수는 또다시 마음이 무거워져 먼바다로 시선을 보냈다.

이래저래 사흘을 보내고 다음 날 오후부터는 사무실에 나가 곳곳에 흩어져 있는 신문과 잡지들을 뒤적이며 시간을 보냈다. 각종 신문은 조선신용조합과 민단계 신용조합의 파산에 대해 총괄 분석한 기사를 실으며 배임과 횡령 등의 형사사건으로 발전할 수밖에 없는 사태를 보도했다. 그걸 보니 될 대로 되라는 심정이었다.

머리를 식힐 겸 소파에서 일어나 책상에 있는 노트북을 열고 자판을 두드렸다. 하지만 이내 집중력이 흩어지고 피로가 몰려와 다시 소파에 누워 선잠이 들었다.

이럴 때일수록 평정심이 필요했기에 어떻게든 연휴 기간엔 아무 생각도 안 하려 애를 썼지만 소용없었다.

조합 파산이 발표된 후 주말이 지나고, 월요일 아침 9시가 되자 철수는 지점으로 전화를 걸어 당장 융자계 계장을 바꾸라고 소리쳤다. 며칠 전 지점에 갔을 때 아무 문제도 없을 것이라 태연스레 답변한 계장에게 울화가 치밀어 참을 수가 없었다.

"심사가 늦어진 게 이렇게 되려고 그런 거였어?"

"당치 않습니다, 사장님. 저희도 파산 사실을 알게 된 건 지난 금요일 오후에 마감이 지난 후였습니다……."

"그럼, 심사 중이던 건들은 앞으로 어떻게 처리되는지 얘기해 보게."

"……."

"솔직하게 얘기하라니까!"

"융자신청은 모두 취소될 것 같습니다…."

"이제부턴 빌려준 돈을 회수만 하겠다, 그 얘기야?"

"…사장님, 전화로는 자세한 얘길 할 수 없으니 지점으로 한 번 나와주시겠습니까?"

"당연하지! 오지 말라고 해도 갈 생각이었어! 당장 가서 진상을 소상히 들어야겠네. 그리고 석 달 전에 추가로 넣은 조합출자금 150만 엔은 어떻게 되는지 말해보게."

"그건…이미 파산이 공식화돼서…."

"그럼, 조합원을 속이면서까지 출자금을 추가로 받아냈다는 소리야?"

철수의 언성이 다시 높아졌다.

"그럴 리가 있겠습니까. 사장님, 저희도 좀 이해해 주십시오. 일이 이렇게 되어 진심으로 송구스럽습니다. 지금 고객들이 기다리고 있어서……."

지금은 자신이 어떤 말을 해도 그들 귀에는 그저 불평으로만 들릴 터였다. 융자계 계장이 쩔쩔매는 처지를 모르는 바는 아니었다. 하지만 이미 파산했으니 지금까지 한 얘기는 없었던 일로 한다는 말에 기가 막혔다.

수화기를 내려놓자마자 요코하마横浜 지점으로 향했다.

오전 9시가 훌쩍 지났는데도 후쿠토미초福富町에는 아직 아침이 오지 않은 것 같았다. 24시간 한국 상품을 판매하는 슈퍼와 음식점 입간판들은 듬성듬성 꼬마전구가 꺼진 채 깜박이고 있었고, 그 외의 가게들은 셔터가 내려진 채 굳게 닫혀있다. 까마귀 네댓 마리가 그물을 씌워놓은 비닐봉지를 쪼아 끄집어낸 음식쓰레기를 길바닥에 흩어놓고 있었다.

길 건너편으로 두 명의 노파가 비척걸음으로 지점을 향해 걸어갔다. 그 뒤로 한 중년 남자가 빠르게 노파들을 앞지르더니 지점 안으로 먼저 들어갔다.

사무실을 나오며 단단히 벼른 철수는 지점 내부가 눈에 들어온 순간 그 자리에 우뚝 멈춰 섰다. 지점 안은 발을 디딜 틈 없이 사람들로 가득했다.

출입문 앞에 우두커니 서 있는 철수에게 남자 직원이 말없이 작은 종잇조각을 내밀었다.

'No. 47'

지점 내부는 파산 소식을 듣고 몰려든 조합원들로 콩나물시루 같았다. 이런 상황을 예상 못 한 건 아니지만 막상 눈에 들어온 광경에 입이 다물어지지 않았다. 영업 개시 후 30분도 안 지났는데 먼저 온 사람이 46명이나 대기 중이다.

10년 전, 조합 후원회에서 활동했을 때 '1일 지점장'이 되어 예금 모집에 나섰던 일이 떠올랐다. 하루 만에 9억 엔의 예금을 만든 날인데, 사무실 직원인 하시즈메도 이때부터 예금거래를 시작했다.

후원회 회원들은 자신의 종업원은 물론이고 거래처와 가족, 친척까지 동원해 '우리의 신용조합'을 응원했다. 쇄도하는 고객들을 응대하느라 후원회원들까지 지점 앞에서 야단법석이었다. 당시 지점장은 지점 개설 이래 이토록 많은 고객을 확보한 건 처음이라며 후원회의 저력에 혀를 내둘렀다. 그때의 고객은 분명 동원된 이들이었다. 하지만 지금 지점을 가득 메운 고객은 파산 소식에 놀라 직접 달려 나온 고객들이다.

파산 보도가 나온 건 지난 금요일 밤 9시경이었다.

'예금은 예금자보호법에 따라 전액 보장받습니다.'

뉴스캐스터는 연속해서 이렇게 말했다. 그런데 주말이 지나고 영업일이 되자 개점 시간 전부터 달려온 사람들로 지점이 터져나갈 것 같았다.

10여 명의 창구직원은 정신없이 해약 업무에 매달렸다. 철수와 눈이 마주친 이 계장은 저쪽에서 눈짓 인사만 하고 바삐 움직였다. 한쪽에서 순서를 기다리던 한 노인이 고함을 치며 불만을 터뜨리자 여직원이 안절부절못했다.

몰려든 고객들 가운데 낯익은 사람은 없었다. 민족금융기관을 키우자며 염불처럼 호소하던 이 지역 총련계 간부는 눈을 씻고 찾아봐도 없다.

연신 고성을 지르며 직원을 호통치는 이도 있지만, 대부분은 말없이 우두커니 서 있다. 마치 뒤늦게 부모의 장례식에 도착한 사람처럼 슬픔에 잠긴 표정과 공허한 눈빛이다.

지루하게 순서를 기다리던 한 사내가 '빌어먹을' 하고 욕을 내뱉더니 급기야 누가 듣든 말든 울분을 쏟아냈다. 사람들의 시선이 일제히 그 사내에게 쏠린다. 정적을 깨는 누군가의 행동에 반사적으로 반응하는 긴장감과 불길함….

창구 안쪽에 있는 직원들의 업무는 쉴 새 없이 진행되었지만 기다리는 사람들의 시선은 차갑기만 했고, 찌를 듯이 직원들의 손놀림을 지켜보았다.

조합원들이 거주하는 인근에는 일본의 은행과 다른 신용조합도 얼마든지 있다. 굳이 먼 곳까지 와 목숨처럼 귀한 돈을 이곳에 맡기는 건 '우리의 신용조합'이라는 연대감 때문이었다. 돈에는 이념의

색깔 따위가 표시되어 있지 않다. 조선신용조합은 이북을 지지하는 조직의 금융기관이지만 막상 어려울 땐 같은 동포가 힘이 되어주리라 믿었기에 이데올로기를 따지지 않고 거래해 온 동포들이다. '돈이 떨어지면 정분도 끊어진다'라는 속담도 무색했다. 마음속 어딘가에 한 핏줄의 신용조합이라는 '합의'가 있던 것이다. 창설 이후로 50년을 키워온 그 '합의'가 무참히 무너지려 했다. 일본 각지에서 조선신용조합이 차례대로 파산했는데, 급기야 가나가와 조합마저…. 이제는 동포들에게 '우리의 조합'이라는 말이 공허한 단어로만 기억될 것 같았다.

철수는 사무실로 발길을 돌렸다.

철이 들었을 때부터 이미 동포들 속에 있었고, 학교와 청년 시절을 그 속에서 보냈다. 민족운동의 비틀린 부분도 보았지만 깊은 애착도 있었다. 점점 동포들의 감각과 요구에서 멀어지는 민족단체에 마음이 언짢은 것도 사실이었지만, 그래도 손잡고 함께 나아갈 뿌리라 여겼다. 언젠가 남과 북이 새로운 역사를 쓰게 될 때 일본에 있는 동포로서 조국과 민족을 잊지 않고 산 기쁨을 맛보고 싶었다. 그런 바람이 혹여 짝사랑이었다 할지라도….

결국 추가로 융자받지 못하면 조합에서 빌린 돈은 물론이며 다른 부채를 갚기도 버거워질 것이 불 보듯 뻔했다. 어떻게든 돌파구를 만들어야 하는데, 어차피 회수기관의 관리에 들어갈 조합에서는 더 이상 실질적인 정보를 얻을 수 없을 것이다. 게다가 담보로 잡힌 집은 결국….

철수는 욱신거리는 통증에 위가 찢어지는 것 같았다. 회사 사정을 잘 모르는 처자식에게는 어떻게 설명해야 할까…. 젊을 때 같으면 이 정도는 아무것도 아니라며 큰소리를 쳤을 것이다. 그때는 기력도 활력도 넘쳤었다. 버블 경기가 꺼지고 이후 10년 동안은 오로지 먹고 사는 일에만 매달렸다. 개미지옥에서 간신히 빠져나왔는데, 또다시 하늘에서 바윗덩어리가 떨어진 것 같았다.

어느덧 나이는 예순넷이나 되었다. 이 냉엄한 현실이 어처구니없었다. 마음이 약해지면 안 된다고 애써 다독여봐도 오늘 같은 만년은 상상조차 하지 않았기에 한없이 기가 꺾였다. 회사를 곤경에 빠뜨린 책임을 다른 이에게 전가할 수도 없다. 첫째도 둘째도 자신을 탓할 수밖에. 어떻게든 숨구멍을 뚫어 살길을 찾아야 한다….

결국 조선신용조합의 파산 피해도 조합원들에게 돌아올 것이다. 더불어 상부 조직의 도의적 책임 또한 피해 갈 수 없는 길이다….

연휴 기간에도 사무실에 혼자 나와 우두커니 허공만 바라보다 깜빡 잠이든 철수는 갑자기 들려온 요란한 전화벨 소리에 나른한 몸을 일으켜 수화기를 들었다.

"여보세요."

"이보게, 날세."

푸근함이 느껴지는 광수의 목소리였다.

"어이, 광수."

"한동안 전화 연락이 없어서 걱정했어. 연휴라 집에서 쉬고 있겠거니 하면서도 혹시나 해서 전화했는데, 사무실에 나와 있던 거야?"

"아, 미안미안. 휴가도 휴가지만 안 좋은 일도 있어서 집에 그냥 앉아있을 수가 있어야지. 그 바람에 자네한테 전화하는 것도 잊었네."

영미와 만나기로 한 약속은 그녀와 저녁 식사를 한 다음 날에 오사카에 가 있는 광수에게 알렸다. 갑자기 흥분한 광수의 목소리와 숨소리만으로도 그가 얼마나 기뻐하는지 충분히 느껴졌다.

두 사람은 41년 만인 8월 15일, 환영회에 가기 전에 점심때 요코하마 시내에서 만난다. 광수에게는 약속 장소에서 가까운 신요코하마 역에서 미리 만나자고 일러두었다. 고교 동기생들의 환영회는 저녁 6시부터이니 두 사람이 만날 시간은 충분했다.

"그나저나, 자네가 알아보는 일은 잘 되어 가?"

"응, 성과가 좋아. IT와 관련된 다양한 상품을 판매하는 전자상가에 날마다 나가 보고 있네. 그건 그렇고, 휴가 중에 사무실에 혼자 나와서 뭘 하는 게야? 혹시 조선신용조합 때문이야?"

"자네도 아는군….'

"나도 TV와 신문을 보고 알았어. 깜짝 놀랐네. 자네 사업에도 큰 타격이지?"

"으응. 치명적일 만큼."

울고 싶은 심정이었는데 때마침 광수가 뺨을 때려준 것 같았다. 분을 쏟아낼 곳이 없어 광수에게 하소연이라도 하고 싶었다. 이 친구에게는 속내를 털어놓을 수 있을 것 같았다.

북에서는 해외 공민이라 여기는 재일동포의 현실에 대해 광수는 귀에 딱지가 앉을 만큼 들었을 것이다. 그것과는 다른 자신의 생각을 그에게 알려주고 싶었다. 이미 바닥에 떨어진 총련계 민족단체에 대한 신뢰는 사무실에 그가 왔을 때 대략 언급했다. 하지만 여전히 할 얘기가 많았다.

민족단체는 이미 오래전부터 동포들에게서 버려지고 있다고 광수에게 털어놓았다. 그것은 직접 북에 가 눈으로 보고 느낀 것이며, 북의 선전과 현실에 너무 큰 격차가 있음을 확인했기 때문이라고도 했다. 조직에서 점점 멀어지는 사람들, 조선학교의 학생들이 격감하고 있는 현상이 그것을 잘 반영했다. 게다가 불난 곳에 기름을 끼얹듯 최근에는 조선신용조합까지 줄줄이 파산했다. 일본경제 구조의 악영향도 있지만 여하튼 경제적인 면에서도 민족단체는 빈사 상태에 놓여있었다.

해방 후 반세기가 지난 오늘날, 자이니치在日는 고향에 돌아가지 못하고 일본에 정주한 것으로 봐야 한다. 그들이 정신적 기둥을 조국에 두는 의미는 매우 중요하다. 하지만 진정한 재일동포의 조직으로 존속하려면 언제까지나 바다 건너 이북 땅만 바라봐서는 안 되며, 좀 더 시선을 재일동포 사회로 돌려야 한다.

남북 어느 쪽의 민족조직과도 거리를 두면서 조직의 논리·사고와는 다른 '자이니치在日 논리'를 주장하는 유식자나 그룹이 이미 나오기 시작했다. 그렇기에 동포들의 요구에 부응할 근본적인 정책을 취하지 않는 한, 민족단체의 존재 의미는 점점 더 희미해질 것이다….

"동포들의 생활을 어떻게 지킬 것인지, 조선신용조합과 경제 분야의 문제만이라도 다룰 긴급중앙위원회를 열어도 될 법한데, 안 그런가? 하긴 이미 조직에는 그런 사고능력도, 기력도, 열정도 없으니 기대하는 게 무리겠지만 말이야."

광수는 아무런 의견도 내놓지 않았다. 그저 조용히 철수의 말을 듣기만 했다.

"고베神戶 조선신용조합도 파산이라는 것 같던데. 매형도 그래서 힘든가 봐. 조국에서도 소문은 들었지만, 동포들이 이 정도로 힘든 줄은 몰랐네. 자네 회사는 앞으로 어떻게 되는 건가?"

"어찌 되기는, 힘내서 다시 시작할 수밖에 없지. 우리도 이제부터는 이북처럼 '고난의 행군'을 하는 거지. 조국에는 인민도 있고, 국토도 있고, 풍부한 자원과 담보가 있지만 우린 그런 게 없지 않은가. 지금부터는 패전 직후의 일본 사회와 같은 상황이 될 거야. 우리 부모들은 그 시절에 0부터 시작했지만, 해방이라는 든든한 담보가 있었으니 활력이 넘쳤지. 하지만 지금은 많은 동포가 0은커녕 마이너스 부채를 짊어지고 죽기 살기로 일해 먹고 살아야 해."

철수는 이렇게 말하고 자조하듯 웃었다.

"…무슨 말을 해야 좋을지 모르겠네. 여하튼 자네가 힘을 내면 좋겠어."

"음, 어떻게든 이겨내야지."

이렇게라도 속을 털어놓고 나니 조금은 속이 후련해지는 것 같았다.

"아참, 자네가 준 원고 다 읽어봤어."

"아, 그래."

사실 철수는 소설 얘기를 나눌 기분이 아니었는데 광수는 감상을 들려주고 싶은 모양이었다. 북에 대해 좋게 쓴 작품도 아니니 칭찬은 고사하고 조금이라도 가공된 '거짓'이 있는지와 필자가 알려지면 북에 있는 피붙이에게 영향이 있는지만 듣고 싶었다.

차마 눈 뜨고 볼 수 없는 도시와 농촌의 격차, 전력부족으로 제대로 가동되지 않는 공장과 교통수단, 자연재해, 식량난, 아사자…. 경제적 피폐와 외세의 압력으로부터 조국을 지키고자 했던 투쟁을 북에서는 '고난의 행군'이라 했다.

광수는 한동안 침묵했다.

"필명을 쓴 것은 그걸 염려해선가?"

"꼭 그렇지는 않네만…."

사실 두 가지 이유 때문이었다. 그저 부동산업을 하는 자신이 번지수가 다른 소설에 손을 댔다는 부끄러움과 동포단체에서 나올 잡음이 신경 쓰였다. 조직에는 자신들의 뜻에 반대하는 이에게 끊임없이 악의를 표하고 꼬리표를 붙이려는 체질이 분명히 존재한다. 마치 근친 증오와 같다. 특히 이북을 나쁘게 쓰거나 말하면 '성역'을 침범한 듯 도끼눈을 뜨고 악평했다. 나쁘게 쓰려 의도한 게 아니라 있는 그대로를 쓰고 그것을 바탕으로 조국과 자이니치在日의 처지를 돌아보고 싶었을 뿐이다.

그런데 탈고가 끝나니 공포가 몰려왔다. 필자가 알려지면 북에 있는 동생에게 무슨 피해라도 가지 않을까….

"자네, 이걸 책으로 만들 셈인가?"

"설마. 그럴 능력도, 자신 있는 글도 아니야."

"그럼 애써 쓴 의미가 없잖아."

"출간하라는 소리야?"

"그런 얘기가 아니야."

"뭔데, 확실히 말해 봐."

광수는 계속 출판 여부에 대해서만 물었다.

"자네 글에 거짓은 없어. 사실, 더 심한 얘기도 얼마든지 있지⋯."

"뭐?"

"여하튼 연락이 끊어졌던 형제와 숙부, 조카가 만나 가족의 정을 나누는 모습에 감동했어."

"일부러 좋게 말하려곤 하지 말게나."

"정말이야. 우리가 힘들었던 상황을 적나라하게 그렸고, 그 밑바탕에는 하나의 심지가 관통하고 있었어. '육친애肉親愛'라고 할까. 동포의 심정이라 해도 좋고, 그것이 느껴져서 안심했어."

"자네가 그리 말하니 고맙네."

"다만, 불만도 있네."

"그야 당연하겠지. 어떤 불만이야?"

"고난의 행군은 글자 그대로 살아남기 위한 고통스러운 싸움이었어. 이름도 모르는 수많은 인민이 영웅적으로 그 고난을 이겨냈지. 그중에도 불굴의 정신을 발휘한 이들이 바로 노동당원들이야. 그 시기에 나온 말 중에 '가는 길 험난해도 웃으며 가자!'라는 구호가 있어. 얼마나 좋은 구호인가. 최후의 승리를 확신하는 사람만이 가질 수 있는 신념의 구호지. 그런 인물들을 좀 더 부각했다면 좋았을 텐데⋯."

"그건 번지수가 틀렸네. 노동당원 가운데 불굴의 정신으로 인민들에게 봉사한 사람들이 분명 있었겠지. 그건 북의 작가가 쓰면 돼. 또 미국을 중심으로 한 외부 세력의 공격도 있었지만, 오히려 나는 고난의 행군을 할 수밖에 없게 한 집권당과 국가 지도자들의 책임을 물어야 한다고 생각해."

"당과 조국의 지도자 책임이라⋯ 자네가 조국에 대해 잘 모르는 부분이 있어…."

"됐네. 그걸로 자네와 논쟁하고 싶진 않아. 나와 자네는 처지가 다르니 생각도 다르겠지. 그보다 두 번째 질문엔 아직 답을 안 했어. 내 동생에게 혹시 피해가 갈 수도 있나?"

"…없어, …하지만 아예 없다고도 할 수 없지…."

"무슨 소리야, 분명하게 얘기해."

"만약 출간되어도 평판이 나지 않으면 아무 영향도 없을 거란 얘기야."

"평판이 좋으면?"

"뭐라 해야 좋을까… 내가 그런 일에 확답을 줄 만한 주제가 못 돼서…."

철수는 문득 웃음이 났다. 광수도 따라 웃는 소리가 수화기로 들려온다.

"암튼 우리 조국은 대단한 나라야. 그토록 일심단결해서 목표를 향해 돌진해 바위조차도 깨부쉈으니까. 거기에 반대하거나 태도가 분명치 않은 사람은 누구든 가차 없이 연좌제로 힐문하면 됐으니 말이야."

"자네도 참, 못 하는 소리가 없군. 적당히 좀 하게나."

철수는 불쑥 솟구치는 감정을 자제하기 어려웠다.

"됐어. 생각이 같은 사람들끼리 어디 한번 잘살아보라지. 그래도 이건 알아둬. 만일 동생한테 무슨 일이라도 생기면 입 다물고 가만 있진 않을 테니까. 나도 보는 눈이 있고, 입도 있다구. 내 생각을 당당히 말할 권리도 자유도 있어."

"이봐, 철수. 자네 무슨 생각을 하는 거야?"

"됐네, 그만하지."

두 사람은 한동안 말없이 수화기만 들고 있었다.

철수는 공연히 광수에게 역정을 낸 것 같아 미안했다. 이 나이가 되어서도 예전처럼 그에게 욱하는 성질이 고쳐지지 않으니. 굉장한 소설도 아닌데 마치 작가라도 되는 양 호들갑을 떤 자신이 우습기도 했다.

"광수, 미안하네…"

"자네 맘 잘 아네. 그렇지 않아도 신경이 곤두서 있을 텐데, 내가 괜한 얘길 했어. 그나저나 예전에도 그러더니 그 성질은 여전하군. 40년이나 지났는데도 말이야"

철수는 저도 모르게 한숨이 나왔다.

"어쨌든 용서하게나. 그래도 난 자네가 진심으로 반갑고 고마워…"

"알고 있어. 오사카에 와서도 이 지역의 동창에게 매일 전화해. 자네와 같은 의견도 들었고, 진심으로 조국을 걱정하는 얘기도 들었지. 거북한 얘기도 있지만 그 친구들의 진심을 알기에 오히려 기뻐."

서로 상처를 주면서 다른 상처를 핥아주기도 하는 존재가 친구인지도 모른다. 그런데도 평양에 있는 친구에게서 느낀 알 수 없는 거리감이 광수에게도 느껴졌다.

광수와는 3일 뒤에 만나기로 하고 긴 통화를 끝냈다.

갑자기 피로가 몰려온 철수는 소파에 누워 담배를 꺼내 물었다.

'나는 대체 누구일까. 어디로 가야 하나. 지금 내게 벌어진 이 상

황은 무엇일까. 이 끝에는 무엇이 기다리고 있을까…'

　연휴 기간이라 내일은 오랜만에 아들과 딸 부부가 손자들을 데리고 온다고 했다. 문득 손자들이 보고 싶어졌다.

15

"여보! 큰일 났어요! 엔화가 70엔 대로 떨어졌어!"

혜자의 목소리는 거의 비명 같았다.

"무슨 얘기야?"

철수는 테이블에 있던 리모컨을 집어 TV 볼륨을 줄였다. 돋보기를 쓰고 신문을 들여다보던 혜자는 주식란에 깨알 같이 적힌 숫자를 손가락으로 짚었다.

아들이 근무하는 상장회사인 종합건설사의 주가는 결국 80엔 대가 무너져 78엔까지 하락했다.

'100엔 아래로 떨어지면 도산이나 다름없어요.'

언젠가 아들은 씁쓸히 웃으며 이렇게 말했다. 그 후로 혜자는 조간신문의 주가부터 확인하는 것이 습관이 되었다.

아들의 회사는 주거래 은행의 채권 포기와 증자, 인원 축소 등 여러 합리화 방안을 거쳤음에도 주가는 이미 반년 전에 100엔이 무너졌고 결국 70엔 대로 곤두박질쳤다. 얼마 전 보도를 통해서는 1년 안에 동종 계열의 대기업과 통합을 검토 중이라고 했다.

"이러다 큰일이라도 나는 건 아닌지…."

"오래전부터 일본의 경제를 이끌어 온 재벌계야. 그룹에서 그냥 보고만 있진 않겠지."

"심란하네, 자꾸 안 좋은 일들만 생기니…."

한숨을 내쉰 혜자가 TV 화면의 시간을 보더니 벌떡 일어나 주방으로 총총히 들어간다.

"아이고, 벌써 애들 올 시간이에요."

잠시 후면 아들딸과 손자들이 오랜만에 집에 온다. 철수도 아이들을 만날 생각에 가슴이 설렜다.

벌써 10년 전이다. 철수는 동료 업자와 함께 신요코하마新横浜 역 인근의 토지 2천 평을 1년에 걸쳐 대형 부동산회사에 중개하면서 알게 된 인맥을 통해 아들을 취직시켰다.

미국 유학 중 잠시 귀국해 면접을 본 아들에게 본사 인사부 임원이 이력서를 보며 이렇게 물었다고 했다.

'자네, 귀화할 생각은 없나? 일본 국적이 아니면 앞으로 중역이 되긴 어려운데…'

"그래서 뭐라고 대답했냐?"

"생각은 해보겠지만 현재로선 그럴 마음이 없다고 했어요."

"…그래?"

'생각해보겠다'라는 건 혹시 귀화할 뜻도 있다는 얘긴가? 철수는 아들의 취직보다 오히려 그쪽이 더 마음에 걸렸다.

'설마 내 아들놈이 귀화를…?'

"걱정하지 마세요. 어차피 임원이 될 리도 없고, 그때까지 이 회사에 있을 생각도 없어요."

내심 걱정이었지만 아들에게 그 이상 묻지는 않았다.

결국 아들은 그 회사에 입사했다. 다만 본인 뜻에 따라 사내에서는 '가네다金田'라는 성을 쓰기로 한 모양이었다. 입사 후 2년 정도는 지사가 있는 요코하마横浜에서 영업업무를 했고, 그 후 해외사업부로 배치되었다.

처음에는 영어 실력이 좋아 해외사업부로 가는 줄 알았는데, 나중에 아들이 자청했다는 걸 알고 마음을 졸였다. 해외사업 전반을 통괄하는 해외사업부 근무는 장기간 현지에 체류해야 했기 때문이다.

결국 아들은 자신의 희망대로 며느리와 함께 미국으로 가 뉴욕 지사에서 근무했다. 관할지역인 멕시코와 남미에도 잠시 있었는데 5년 만에 도쿄 본사로 돌아왔다.

아들이 회사에 취직했을 무렵, 5년 아니면 10년쯤 경험을 쌓으면 함께 건설 관련 회사를 차리고 싶었다. 그런 뜻을 슬쩍 비추기도 했는데, 아들의 관심은 외국으로만 향해 있었다. 지금으로선 관심을 보였다 하더라도 회사를 차릴 엄두도 못 내는 상황이지만……

취직 후 성실히 근무한 아들은 어느 날 갑자기 전망이 좋지 않다며 그 회사를 그만두었다. 10년이나 근무했는데, 그다지 미련도 없는 것 같았다. 성장 가능성이 있는 회사를 찾아 과감하게 이직을 결정하는 것을 보며 자신에게는 없는 단호함이 느껴졌다. 한창때인 지금이 이직할 수 있는 기회인지도 몰랐다. 경력 등을 생각해서 인재은행에 등록하니 불황에도 불구하고 몇 곳에서 러브 콜을 받은 모양이었다.

아들은 올해로 서른넷이다. 이제는 생활 기반을 조금씩 닦아놓아야 할 나이다.

"언제까지 샐러리맨으로 살 수는 없잖아요."

야망에 도전하는 젊음이 부럽기도 하고 믿음직스럽기도 했다. 지금은 이직한 회사의 사택이 있는 사이타마埼玉에 사는데, 올해 안으로 도쿄도東京都 내에 아파트를 사서 옮길 계획이라고 했다.

"마치다町田 쪽은 별일 없어?"
"별일이라니요?"
"그야 뻔하지, 경기가 이렇게 안 좋으니 그쪽은 어떤가 싶어서."
아들보다 두 살 아래인 딸의 시댁이 마치다町田에 있다. 바깥사돈은 그쪽 시내에서 파친코 점포 세 곳을 소유한 사장인데, 3형제 중 둘째인 사위와 다른 두 아들에게도 각각 한 곳씩 점포 운영을 맡겼다.

선친이 소규모로 시작한 점포를 그 일대에서는 제법 규모 있게 성장시킨 셈이니 사돈의 사업수완이 남달랐음이 분명하다. 자식들의 장래까지 생각한 사돈의 계획성에 절로 고개가 숙었다.

다섯 살부터 피아노를 시작한 딸은 피아노를 좋아하기도 했고, 연습도 착실히 해서 고교부터는 본인의 희망대로 조선학교에서 일본 음악고등학교로 전학해 음악대학에 들어갔다. 딸과 사위는 가나가와神奈川 조선중학교 동창이다. 대학생 때 동창회에서 만나 연애를 시작했는데, 얼마 지나지 않아 미래를 약속한 사이로 발전했다.

딸이 사윗감을 처음 인사시키던 날, 철수는 가슴을 쓸어내렸다. 자신의 대학 후배이며 경영학부를 졸업했다니 첫 번째 관문을 무사히 통과한 셈이었기 때문이다. 다행히 둘은 서로의 반려자가 되었고, 사위는 부친에게 물려받은 사업을 순조롭게 키워나갔다. 어느새 1남 1녀를 둔 딸은 집에서 피아노 교실을 열고 아이들에게 피아노를 가르친다.

걱정되는 쪽은 역시 아들이었다.

젊은 시절엔 못 느꼈는데 나이가 들수록 아들 한두 녀석 이 더 있으면 하고 부질없는 후회를 했다. 딸의 사돈처럼 아들 셋에다 며느리도 셋을 봤다면 얼마나 좋았을까. 하나뿐인 아들에게 무슨 일이라도 생기면 대를 이를 핏줄이 없다는 생각에 불안했다.

아들도 중학교까지는 조선학교에 보냈다. 외아들에게 기대가 컸기에 딸보다는 엄하게 대하며 심지가 굳은 놈으로 성장해주길 바랐다.

아들의 어린 시절을 떠올리면 자식을 키우는 일이 얼마나 어려운지 새삼 느낀다. 딱히 큰 사고를 치지는 않았지만, 엄한 아버지의 기색을 살피는 데 보통내기가 아니었다. 착한 아이처럼 굴면서 보이지 않는 곳에서는 못된 짓을 골라 했다. 또 일단 마음먹은 일은 영리하게 고집을 피워 결국 손에 넣고야 마는 성격인데, 그런 요령도 있어야 험한 세상을 살아갈 수 있을 것 같아서 일부러 나무라지 않을 때도 있었다.

어쨌거나 중학교까지는 조선학교에 다니며 '민족'에 대해 조금은 의식하게 되었으니 그걸로 됐다 싶어 고교부터는 일본학교로 보냈다. 본인의 노력도 있었지만, 부모의 뒷바라지에 보답이라도 하듯 대학에도 무난히 합격해 주었다.

그 후 녀석이 대학 2학년 때 미국으로 유학을 보냈는데, 사업이 가장 번창했던 시기라 경제적 부담 없이 다양한 도전과 경험을 쌓길 바랐기 때문이다.

어느 해인가 겨울방학 기간에 맞춰 아내 혜자와 함께 뉴욕으로 아들을 만나러 갔었다. 그때 아들은 친구 몇 명도 소개했다. 일본과 한국에서 온 학생들과 친하게 지낸다는 편지도 있었기에 그 친구들이라 생각했는데, 그중에는 영리해 보이는 외모에 디자인을 공부하는 일본인 여학생도 있었다.

아들과 친한 친구들이니 자식과 다름없었다. 격려도 해줄 겸 모두 데리고 코리아타운으로 가 불고기를 실컷 먹게 했다. 웃음도 많고 발랄한 젊은이들을 보니 흐뭇했다.

그러다 졸업을 1년 앞둔 아들이 갑자기 결혼을 전제로 사귀는 여자가 있다고 털어놓았다. 졸업하면 슬슬 결혼도 생각해야 했으니 며느릿감이 누굴까 궁금했다.

얼마 후 아들은 사귀는 여자와 함께 뉴욕에서 요코하마横浜로 날아왔다. 그런데 막상 만나 보니 뉴욕에서 본 친구들 속에 있던 그 일본인 여학생이었다. 세 살 아래인 그녀와 이미 결혼을 전제로 교제하고 있었으면서도 아무 내색도 없이 뉴욕에서 슬쩍 선을 보인 것이었다.

너무 놀라고 어이가 없었다. 애꿎은 아내 혜자에게만 여태 그것도 눈치채지 못하고 뭘 한 거냐고 윽박질렀다. 성인이 된 아들은 아버지가 더 잘 아는 것 아니냐며 혜자도 지지 않았다. 그날 일로 부부가 심하게 다투는 날이 허다했다.

단 한 가지 조건만 충족되면 아들이 누굴 선택하든 반대할 이유가 없었다. 며느리만큼은 동포여야 한다는 부모의 확고부동한 조건을 녀석도 암묵적으로 알 것이라 여겼다. 그래도 기회가 있을 때마다 주지시켜 왔는데, 설마 내 아들놈이 배신하리라곤 꿈에도 생각을 못했기에 청천벽력이었다.

나중에 얘길 들어보니 그 처녀의 양친도 마찬가지였다.

한 집안에 동포 사위와 일본인 며느리가 있으면 불행한 양국의 역사처럼 복잡하고 미묘한 문제들이 일어날 게 불 보듯 뻔했다. 더욱이 머리가 다 큰 아들이 백년대계인 자신의 결혼 상대를 부모가 반대한다고 고분고분할 리도 없었다.

굴곡의 역사에 연연하지 않은 두 사람은 양쪽 부모의 격한 반대에도 불구하고 '사랑에는 국경이 있을 수 없다'라며 완강하게 뜻을 꺾지 않았다.

고민 끝에 잠시 냉각기를 두기로 했다. 아직 젊으니 1년쯤 사귀다 보면 생각이 달라질 수도 있지 않겠나. 1년 후에도 둘의 마음이 변함없다면 그때 가서 다시 생각하기로 했다. 모래를 씹는 심정이었지만 완강히 저항하는 아들을 생각하면 그 방법밖에는 없었다.

1년은 눈 깜짝할 사이에 지나갔다. 결국 고집을 꺾은 사람은 아들이 아니라 아내 혜자였다.

"며느리가 어느 나라 사람이든, 우리 아들이 정말 좋아하는 여자와 맺어지는 게 좋은 거 아녜요? 동포끼리 결혼해서 반드시 잘 산다는 보장도 없잖아요. 동포가 아니면 안 된다는 생각을 이젠 바꿔야 하는 시대예요."

더 기다려 봐야 시간 낭비일 뿐이라며 혜자는 태연스럽게 말했다. 아무래도 아들 녀석이 끈질기게 제 어미를 설득한 모양이었다.

"일본인이라서가 아냐. 양국의 불행한 역사가 완전히 청산되지도 않았는데, 두 사람의 장래에 예상치 못한 불행이 닥칠까 봐 그런 거지. 지금이야 달콤한 꿈속 같은 두 사람이 그걸 어찌 알겠어? 만약 손자가 태어나면 그 아인 조선 사람이야, 일본인이야? 말해봐? 어느 쪽이냐고? 무슨 일이 생겨도 둘이 잘 극복한다는 장담을 당신이 할 수 있겠어?"

철수는 마음을 바꿀 생각이 눈곱만큼도 없었다. 그러는 한편으로 아내에게 열을 올렸던 젊은 시절이 떠오르기도 했다. 그때도 모든 일이 순조롭지는 않았다. 뜻밖의 장애물에 감정이 흔들리기도 했고, 아예 결혼을 포기할까 여러 번 고민도 했다. 지금은 웃음밖에 안 나오지만 그땐 정말 비장했다.

결국 철수 부부도, 그 처녀의 부모도 자식의 뜻을 꺾지 못했다.

결혼식 문제로 양가 부모들의 실랑이는 몇 번 있었지만, '사랑에는 국경이 없다'라며 버틴 두 사람의 뜻대로 결혼에 골인했다.

양국의 가교역할을 하는 부부가 되라며 마지못해 결혼을 승낙했음에도 아들의 '배신'이 몹시 서운했고, 끝까지 반대하지 못한 것이 후회스럽기도 했다.

둘은 결혼 후 1년이 지나자 미국에서 아들을 순산했다. 출산이 다가오면 며느리가 친정이 있는 도쿄로 오리라 생각했는데, 부부는 미국에서 아이를 낳는다고 했다. 미국 출생자는 시민권을 취득할 수 있다면서.

부모의 기대와는 달리 자신들의 결정을 일방적으로 알려오는 아들이 당황스럽기만 했다. 손자는 태어나면서부터 한국, 일본, 미국의 시민권까지도 취득할 수 있는 국제인이 된다 생각하니 머릿속이 복잡했다.

아들은 출산을 알려오며 할아버지가 손자의 이름을 손수 지어주십사 간청했다. 그 바람에 난생처음 '작명법'이라는 책도 사고, 인명사전과 낡은 조선어사전까지 들춰가며 사흘 낮 밤을 아내 혜자와 고심한 끝에 '源太'라는 이름을 지어 뉴욕으로 팩스를 보냈다.

우리말로 읽으면 '원태'이고 일본어로 읽으면 '겐타'인데, 잘못 들으면 '원티드Wanted'로 들리지 않겠냐며 아들이 투덜댔다. 그럴 거면 직접 지을 것이지 왜 지어달라고 했냐며 발끈하자 아들은 슬그머니 꼬리를 내렸다.

손자가 태어나자 혜자와 안사돈은 번갈아 뉴욕으로 날아갔다. 세상에 나온 지 1년이 된 원태와 함께 아들 부부가 일시 귀국했을 때 철수는 처음으로 첫 손자와 대면했다.

동그랗고 까만 눈동자, 마시멜로 같은 양 볼, 단풍잎처럼 조그만 손…. 가만히 눈을 맞추자 이내 할아버지를 알아본 듯 방긋 웃어 보이는 천재적인 사교성을 갖춘 아이였다. 첫 손자 원태에게 마음을 빼앗겨 미주알고주알 따지고 들었던 국가, 민족, 역사 같은 건 어느새 안중에도 없었다.

모든 장벽을 초월해 신비한 우주 저편에서 온 사자여!

원태의 뒤를 이어 외손자인 영길, 승희까지 태어나자 세상을 보는 눈이 완전히 달라지고 말았다. 더불어 손자들의 성장과 함께 집안은 서서히 '국제화'되어 갔다.

아들과 딸에겐 어릴 때부터 '아버지' '어머니'라 부르도록 가르쳤는데, 혜자는 '어머니'란 말이 나이 들어 보여 싫다고 했다. 그러는 사이 자연스레 자신에겐 '아버지'라 부르고 혜자에겐 '오까아상(어머니)'이라 불렀다.

그런데 갑자기 '아버님' '어머님'이라 부르는 일본인 며느리가 나타난 것이다. 처음 듣는 호칭에 목덜미가 간질거렸지만, 기분은 썩 괜찮았다. 반면에 조선학교를 나온 사위는 '오또오상(아버지)' '오까아상(어머니)'이라 부른다.

큰 손자인 원태는 '오지이짜마(할아버지)' '오바아짜마(할머니)'였고, 외손자인 영길과 승희는 우리말로 '할아버지' '할머니'라 불렀다.

제각각인 호칭에 위화감이 들어 어떻게든 하나로 통일시키려 했는데, 그런 마음이 오래가지는 않았다. 세상은 변했고, 지금도 변해가고 있다. 제각각인 호칭에는 그 나름의 문화와 감정이 깃들어 있는 것이다. '아버지'와 '오또오상'으로 부르든, '할아버지'와 '오지이짜마'로 부르든 더 이상 신경 쓰지 않기로 했다. 같은 호칭을 다른 언어로 부른다고 해서 관계가 달라지는 것도 아니었으니까.

철수는 손자들이 들이닥치기 전에 챙겨두어야 할 물건이 떠올라 2층으로 올라갔다. 창고 트렁크에 있는 수백 통의 엽서와 편지들을 정리해 오동나무 상자에 옮겨놓았는데, 41년 전 고베神戸에서 광수가 부탁한 '마지막 편지'를 찾아 내일 영미에게 전해야 했다.

빈틈이 보이지 않을 만큼 가득 찬 상자에서 간신히 광수의 편지를 찾아냈다. 봉투 겉면은 누렇게 변했고, 안에 든 다섯 장의 편지도 거뭇거뭇 때가 묻어 있다. 봉투 뒷면과 편지글 마지막에도 광수의 이름은 없었다. 하지만 큼직큼직하고 굵은 필체가 틀림없는 광수의 필적이다. 그가 애용하던 만년필로 눌러 쓴 잉크 글씨는 지금 봐도 필압이 느껴질 만큼 힘이 넘쳤다.

그 외에도 하룻밤만 지나면 조국으로 떠날 '조국진학반' 친구들이 어딘가의 항구마을에서 쓴 편지도 있어 내친김에 그것도 읽어보았다.

문득 탁탁탁 벽을 두드리는 소리가 나더니 '전화 왔어요'라고 소리치는 혜자의 목소리가 아래층에서 들려왔다.

2층 방에 있는 수화기를 들어보니 태준이였다.

"마지막으로 확인하려고. 내일 저녁 6시까지 광수를 데리고 환영회 장소로 오는 거지?"

"그럼, 가야지. 요코하마에서 잠깐 누굴 만나긴 할 건데, 내 차로 갈 생각이라 6시까지는 충분히 갈 수 있어."

광수는 열흘쯤 후인 25일에 니가타新潟 항에서 배를 타고 귀국한다고 했다. 그를 만나는 건 어쩌면 내일이 마지막일지 모른다.

영미와는 오후 2시에 만나기로 했다. 광수가 영미를 만나기 전에 '마지막 편지'를 왜 전하지 못했는지 솔직히 말하고 사과도 해야 했다. 41년간 마음의 짐이 된 숙제를 해결하기 위해 광수한테는 약속 시간보다 1시간 먼저 신요코하마新橫浜 역으로 오라고 당부해 놓았다.

"누굴 만나고 올 건데?"

"전영미라는 여성."

"1기 선배인 전영미?"

"자네도 알아?"

"그럼, 알지. 남학생들의 동경이자 마돈나였잖아. 괜찮다면 그 선배도 같이 오지 그래? 그 선배랑 친했던 박수자도 온다고 했거든."

"알았어, 한번 물어볼게."

"영미 선배까지 오면 전부 24명이네."

"그렇게 많아? 10명 정도 아니었나?"

북으로 귀국한 광수가 41년 만에 공식 업무차 일본에 왔다고 하니 동기생 명부에 올라 있는 간토關東 지역 인근 현에 사는 거의 절반의 동기생들이 나오겠다고 한 모양이다. 24명이면 광수에게 줄

전별금이 12만 엔은 될 것 같다. 다소 큰 금액을 내는 사람도 있을 테니 5만 엔 정도를 회비에서 보충하면 20만 엔은 될 것 같았다. 그 정도면 컴퓨터 한 대는 동기생 이름으로 선물할 수 있을 것이다.

통화를 하며 2층 창밖을 곁눈질하니 아들의 차가 보인다. 무선전화기를 들고 아래층으로 내려가 현관을 지나 마당으로 나갔다. 그리고는 테라스 옆 나무 그늘에 앉아 통화를 계속했다.

아들과 며느리는 마당의 돌계단을 올라오며 인사를 했다. 그보다 앞서 들어온 원태가 웃으며 달려왔다. 원태는 어느새 3학년이다.

수화기를 든 손에 힘을 주며 다른 팔로 원태를 안고 조그만 입에 뽀뽀하려 하자 재빨리 양손으로 할아버지의 얼굴을 밀어내며 작은 손가락으로 볼을 가리켰다. 그곳에 뽀뽀하라는 신호다.

'요 녀석 봐라.'

철수는 쪽 소리를 내며 원태의 볼에 입을 맞추었다.

"할아버지, 담배 냄새~~"

원태는 지저분한 것이라도 묻은 것처럼 양손으로 볼을 마구 비벼대며 현관으로 달려갔다.

"오바아짜마(할머니)~ 곤니찌와(안녕하세요)~"

낭랑한 원태의 목소리가 주위에 울려 퍼진다.

"이봐, 내 말 듣고 있는 게야?"

"아아, 미안, 듣고 있어. 그나저나 내일 환영회 말인데. 그저 취해서 왁자지껄 떠들지만 말고, 인상에 남는 자리로 만들면 좋겠어. 회장의 인사말은 짧게 끝내라 해. 그 대신 모인 사람들의 얘기를 한마디씩 듣고, 광수는 시간제한 없이 얘기하게 하는 거야. 어때?"

"어허, 주문도 많긴. 전 회장님의 지시니 무시하진 않겠네. 허허허."

"이봐, 미안해. 다른 전화가 들어왔어. 더 할 얘긴 없지?"

빠뜨린 내용이 있으면 다시 걸겠다며 끊고 새로 걸려 온 전화를 받아 보니 산타마三多摩에 사는 김수일이다.

"어~이, 어찌 지냈어?"

"오랜만이네. 나야 잘 지내지."

"그래? 그럼 내일 골프 어때?"

"내일? 그러고 보니 올해는 한 번도 못 나갔네. 이젠 볼을 어떻게 홀에 집어넣는지도 잊었어."

"하하하. 체력을 단련해 놓지 않으면 저세상으로 가는 건 순식간 일걸. ……참, 가나가와 조선신용조합도 파산했다던데."

"으응, ……결국 파산했네."

하소연이라도 하고 싶은 마음이 굴뚝 같았지만 꾸욱 참았다.

수일이는 광수처럼 세 살 많은 대학 동기다. 조선학교 교사를 하다가 갑자기 아버지가 돌아가신 후 가업인 토목공사 회사를 이어받았는데, 사업수완도 있었는지 지금은 채석장 두 곳과 콘크리트 제조공장까지 있으니 산타마三多摩에서는 나름 규모가 큰 기업이다.

1년 6개월 전 도쿄 신용조합이 파산했을 때 수일이는 몹시 낙담했었다. 주거래 은행은 일본의 신용금고였기에 그다지 큰 영향은 없었지만, 선친이 조선신용조합과 오랫동안 거래한 애착도 있는지라 동포 금융기관을 파산으로 몰고 간 경영진과 신용조합을 산하에 둔 총련계 단체 지도부에 분노가 컸다. 조합출자금도 자신과는 자릿수가 달랐다.

"동포들의 피와 같은 재산을 뭘로 보는 건지. 그놈들 도저히 용서가 안 돼."

평소 온화한 성품인 수일이가 화를 참지 못하고 거친 말을 쏟아냈다.

"그 얘긴 그만하지. 방금 손자들이 와서 오늘만큼은 골치 아픈 생각은 안 하고 싶어."

"아, 손자들이 왔군. 하긴 이제 와 욕을 해봐야 뾰족한 수가 나오는 것도 아니니. 간만에 손자들과 재미나게 보내게."

자신이 오로지 조선신용조합만 거래한다는 걸 수일이도 알았다. 가나가와 신용조합이 파산했다는 소식에 골프를 핑계로 위로하려고 전화한 것이다.

"연휴라 자네 집에도 손자들이 와서 정신없을 텐데?"

"어제 다들 갔어. 집사람이 힘들었지 뭐. 아직 며칠 더 남았으니 자네가 심심할까 봐 오랜만에 골프나 칠까 했어."

"이렇게 날이 뜨거운데 골프라니, 자네도 참 어지간하구만. 암튼 며칠 내로 다시 전화할게. 밥이라도 먹자구."

담장 너머로 사위의 자동차가 들어오는 걸 보고 적당히 전화를 끊으려 했는데, 수일이는 좀처럼 통화를 끝내려 하지 않는다.

외손자 영길이와 승희가 환하게 웃으며 돌계단을 통통 뛰어오르는 모습이 보이자 수일이의 목소리는 듣는 둥 마는 둥 철수는 외손주들에게서 눈을 떼지 못했다.

16

철수가 전화를 끊고 현관으로 들어서자 아내 혜자가 잔뜩 인상을 찌푸린 채 말했다.

"여보, 당장 양치질부터 하고 와요. 원태가 당신 담배 냄새 지독하다고 야단이야."

순간 언짢았지만 깊게 숨을 들이마신 후 세면대로 향했다.

"손자들한테 따돌림당하고 싶지 않으면 담배 좀 끊어요. 사람이 나이가 들수록 청결해야지, 안 그러면 아무도 가까이 안 와요. 몸에도 좋지 않은 걸 왜 못 끊는지…."

세면대까지 따라온 혜자가 잔소리를 늘어놓았다. 평소 같으면 그만하라고 버럭 소리쳤겠지만, 큰 손자인 원태가 그랬다니 할 말이 없었다.

옷차림이나 몸을 청결히 하는 데 무딘 편은 아니었다. 나름 멋스러운 스타일이라고 칭찬도 듣는데 담배 얘기만 나오면 몸이 작아졌다. 혐연권을 떠들어대는 사람들이 나온 뒤로는 건강을 생각해서라도 담배를 끊으라며 아내가 어지간히 잔소리해댔다.

철수는 몇 번인가 금연에 도전해보았지만 결국 끊지 못했다. 사업을 생각하면 자연히 손이 담배를 찾았고, 별것 아닌 '소설'에 손을 대기 시작한 후로는 더욱 담배가 없으면 안 되었다. 끈질긴 잔소리와 닦달이 이어지면 버럭 소리를 지르거나 그냥 내빼는 게 상책이었다. 도박에 빠진 것도 아니고, 고작 담배로 구박하니 못마땅하기만 했다. 건강에 그토록 해롭다면 정부는 어째서 공공연히, 그것도 독점적으로 담배를 팔아대고 있겠나. 철수는 당당히 금연을 포기했다.

"굴뚝 연기 같다고요, 폐암에 걸려도 난 몰라요. 늘그막에 병 수발은 절대 안 할 거니까."

혜자의 이죽거림을 끝으로 금연 전쟁은 휴전상황이다.

세면대 거울을 보며 꼼꼼히 이를 닦은 후 고개를 쳐들고 입안을 여러 번 헹군 다음 천천히 거실로 들어갔다.

아들과 사위가 소파에서 일어나 인사했고, 부엌에 있던 며느리와 딸도 얼굴을 내민다. 철수는 근엄한 표정으로 고개를 끄덕였다. 그런데 사위 옆에 앉아있던 외손자 영길이를 보자마자 이내 표정이 무너졌다.

영길이에게 이리 오라며 손짓했다. 조심조심 앞으로 걸어 나온 아이를 양팔로 들어 품에 안고 입술을 내미는 대신에 양 볼을 꽉 꼬집은 후 머리를 마구 쓰다듬었다.

"영길이는 몇 학년이지?"

"2학년입니다!"

꼬집힌 곳이 아팠는지 볼을 비비며 노랫가락 같은 우리말로 답했다. 영길이는 유치원부터 조선학교 유치원에 다녔다.

"벌써 2학년이야? 그래서 이렇게 많이 자랐구나~!"

이번엔 사위의 무릎에 손을 얹고 기대고 있는 외손녀 승희에게 눈길을 보내며 놀라는 시늉을 했다.

"아니, 이 예쁜 아이는 누구지?"

"할아버지, 승희예요, 해야지."

사위가 어린 딸을 보며 말했다.

"할아버지, 승희에요옴-"

올해 세 살인 승희는 들릴락 말락 우리말로 말하고는 수줍게 몸을 비꼰다.

"오호, 승희구나~"

승희를 번쩍 안고 딸기 같은 입가에 '우~~웅' 소리를 내며 입을 맞췄다. 승희는 할아버지의 입맞춤이 싫지 않은지 눈을 동그랗게 뜬 채 얌전하다.

그 순간 뒤에서 엉덩이를 쿡 찌르는 녀석이 있다. 승희를 안은 채 돌아보니 원태가 작은 몸을 좌우로 크게 흔들며 존재를 드러낸다.

"이야~ 원태야~"

이번엔 원태를 힘껏 끌어안았다.

"할아버지, 곤충 채집하러 가요~! "

"그래그래, 가자. 영길이, 승희도 같이 가자꾸나."

원태와 영길이는 말이 떨어지기가 무섭게 헐레벌떡 현관 쪽으로 뛰어나갔다.

"원태야, 잠깐 기다려~! "

부엌에서 며느리가 달려 나와 허둥지둥 모자를 찾는다. 딸도 따라 나오며 승희와 영길이에게 모자를 씌워주었다.

"영길아, 뛰면 안 돼~ 차 조심하고~"

첫 손자인 원태는 신기한 아이였다. 밖에만 나가면 뒤를 돌아보지 않고 무작정 앞만 보고 내달렸다.

오늘도 바깥으로 나오자마자 내달리기 시작했고, 동생인 영길이도 따라 뛰었다. 승희까지 쫓아가자 철수는 조바심이 나서 걸음이 빨라졌다. 마치 어린 병아리들을 몰 듯이 조금만 길 밖으로 벗어나면 양팔을 벌려 안쪽으로 유도했고, 넘어질 것 같으면 어린 승희가 깜짝 놀랄 정도로 고함을 쳤다.

손자들은 곤충이 어디쯤 몰려 있는지 잘 안다. 집에서 멀지 않은 곳에는 수목이 우거진 작은 공원도 있고, 반대쪽으로 5분쯤 가면 야구장과 테니스 코트, 산책로가 있는 중앙공원도 있다. 좀 더 안으로 들어가면 인공연못과 가마쿠라鎌倉 쪽으로 이어지는 하이킹코스도 있다. 지대가 높은데다 초록에 둘러싸인 이곳은 노켄다이能見台라 부르는 신흥 주택가다.

가을이면 잠자리가 많이 날아다닐 텐데 지금은 나비와 매미, 메뚜기, 하늘가재 같은 곤충들이 한창이다. 정원에도 이런 곤충들이 자주 날아 드는데 작은 도마뱀, 두더지, 어느 때는 엄지손톱만 한 청개구리와 뱀이 나오기도 했다.

"할아버지, 빨리빨리~"

작은 공원 입구에서 원태가 소리치며 팔을 힘껏 흔든다.

"매미가 울고 있어요. 엄청 많아요~"

영길이도 원태를 따라 소리치며 정신없이 나뭇가지를 쳐다보았다.

"앗, 오지이짜마(할아버지), 저기! "

원태가 소리쳤다.

"할아버지, 이거 봐요, 여기도 있어."

이번엔 영길이다.

"어디, 어디? "

두 손자가 제각각 가리키는 곳을 향해 고양이걸음으로 다가가 보니 양쪽 모두 아이들 손이 닿지 않는 곳에 매미가 달라붙어 있다.

"호오, 할아버지가 잡아줄게."

"안 돼요, 내가 잡을 거야!"

영길이는 잘린 가지에 발을 딛으며 나무에 오르려 했다. 녀석을 받쳐주며 원태가 있는 쪽을 쳐다보니 땅을 박차고 뛰어올라 작은 가지에 매달리려 한다.

"원태야, 안돼!"

손자들의 움직임을 쫓느라 정신이 없었다. 자칫하면 경사면에서 미끄러져 다칠 수도 있기 때문이다.

"아, 매미 오줌이다~"

그 사이 영길이는 나뭇가지에 매달린 채 방금 날아가 버린 매미를 아쉽게 바라보았다.

"할아버지가 소리치니까 도망갔잖아요~"

원태가 발견한 매미도 날아간 모양이다.

"그물이 있어야 하는데. 갖고 나올걸."

"원태는 곤충채집 그물도 있어?"

"응, 있어요. 근데 깜빡 잊고 안 가져왔어요."

"할아버지, 우리 집에도 있어요. 곤충채집 상자도 있는걸."

"그래? 영길이도 있구나. 그럼 우리 중앙공원으로 가자. 거긴 낮은 곳에도 매미가 많을 거야."

"싫어! 할아버지, 난 여기서 잡을래~!"

"여기보다 중앙공원이 더 많아, 그리로 가자꾸나."

철수는 영길이의 손을 잡아끌었다.

"싫어! 할아버지, 여기서, 여기서~!"

영길이는 땅바닥에 다리가 붙은 듯 연신 할아버지를 부르며 꿈쩍도 안 했다.

"여긴 경사진 곳이라 위험해. 그렇지? 네가 안 가면 원태만 데리고 간다. 가자, 원태야"

"오, 오지이짜마(할아버지), 나도 여기서 잡을래! "

원태도 고집을 부리며 물러서지 않는다.

눈을 끔뻑이며 두 아이를 번갈아 쳐다보자 원태가 먼저 큭큭 웃더니 영길이도 따라서 깔깔 웃기 시작했다. 두 녀석은 경사면 가까이 내려가 또다시 매미를 찾기 시작했다.

어느덧 밖에 나온 지 한 시간이 훌쩍 지났다. 햇볕이 너무 따가워 아이들이 걱정이었다. 세 녀석을 조금만 놀게 한 후 집에 가려 했는데 뜻대로 되지 않는다.

간신히 어르고 달래서 집으로 향하긴 했는데, 골목에 들어서자 다시 중앙공원으로 가자고 두 녀석이 또 졸라대기 시작한다. 너무 더워서 승희가 힘드니 그만 가야 한다고도 해보고, 혼내는 시늉도 해봤지만 두 녀석은 고집불통이다. 승희만 데리고 먼저 간다며 몇 걸음 가다 돌아보니 길모퉁이에 원태와 영길이가 아예 주저앉아 있다.

손자들이 태어나기 한참 전, '팔'이라는 이름의 잡종견을 키웠다. 밤에 데리고 나오면 전혀 구분이 안 될 만큼 새까만 털을 가진 '팔'을 이웃들이 무서워했는데, 볼품은 없어도 식구들에겐 소중한 가족이었다. 생후 3개월 만에 데려온 '팔'이는 1988년에 태어나서 '팔'이란 이름을 붙였다. 애지중지 돌본 사람은 혜자와 딸인데, 장난을 치는 '팔'을 철수가 혼내면 이내 벌러덩 누워 배를 보일 만큼 보스를 알아보는 영리한 녀석이었다.

보스 노릇을 하긴 했어도 허울만 좋은 보스였다.

혜자의 잔소리에 마지못해 '팔'을 데리고 산책을 한 적이 있었다. 얼마쯤 지난 후 집으로 오려는데 '팔'이 모퉁이에 버티고 선 채 꿈쩍도 하지 않았다. 몸뚱이가 누름돌에 눌리기라도 한 듯 단단히 네 다리를 뻗치며 앙버티고 있는 녀석의 목줄을 힘껏 잡아당기니 이빨을 세우기까지 했다. 하는 수 없이 목줄을 놔주니 보스를 졸병처럼 끌고 다니며 노켄다이能見台를 크게 한 바퀴 돈 후에야 만족스럽게 집으로 향했다.

"'팔'이는 산책의 즐거움도 알고 욕심도 없어요. 언제나 한 시간씩은 그 녀석과 걷는데, 고작 10분 만에 끝내려는 당신 속을 팔이가 모를 줄 알아요? 그건 '팔'이한테 산책이 아니라고요."

혜자는 이렇게 핀잔을 줬다.

'팔'처럼 꼼짝하지 않는 고집에 두 손을 든 철수는 땅바닥에 주저앉은 손자들에게 다가갔다.

"알았다. 중앙공원으로 가자꾸나."

그러자 원태도 영길이도 마치 '팔'처럼 신이 나서 벌떡 일어났다.

중앙공원에 간 것까지는 좋았지만 또다시 내달리기 시작한 두 녀석과 쫓아가는 승희를 따라가느라 철수는 잔달음질해야 했다. 지친 승희를 안고 두 녀석에게 고함치기도 했다. 온몸이 땀범벅인 데다 계단과 언덕을 오르내리느라 숨이 차서 저절로 턱이 허공으로 들렸다.

하는 수 없이 손자들이 원하는 만큼 놀도록 놔둔 채 벤치에 앉아 있기로 했다.

아이들은 잘도 뛰고, 웃으며 온 힘을 다해 놀았다. 철수는 벤치에 앉아 가쁜 숨을 몰아쉬며 손자들의 넘치는 에너지에 감탄했다. 무아지경으로 매미를 찾고, 목젖이 보이도록 환하게 웃으며 뛰어다니는 손자들을 눈으로만 쫓기에도 버거웠다. 잠시도 쉼이 없는 아이들의 활력은 눈이 부실 정도였다.

그걸 보고 있자니 허망하기도 했다. 손자들의 넘치는 에너지에 유연히 대처할 만큼 이젠 젊지도 않았다. 그저 서툴기만 한 할아버지, 초로의 한 사내가 덩그러니 앉아있는 것 같았다. 문득 아내와 미우라三浦 해변에 갔을 때 중얼거렸던 시구가 생각났다.

인생의 절반이 지났는데 나는 여전히 생각하네
산을 옮기겠노라고
땅에 씨앗을 심어 골짜기를 울창하게 만들겠노라고
하지만 어느덧 생의 절반이 휙 가버렸다네

두 녀석이 시합하듯 뛰어다니는 것 같더니 서로에게 발길질하는 걸 보고 곁에 있던 승희를 안고 뛰어갔다.

원태가 쫓아오자 영길이가 넘어지면서 손에 들고 있던 매미를 놓쳤는지 당장이라도 달려들 듯 씩씩거렸다.

"그러니까 내가 빨리 놓아주라고 했잖아!"

"형이 나빠. 뒤에서 밀었잖아!"

영길이는 금방이라도 울음을 터뜨릴 것 같다.

"원태야, 너도 그 매미 놓아줘. 힘이 다 빠져서 날아가지 못하면 어쩌려고 그래."

아까부터 쥐고 있던 매미를 놓아주라며 타일렀다. 이럴 땐 공평해야 애들도 알아듣는 법이다.

"원태야, 어서 놓아주라니까."

씩씩대던 영길이가 갑자기 팔다리를 로봇처럼 절도있게 움직이며 뚜벅뚜벅 걷기 시작했다.

"끼기긱―끼기긱―"

원태 쪽으로 한 발씩 다가가며 괴상한 소리를 냈는데, 빨리 매미를 놓아주라고 겁을 주려는 모양이었다.

원태가 궁금한 듯 물었다.

"영길아, 그게 뭐야?"

"나는 불가사리다~! 나쁜 녀석을 혼내주는 조선의 괴물이다~! 끼긱―끼기긱―"

철수는 웃음이 났다. 언젠가 일본에서도 상영된 북의 영화인데, 쇳덩이를 먹으면 몸집이 거대해지는 '불가사리'가 못된 벼슬아치를 응징하는 장면이 생각났다.

원태가 주춤주춤 몇 발짝 물러서 아쉬운 듯 매미를 놓아주었다.

"좋아, 나는 일본의 고질라다― 크하악~ 크아악~"

더는 안 벌어질 만큼 입을 크게 벌린 원태가 영길이에게 맞섰다.

"끼기긱―끼긱―"

"크하악~ 크아악~"

우스꽝스러운 표정으로 온몸을 이리저리 휘저으며 포효하는 조선의 '불가사리'와 일본의 '고질라'가 막 결전을 벌이려 했다.

철수는 솔직히 딸보다는 아들에게 의지하는 마음이 컸다.

아직 샐러리맨이니 큰 것을 바랄 수 없지만 나이가 들어갈수록 불안해지는 아비의 속마음을 그저 알아주길 바랐다. 모처럼 아들이 왔으니 그런 심정을 다시 한번 일러두려고 했는데, 딸과 사위도 있고 손자들까지 있어 차분히 얘기할 형편이 못 되었다.

오늘은 아들에게 당부하기보다 오히려 손자들과 놀아주는 편이 위안이 될 것 같았다. 다들 오늘은 집에서 자고 간다니 실컷 놀아주기로 마음을 바꾸었다.

"갑자기 자다가 한밤중에 소리를 지르기도 하고, 끙끙 신음하기도 해. 나쁜 꿈에 시달려서 그러는지…."

"그 정도로 상황이 안 좋은 거야? 빌린 돈이 얼마나 되는지 엄마는 알아?"

걱정스레 묻는 딸의 목소리가 들린다.

"자세한 얘긴 안 한다니까. 이 집도 담보로 잡혀 있으니 자칫하면 나가야 할지도 모른다고만…."

"어머님이 아버님께 자세히 물어봐 주세요."

사위도 거들었다.

"신용조합 돈도 그렇지만 친구들한테 빌린 돈이 더 걱정인가 봐. 누구보다 친구를 끔찍하게 여기는 사람이잖니. 게다가 이젠 나이도 있으니 여러 가지로 심란하겠지…."

"어머님, 그렇지 않아요. 아버님은 아직 한창 일하실 나이예요."

"아버지가 올해 예순넷이지? 아직 젊으신데, 뭐. 당장 큰일이 벌어지는 것도 아니고, 어느 회사든 지금은 다들 힘들어요. 조금만 견디고 버티시면 될 텐데. 비관적인 생각을 하기엔 아직 일러요."

"그렇긴 하지만 샐러리맨 같았으면 벌써 퇴직할 나이라…. 무슨 일이 생겨도 너희 아버지를 원망 안 해. 우리가 결혼할 땐 정말 아무것도 없었는데, 너희들 대학도 보내고 유학까지 보냈어. 해외여행도 데려가 주었고…."

"어머님까지 약해지시면 안 되죠. 저희가 있지 않습니까. 기운 내세요."

며느리도 시어머니를 다독였다.

"괜찮아, 아버진 어떻게든 이겨내실 거야. 모든 걸 긍정적으로 생각하자구요."

"맞아요. 형님도 계시고 저희도 있으니, 만약 무슨 일이 생기더라도 저희를 믿고 걱정하지 마세요."

햇볕에서 뛰어노느라 지친 손자들을 데리고 들어와 낮잠을 봐주고 조용히 아래층으로 내려온 철수는 거실 복도에 서서 식구들의 대화를 들었다.

'어쩌지…'

잠시 망설이다 일부러 헛기침하며 거실 미닫이문을 힘껏 열었다.

"다들 무슨 소릴 하는 거야. 난 끄떡없어. 너희는 너희들대로 정신 차리고 잘 살면 돼. 나랑 어머니 걱정은 할 것 없다. 오늘 저녁은 일찌감치 먹고 애들이랑 같이 카드놀이라도 하자꾸나."

"어, 아버지, 다 들으신 거예요?"

아들이 겸연쩍게 웃으며 머리를 긁적인다.

"좋아요, 오늘 저녁은 카드놀이하고, 내일은 다 같이 해수욕이라도 하러 가죠!"

"난 내일은 안 된다. 너희들끼리 다녀와."

"아버님, 어디 외출하세요?"

며느리가 뜻밖이라는 표정으로 물었다.

"아버지는 말이야, 낼 저녁에 고교 동기생 모임이 있으시대. 41년 만에 북에서 온 친구를 환영하는 모임이야. 낮에는 아주 로맨틱한 만남도 있을 거라던데…. 여보, 그렇죠?"

"어머, 그게 무슨 소리예요?"

딸과 며느리가 동시에 철수를 쳐다보았다.

17

다음 날 아침, 철수는 혼자 집을 나와 회사 앞에 있는 알로쟈 커피숍으로 향했다.

한동안 조간신문을 뒤적이다가 두 잔째 냉커피를 주문했다. 보통은 한 잔이면 갈증이 가셨는데, 오늘은 이상하게 목이 말랐다.

손목시계를 보니 벌써 10시 30분이다. 오후 1시까지 신요코하마 新横浜 역으로 광수를 데리러 가기까지 시간은 충분했다.

"웬일이세요? 오늘은 두 잔씩이나 드시고."

20년 단골인 철수에게 커피숍 주인이 웃으며 말했다.

"그러게나 말이야. 오늘따라 자꾸 갈증이 나네."

어젯밤에는 손녀딸 승희를 안고 오랜만에 편안하게 잠이 들었다. 원태와 영길이는 목욕도, 잠자리도 할머니랑 하겠다며 할아버지를 매정하게 뿌리쳤는데, 어린 승희는 웬일인지 할아버지와 자겠다며 따라왔다.

승희는 침대에 눕자마자 할아버지 목에 팔을 두르고 찰싹 달라붙어 이내 곯아떨어졌다. 딸이 어렸을 때 자주 했던 잠버릇이라 철수는 저도 모르게 웃음이 났다. 작고 여린 손녀의 새근거리는 숨소리를 들으며 오랜만에 곤하게 잤다.

늦은 밤까지 두 손자를 비롯한 식구들의 웃음소리가 아래층 거실에서 들려왔다. 아침 식사는 늦어질 것 같아 8시쯤 아래층으로 내려갔는데, 어느새 며느리가 일어나 아침을 준비하고 있었다.

"안녕히 주무셨어요? 오늘은 41년 만에 일본에 오신 친구분과 동기생들을 만나시니 즐겁게 보내고 오세요, 아버님."

차를 따라주며 며느리가 환하게 웃는다.

"고맙다. 뭐니 뭐니해도 젊은 시절 친구가 제일이지."

"아버님, 오늘은 이걸 입고 나가시면 어떨까요?"

며느리가 다다미방으로 들어가더니 옷걸이에 걸어 둔 연한 찻잎 빛깔의 반소매 셔츠를 갖고 나온다. 양쪽 가슴에 주머니가 달려 있다. 자잘한 물건들을 아무렇게나 호주머니에 쑤셔 넣고 다니는 철수는 특히 여름엔 주머니가 있는 셔츠가 편하고 좋아서 즐겨 입었다.

"이거, 어디서 난 거냐?"

"얼마 전에 손님이 부탁했는데, 아버님께도 잘 어울릴 것 같아서 제가 하나 샀어요."

며느리는 외국 브랜드 제품을 인터넷으로 직접 주문했다. 영문 카탈로그를 보고 제조사로 연락해 주문하면 국내에서 사는 것보다 싸게 살 수 있다고 한다. 주문을 대신 부탁하는 고객도 몇 명쯤 생겼는지 약간의 수수료 수입도 있는 것 같았다.

미국에서 주문한 거라며 건네는 셔츠를 입어 보니 키가 큰 자신에게 잘 어울리는 것 같았다.

"어머, 잘 어울리세요. 10년은 젊어 보이시는데요!"

옷매무새를 꼼꼼히 살피던 며느리가 신이 난 표정으로 말하니 어색한 웃음이 나왔다. 거실에서 들리는 소리에 방에서 나온 아들도 한마디 거들었다.

"오오, 잘 어울리시네. 진짜 젊어 보여요, 아버지."

어젯밤에 혜자가 또 무슨 말을 했는지 평소와 달리 신경을 쓰는 아들 부부의 장단 맞춤이 낯설었다. 이어서 딸과 사위, 혜자까지 차례로 아래층에 모였다.

"웬일이냐, 다들. 늦게 잤을 텐데, 좀 더 자도 될걸."

조용히 집을 나설 생각이었는데 오히려 식구들을 깨운 것 같아 슬쩍 미안했다.

"북에서 오신 친구분과 좋은 시간도 보내고, 그간의 노고도 위로해 주시고 오세요."

사위도 빠지지 않는다.

"위로받아야 하는 쪽은 재일동포 아니야?"

딸이 샐쭉한 얼굴로 제 남편에게 핀잔을 준다.

철수는 식구들의 마음 씀씀이가 어쩐지 고마웠다. 이런 가족들이 곁에 있다고 생각하니 새삼 든든했다.

다 같이 느긋하게 아침을 먹고 광수를 마중하러 가도 됐지만, 철수는 그대로 집을 나섰다. 광수가 영미에게 보낸 '마지막 편지'를 왜 여태껏 갖고 있었는지 설명하기 위한 시간이 필요했기 때문이다.

어쩌면 두 사람의 운명을 바꾸었을지 모를 중요한 편지다. 광수는 북으로 떠나기 전에 한 번 더 영미를 만나 얘기하고 싶다고 편지에 썼다. 그때 두 사람이 만났더라면 영미도 귀국을 결심했을까?

얼마 전에 그녀를 만났을 때, 광수가 부모님이 계신 고베神戸로 간 후 아무런 연락도 없이 북으로 떠났다고 잘라 말했다. 자신이 편지를 전했더라면 영미가 단언한 그 일은 일어나지 않았을지 모른다. 편지를 전하지 못한 것만큼은 분명한 사실이다. 결과야 어찌 되었든 아무 연락도 없이 광수가 떠났다고 오해한 영미는 40여 년이 넘도록 그 상처를 안고 있었을 것이다.

철수는 기억을 떠올려 보려 애를 썼다. 당시 바쁜 업무에 치여 깜빡했을 수도 있고, 광수에 대한 질투와 반발심에 일부러 심술을 부렸을 수도 있다. 만약 그랬다면 입이 찢어진다 해도 광수에게 솔직히 털어놓을 수 없다. 그것만큼은 절대 하고 싶지 않았다. 그러니 현재로선 나도 모르는 사이에 그 편지를 41년이나 갖고 있었다는 사실만 고백하고 무조건 사죄하는 수밖에는 없다. 석연치 않겠지만 지금으로선 그 방법밖에 없다고 결론을 내렸다.

커피숍에 비치된 각종 신문의 1면은 고이즈미 수상이 야스쿠니신사를 참배한 일에 대해 시비를 따지는 기사 일색이었다. 영미와 광수가 41년 만에 재회하는 오늘이 56회 '광복절'이라는 것이 어쩐지 감개무량했다.

'조국진학반' 친구들과 그 뒤를 따라 북으로 귀국한 동기생들이 즐겨 외쳤던 구호가 '10년 후 8월 15일, 통일된 조국 서울에서 다시 만나자'였다. 당시엔 그것을 믿어 의심치 않았다.

10년이면 강산도 변한다 했는데, 그로부터 40여 년의 세월이 흘렀음에도 굳었던 맹세는 여전히 이루지 못한 채 남아있다.

정오가 되자 철수는 무거운 마음으로 자리에서 일어났다.

신요코하마新横浜 역은 플랫폼에서 쏟아져 나온 승객들이 계단을 가득 메우고 있었다. 인파 속에서 광수를 발견했을 때 철수는 눈을 의심했다.

광수가 가방을 맵시 있게 둘러메고 넉넉한 품의 얇은 셔츠와 하얀 모시 바지를 입고 있었기 때문이다. 게다가 금테 안경까지 쓴 그는 멋쟁이 대학교수처럼 보였다. 여름이 한창인데 저렇게 차려입는 사내도 드물 것이다. 철수는 모처럼 며느리가 선물한 미국제 반소매 셔츠가 물색해진 것 같아서 쓸쓸했다.

개찰구를 향해 팔을 치켜들어 흔들자 광수가 이내 알아차리고 잰걸음으로 다가온다.

"어지간히도 멋을 냈구만. 누군지 못 알아볼 뻔했어."

악수를 청하는 광수의 손을 잡으며 철수는 일부러 우리말로 비꼬았다.

"어허허~ 쑥스럽구만."

광수가 손바닥으로 셔츠를 연신 매만지며 웃었다.

"영미 동무를 만난다니까 이렇게 사람이 달라지나? 얼마 전에 나랑 만났을 때랑은 전혀 다르잖아."

미리 정해 둔 역내 카페로 광수를 이끌며 철수는 또 한 번 이죽거렸다.

"이거 전부 빌린 거야. 가방이랑 안경은 처남 것이고, 셔츠와 모시바지는 매형 옷이고."

"그런데도 이렇게 잘 맞는 거야? 자네 북에서도 여자들 꽤나 울렸겠는걸, 안 그래? "

광수의 옆구리를 쿡 찌르며 힐끔 보았다.

"설마, 그랬다가는 비판 대상이 되어 곤욕을 치렀을걸. 그럴 용기도 내겐 없고."

"거짓말, 연애하는데 누가 누굴 비판해? "

"정말이라니까. 고베에 있는 누님이 41년 만에 동창들을 만나러 가는 것이니 제대로 차려입고 나가라고 어지간히 잔소리하셔서 어쩔 수 없었어. 초라해 보이지 말라면서."

광수는 예전처럼 자연스럽게 일본말을 썼다.

그를 데리고 들어간 곳은 테이블은 없이 바텐더 좌석만 있는 아담한 카페. 정면 선반에 각종 양주가 즐비하게 진열되어 있고, 부드러운 조명이 실내를 채워서인지 아늑했다. 여행 가방을 옆에 둔 몇몇 커플만 있는 카페 안을 둘러보다가 안쪽에 빈자리를 발견하고 재빨리 다가가 앉았다.

"어때, 시장조사는 잘 돼가?"

"응, 그럭저럭. 컬러복사기와 컴퓨터 몇 대를 사 갈 생각이야. 참, 그것보다도 조선신용조합 일 말인데…."

"그 얘긴 나중에 천천히 하지. 그 전에 자네에게 할 얘기가 있어서 일찍 만나자고 했어."

철수는 광수의 말을 가로막으며 진지한 표정을 지었다. 영미를 만나러 가기 전에 편지 얘기를 정리해둬야 했다.

주문한 냉커피가 나오자 한 모금 들이켠 후 철수가 곧바로 본론을 꺼냈다.

"광수, 자네가 귀국하기 전에 말인데, 고베神戸에서 날 만났던 것 기억하지?"

광수는 갑자기 41년 전 얘기가 나오자 뜻밖이었는지 멍한 표정이다.

"고베에서…자네랑?"

"응, 맞아. 생각 안 나?"

"그런 일이, 있었나…?"

광수는 오른손으로 관자놀이를 짚으며 당시를 떠올리려는 것 같았다.

"중요한 일이야. 꼭 기억해 내게."

어제 일도 까맣게 잊어버리는 나이가 되었는데, 반세기 전에 일을 기억해 내라니 쉽지 않은 일이다. 게다가 광수는 의문사로 세상을 떠난 아내가 공항에서 배웅했다며 가벼운 치매 증상까지 보이지 않았던가.

"그렇다면, 북으로 귀국하기 전에 도쿄에 들르진 않았어?"

"갔었지."

"뭘 하러 갔었지?"

"…영미 동무를 만나러…."

"그 기억은 있는 거지?"

"응, 그건 확실해."

"그래서, 만났어?"

"아니, 못 만났어."

"어째서?"

"…부모님이 날 만나는 걸 싫어하셨어. 내가 보낸 편지도 전화도 받지 못하는 상태였으니까. 도쿄에 도착해서 아는 여학생에게 부탁해 전화를 걸었던 것 같아."

"통화는 했어?"

"아니, 집에 없었어. …아, 맞다, 학교에서 연수를 가서 일주일쯤 집에 없다고 어머니가 말씀하던 것 같아."

"일주일? 그럼 그동안 영미 동무가 집에 없었던 거야?"

"분명히, 그렇게 들은 걸로 기억해…."

"그래서 자넨 어떻게 했어?"

"집에 없다고 핑계를 댄 것 아닌가 싶어서, 우리가 자주 가던 미카와시마三河島에 있는, 이름이 뭐였더라. 그 찻집 말이야. 아, '베라미',

자네도 자주 가서 알지? 거기로 갔어."

"어째서 베라미로 갔는데?"

"…영미 동무가 거기로 올 것 같아서…."

"왜 거기로 오리라고 생각했지?"

"…그냥, 그럴 것 같았다고밖에는…. 미리 약속한 것 같기도 하고…."

"그래서, 왔어?"

"아니, 안 왔어. 몇 시간은 기다렸던 것 같아. 거기에 청년동맹 친구들도 몇 있어서 그중 한 여학생한테 전화를 걸어달라고 부탁했어. 그랬더니 학교 연수로 집을 비웠다고 똑같이 말하더군."

"그랬었군…."

철수는 잠시 머뭇거리다 천천히 주머니에 손을 넣어 반으로 접힌 편지 봉투를 꺼낸 후 광수 앞으로 가만히 내밀고는 고개를 떨구며 말했다.

"이거, 읽어 보게."

무슨 영문인지 모르는 광수가 봉투를 집어 들었다. 그리고 봉투 앞면에 '영미 동무에게'라고 쓴 필적을 보고 순간 눈빛이 반짝였다. 봉투에서 천천히 편지를 꺼내 읽어 내려가던 광수는 희미하게 웃었다.

"이제 생각났네. 이 편지는 내가 귀국하기 전에 영미 동무한테 보낸 거야. 여기에 베라미 찻집에서 만나고 싶다고 적혀 있기도 하고. 고베였는지는 확실하지 않지만, 자네가 출장을 왔을 때 간사이關西 지역 어딘가에서 만난 일도 기억났어. 그런데 이 편지엔 주소가 없는데?"

"고베에서 나랑 만났었어, 그때 이 편지를 영미 동무한테 전해달라고 내게 부탁한 거야."

"그랬다면 어째서 이 편지가 지금 여기 있는 거지?"

"광수… 미안하네. 내, 내가, 이 편지를 그녀에게 전하지 않은 것같아…"

철수는 깊이 머리를 숙인 채 한동안 그대로 있었다.

"전하지 않았다니…그게 무슨 말이야?"

"…나도 모르겠어. 정확히 기억이 나지 않아…. 하지만 편지를 전하지 않은 건만은 확실해. …면목이 없네, 무슨 말로 사과해야 할지…정말 미안하네."

두 사람은 입을 다문 채 생각에 잠겼다.

"……그랬었군. 그렇다고 지금 와서 사과할 것까지야…. 그건 그렇고, 이 편지를 왜 지금 내게 주는 건가?"

철수는 창고에 있던 트렁크 이야기를 시작했다. 처녀작 소설인 '우리들의 깃발'을 쓰게 된 것도 트렁크 속에 잠들어 있던 편지들이 계기였다고 덧붙였다.

"수백 통의 편지 속에서 최근에야 이 편지를 발견했어. 풀을 붙여 봉해 놓은 상태였지. 자네와 영미 동무에겐 무엇보다 중요한 편지를, 내가 그만 전하지 못했어…. 진심으로 사과할게, 이렇게 용서를 비네."

광수는 아무 말 없이 손에 든 편지만 바라보았다.

철수는 살갗이 도려져 나가는 심정으로 광수의 침묵을 견디고 있었다.

잠시 후 광수가 고개를 들고 허공을 바라보며 천천히 옛 기억을 더듬는 것 같았다. 이윽고 그가 입을 열었다.

"…그만하게. 용서할 것도 없고, 용서 못 할 일도 아니야. 그만 잊게나. 난 오히려 자네 의리에 놀랐네. 내가 감사해야 할 일이야. 자네가 말하지 않았다면 그걸로 끝이었을 텐데 말이야. …북으로 귀국한 후 영미 동무에 대해 깊게 생각해봤어. 내가 떠나기 전 차라리 그녀를 못 만난 게 다행이라는 결론을 내렸거든."

"…그게, 무슨 뜻인가?"

"그것까지 꼭 내 입으로 말하게 할 셈이야?"

굳은 표정의 광수를 보니 철수는 몸이 움츠러들었다.

"듣고 싶어, 자네가 얘기해 줄 수 있다면…."

"…하긴, 나와 영미 동무의 관계를 다 알고 있으니, 이참에 오해가 없도록 솔직히 말하는 게 나을지도 모르지."

광수는 체념한 표정으로 이쪽을 잠시 바라보더니 이야기를 시작했다.

"첫째, 아무래도 나 혼자만 그녀를 좋아한 것 같아. 내가 그녀를 좋아한 만큼 그녀는 날 좋아하지 않았어. 두 번째는 그걸 깨닫고 나니 그녀에게도, 그녀의 부모님에게도 내 마음을 절실하게 어필하지 못했지…."

"첫째, 둘째가 있으니 셋째도 있겠지?"

광수는 말없이 웃었다.

"자네가 고베로 갈 때 영미 동무가 그림을 선물했지?"

광수의 우유부단함을 답답해했던 영미가 자신의 기분을 투영한 그림을 선물했다는 건 일부러 말하지 않았다.

"그것도 알고 있었어?"

광수는 뜻밖이라는 표정이었다.

"으응, 어떤 그림이었어?"

"거친 바다가 그려진 그림이었지. 성난 파도가 바위에 부딪혀 하얗고 무수한 포말이 허공에 흩어지는 그림이야. 멀리 수평선에는 태양 빛이 만든 붉은띠가 수면에 닿아 있고. 내가 북으로 가더라도, 그곳에서 어떤 곤란을 겪더라도, 그 태양이 영원히 빛을 내며 나를 격려할 것 같았지. 그건 그녀의 마음이라고도 생각했어. 그때 깨달았어. 아아, 그녀는 나와 함께 가지 않겠구나. 그림은 그녀의 마음을 담은 암시였어. 그림을 보자마자 그런 생각이 들었지. 사실, 그 그림은 지금도 우리 집에 걸려 있네."

같은 그림을 두고 선물한 이와 받은 이가 서로 다른 해석을 하고 있었다….

"늘 적극적이던 자네가 왜 그땐 영미 동무에게 소극적이었던 거야?"

철수는 광수의 내색을 살피며 조심스레 물었다.

"세 번째가 그 대답이 되겠지. 가족 모두 귀국을 결정했을 때부터 영미 동무에 대한 내 마음에 자신이 없다는 걸 알았어. 북에는 꿈이 있었지. 꿈과 이상을 위해서 나는 어떤 곤란도 참아낼 각오가 되어 있었어. 하지만 그걸 그녀도 함께하리란 믿음이 생기지 않더군. 만약 내 꿈이 실현되지 못한다면, 내가 생각했던 곳이 아니라면 어쩌나, 그녀를 좋아하면 할수록 그런 불안이 내 발목을 잡았어. 아무리 내 조국이라도 당시 내겐 미지의 나라였으니까. 도쿄에서 그녀를 만나면 내 심정을 솔직히 말하고 싶었어. 그토록 좋아한 여자를 일본에 두고 떠나는 비겁한 놈이란 양심의 가책도 있었지. 적어도 성실함만큼은 뒤지지 않겠다는 묘한 자존심도 있었고. 아무튼 나는 귀국하겠지만 그녀가 가지 않겠다고 하면, 그걸로 괜찮다고도 생각했어. 그런 어정쩡한 마음이었기에 도쿄에서 그녀를 만난 후 더 망설이기보다 차라리 만나지 않은 게 다행이었다는 결론을 내리게 된 거야. 결국 귀국하기 전에 반드시 연락하겠다고 했는데, 그러지 못하고 떠나고 말았지만…."

"듣고 보니 자네가 귀국한 걸 후회한다는 말 같은데? 그런 뜻이야?"

순간 철수는 물어서는 안 될 말을 한 것 같아 심장이 요동치기 시작했다.

'제발 부탁이네, 절대 후회하지 않는다고 말해줘. 그렇지 않으면 우리의 청춘이 모두 물거품이 되어 버린다고….'

"후회……했네."

철수는 심장이 내려앉는 것 같았다.

"…후회하지 않았다면 거짓말이겠지. 여러 번 후회했네. 하지만 그건 한 때였어. 귀국했을 당시와 지금을 단순히 비교하긴 어렵지만, 우리 조국이 언제나 평온무사하진 않았으니까. 여전히 북남은 분단되어 있고, 사회주의 여러 국가는 붕괴해서 고립무원처럼 미국, 남조선과 대치할 수밖에 없었어. 그리고 자연재해와 고난의 행군도 해야 했지. 반세기 동안 나는 그런 조국에서 아내를 만나 자식들을 낳고 손자들도 다섯이나 보았어. 난 내 조국을 굳게 믿으며 살아왔네. 앞으로도 영원히 조국과 함께 살아가리라 생각해. 이건 내 신념이자 선택이야."

"선택?"

"운명이나 숙명이라 해도 좋겠지만, 북에서는 이미 그런 말은 사어가 되었어. 그러니 선택이라 해두지."

"자네가 살아가는 원점이라는 말인가?"

"그래, 원점이라 해도 좋겠지. 나는 북에 있고, 자네와 영미와 다른 친구들은 일본에 남았고, 남쪽에도 많은 동포가 있고, 전 세계에 뿔뿔이 흩어져 있어. 자네와 내 생각이 일치하지 않다는 게 한편으론 아쉽기도 하다네. 북에 대한 자네의 불만과 불신은 잘 알아. 나도 수긍하는 부분이 있으니 오해를 풀기 위해 굳이 설명할 수도 있지만, 그럼 자네가 또 화를 낼 게 분명하니 그러고 싶지 않아. 어쨌든 생각의 차이가 있는 건 당연해. 생각의 차이를 인정하고, 서로의 선택과 원점을 망각하지 않는다면 결국엔 마음이 통할 거라고 믿어. 또 언젠가는 반드시 마음을 하나로 만드는 것도 가능하겠지."

"그건 아니야. 자네와 내 생각이 다른 부분이 분명 있겠지만 우리가 한 번도 마음을 나눈 적이 없다는 건 틀렸어. 생각이나 관점에 큰 차이가 있어도 난, 아니 우리는, 언제나 마음만은 하나였고, 지금도 그렇다고 느껴. 선택도, 원점도 한 가지야."

애써 차분히 말하면서도 철수는 속으로 소리치고 있었다.

"맞아. 41년 동안 우리가 잃은 것도 많겠지만, 한뜻으로 뭉쳤던 젊은 시절의 정신만은 잃지 않았지. 이번에 일본에 와서 그걸 확인한 것만으로도 정말 감사했어."

"그래, 자네가 그렇게 말해주니 나도 기뻐. 일본에 있는 동기생들도 분명 기뻐할 거야."

철수는 환하게 웃으며 고개를 크게 끄덕였다.

"시간이 얼마 없으니 어서 영미 동무를 만나러 가세나."

"그나저나 지금 영미 동무를 만난다는 게, 잘하는 일인지 싶기도 하고, 쑥스럽기도 하고⋯."

"속으론 좋으면서 괜한 소리는, 어서 일어나기나 해."

먼저 일어선 철수가 어깨를 툭툭 치자 광수도 자리에서 벌떡 일어났다.

두 사람은 복잡한 역내를 벗어나 바깥으로 나왔다.

정오가 지나니 붉은 태양도 서쪽을 향해 걸음을 옮기기 시작했지만 뜨거운 햇살이 식으려면 몇 시간은 더 기다려야 될 것 같았다.

18

거대한 돛 모양인 인터콘티넨탈 호텔의 중후한 정문을 열고 들어서자 곧바로 대리석이 깔린 넓은 홀이 보이고, 안쪽에는 완만한 곡선으로 된 계단이 2층 라운지로 이어져 있다.

곡선 계단 옆 중앙 홀에는 정장과 드레스를 입고 결혼식에 참석한 50여 명이 정중히 테이블에 앉아있다. 장엄한 오르간 연주가 홀 안에 울려 퍼지자 주례가 기다리는 단상으로 신랑 신부가 막 올라서려 했다.

홀 왼쪽 끝에 있는 긴 에스컬레이터에 올라탄 호텔 손님들이 오른편 아래에서 거행되는 화촉 의례를 흐뭇하게 쳐다본다. 한여름에 결혼식이라니, 드문 일이다.

"자네 복장이면 저 자리에 앉아있어도 손색이 없겠어."

철수는 2층 라운지로 올라가는 에스컬레이터에서 광수의 어깨를 툭 치며 놀렸다.

에스컬레이터 끝까지 올라가자 안쪽에 호텔 프런트가 있고, 정면은 요코하마 만灣이 한눈에 들어오는 라운지다. 광수는 3시에 오기로 한 영미와 이곳에서 41년 만에 재회한다.

라운지는 거의 빈자리가 없었다. 철수가 재빨리 프런트 쪽 창가에 빈자리를 발견하고 그쪽으로 향하자 웨이트리스가 따라와 안쪽 자리를 권했는데 일부러 사양했다. 프런트 쪽에 앉아있어야 에스컬레이터를 타고 올라오는 영미를 바로 알아볼 것 같았기 때문이다.

'오봉お盆' 연휴이거늘 이 번잡함은 웬 말인가. 긴 연휴라 관광객

과 가족 단위의 숙박객이 많아 보였다.

라운지와 프런트 앞을 오가는 여성들에게 저절로 시선이 가는 건 지나간 젊음에 대한 그리움과 공연한 질투심 때문일까. 가슴과 다리를 시원하게 드러낸 젊은 여성을 보자 아니나 다를까 광수는 외계인을 본 것처럼 눈이 휘둥그레진다.

입이 찢어져도 눈이 행복하다는 말은 안 하겠지만 저도 모르게 눈길이 가는 걸 보니 흥미가 끓어오르는 게 분명했다.

호사로운 호텔 결혼식이라 그런지 예복도 화려한데다 세련돼 보이기까지 했다. 외국인도 곳곳에 눈에 띄었는데, 얼굴색도 콧날도 머리카락도 일본사람들과는 확연히 달랐다.

시원하게 펼쳐진 요코하마 만灣은 누가 봐도 감탄할 만한 광경이었다. 저 멀리에는 우아한 모양의 '베이브리지'가 보이고, 바로 앞에는 해안에 정박한 컨테이너선과 유람선, 요코하마역 동쪽 출구로 향하는 소박한 선박 버스도 보인다. 한여름 태양 볕에 반짝이는 수면에는 하얀 파도가 잔잔히 너울거렸다.

광수와 영미의 메신저 보이로서 드디어 마지막 임무가 시작되려 했다. 청춘의 한때를 불태운 두 사람에겐 씁쓸한 추억이지만, 41년 만의 재회이니 인생에 남을 유의미한 것이어야 마땅하다.

광수와 영미가 감격적으로 재회할 장소로 어울리는 곳이라 생각해 일부러 이곳을 골랐는데, 예상과는 달리 많은 사람과 번잡함 때문에 머쓱했다. 이곳을 맘에 들어 할지 걱정도 되었다.

두 사람이 만나면 언제쯤 자리를 비켜줘야 좋을지 골똘히 생각해 보았다. 또 광수가 일본에 왔다고 알렸을 때 영미가 보인 첫 반응도 여전히 신경 쓰였다.

3시 15분이 지나자 철수는 불안하기 시작했다. 설마 바람을 맞는 일은 없겠지만 연락도 없이 늦어지는 걸 보니 영미의 속내가 느껴지는 것 같았다.

태연하게 '미나토미라이 21'의 풍광을 광수에게 설명하며 걱정을 떨치려 했는데, 듣는 둥 마는 둥 광수는 연신 손목시계와 에스컬레이터만 번갈아 쳐다보았다. 그 마음을 생각해서라도 처음엔 영미가 이 자리를 거부했다는 사실을 말할 순 없었다.

편지를 전하지 않은 자신의 실수와 비틀렸던 심정도, 두 사람이 품고 있었을 응어리도, 오늘의 만남으로 모두 저 바다에 흘려보낼 수 있길 바랐다.

"데이트의 성공 여부는 상대를 얼마나 애타게 만드느냐에 달렸대. 애가 닳았을 때를 계산해서 짠~하고 나타나는 거지."

철수는 공연히 시시한 농담을 던지며 자신의 초조함도 감추었다.

어느새 두 사람은 입을 여는 것조차 잊고 오로지 에스컬레이터 쪽만 뚫어지게 바라보았다. 사람들이 연이어 올라오는데 영미는 약속 시간에서 20분이 지나도록 나타나지 않는다.

갑자기 주위에 있던 손님들이 웅성거리며 힐끔힐끔 라운지 입구 쪽으로 시선을 보내기 시작했다.

철수와 광수는 동시에 고개를 돌려 그쪽을 보았다.

"여기~!"

벌떡 일어나 손을 치켜든 철수를 쫓아 광수도 자리에서 일어섰다. 라운지 입구에 멈춰 서서 두리번두리번 두 사람을 찾던 영미가 철수를 알아차리고 이쪽으로 다가왔다.

테이블에 앉아있던 손님들이 천천히 걸어오는 그녀에게 호기심 어린 시선을 보냈다. 사방 유리창으로 쏟아져 들어온 햇살 사이로 그녀가 입은 연보랏빛 저고리와 분홍빛 치마가 한눈에 들어왔기 때문이다.

허리를 곧추세우고 사뿐사뿐 걷는 모습은 기품이 넘쳤고, 살짝 붉어진 양 볼은 치마 색에 맞춘 분홍립스틱과 곱게 어우러져 있었다.

조심스레 다가온 영미는 잠시 광수의 얼굴을 응시했다.

"광수 씨, 오랜만입니다."

그녀는 우리말로 먼저 인사를 건넸다.

얼른 한 발 뒤로 물러서서 광수를 쳐다보았는데, 입술을 오물거리기만 할 뿐 좀처럼 입을 떼지 못했다.

"광수 씨. 우리, 포옹이라도 해야 하는 거 아닌가요?"

"이봐, 뭘 하고 있어? 난 눈 감고 있을 테니, 부끄러워 말고 한번 안아보는 게 어때?"

그녀가 농담으로 한 말이겠지만, 철수는 일부러라도 광수를 부추기고 싶었다. 그러자 귀신에 홀린 듯한 표정으로 엉거주춤 상체를 내민 광수가 양손을 뻗는다.

'이 친구, 진짜로 껴안을 셈인가?'

영미는 말과는 달리 광수에게 그저 오른손만 내밀었다.

그제야 정신이 들었는지 광수가 허둥지둥 영미의 손을 감싸 쥐었다.

"…오, 오랜만입니다. 정말로 오래간만입니다!"

철수는 두 사람이 마주 보게 하려고 일부러 영미의 옆자리에 앉앉다.

"여전히 아름답군요. 41년의 세월이 비껴간 듯합니다."

"어머, 여전히 빈 말씀을 잘하시네요. 이젠 할머니가 된걸요. 광수 씨도 건강해 보이는 것 같아서 다행입니다."

뭔가 특별한 인사를 기대했건만 광수의 얼빠진 말투에 웃음이 터지려는 걸 눌러 삼켰다. 너무 긴장했는지 타고난 말주변은 온데간데없고 그저 딱딱하고 짧게 대답하는 광수가 답답했다. 영화나 소설에 나오는 극적인 재회 장면을 기대하는 게 아니었다는 생각이 들었다.

얼마 전 처음 만났을 때와는 너무나 다른 광수의 표정이 왠지 낯설었다. 기뻐하고 있는 건 분명한데 눈빛은 한없이 애잔했다. 이것이 광수의 솔직한 심정일까?

시간이 조금 지나자 광수도 긴장이 풀렸는지 예전처럼 다정하게 영미와 대화를 나누기 시작했다.

솔직히 철수는 영미가 더 놀라웠다. 립스틱을 바른 그녀를 처음 봤기 때문이다. 둘이 만날 때면 언제나 화장기 없는 얼굴이었지만 맨얼굴도 곱다고 생각했었다. 그런데 오늘은 립스틱 때문인지 하얀 피부가 더 돋보인다. 양쪽 귀에 살포시 건 진주 귀걸이는 연보랏빛 저고리를 우아하게 만들었다.

젊은 시절에도 그랬건만 41년이 지난 지금도 광수와 자신을 대하는 태도가 확연히 다른 데에 슬쩍 질투가 났다. 수수한 옷고름도 아닌 호박 브로치로 앞섶을 장식해 고상함까지 연출한 치마저고리 차림이라니!

처음 광수 얘기를 꺼냈을 때 그녀가 보인 거부반응은 무엇이었나.

그사이 어떤 심경의 변화가 생긴 것일까.

"영미 씨, 그런 차림으로 여기까지 전차를 타고 온 거야?"

철수는 적당한 틈을 보아 영미에게 물었다.

"왜, 이상해?"

"이상한 게 아니라 너무 화려해서. 그런 차림으로 대중교통을 이용했으면 사람들이 유심히 쳐다봤을 것 같은데."

"전차로 온 게 아냐. 남편이 호텔까지 차로 데려다줬어."

"뭐?!"

철수와 광수는 동시에 벌떡 일어나 두리번거렸다.

"괜찮아. 데려다주기만 하고 남편은 갔어. 남편이 먼저 치마저고리를 입는 게 어떻겠냐고 해서. 좀 번거롭긴 하지만 그것도 좋은 생각인 것 같아 입어 봤어."

그 말에 두 사람은 가슴을 쓸어내렸다.

여하튼 광수 덕분에 3인 3색으로 기억의 밑바닥에 묻혀 있던 옛 기억을 41년 만에 낱낱이 꺼내 보게 된 것 같았다.

창고 속 트렁크에 오랫동안 잠들어 있던 광수의 마지막 편지를 발견하지 못했다면, 세 사람의 인생에 큰 변화를 준 당시의 뜨거웠던 고뇌는 잊혔을 것이다. 결국 영미에게 편지를 전하지 못했지만, 그것과는 상관없이 광수는 일본을 떠나기 전 그녀를 만나러 도쿄에 왔었다고 했다.

처음엔 거절했던 영미가 자신이 함께 나가주는 조건이면 만나겠다고 했다. 그로부터 며칠이 지났다. 호텔까지 데려다주었다는 건 남편도 광수를 알고 있다는 증거다. 그저 한번 만나보라는 정도가 아니라, 치마저고리를 입으라고까지 한 그녀의 남편에게 통 큰 기개가 느껴졌다.

"가족들은 모두 건강하시죠?"

"으응, 다들 건강하대. 벌써 손자가 다섯이나 있대."

그녀한테 5년 전 광수의 아내가 죽었다고 넌지시 말해두었는데 아내의 의문사에 관해서는 일부러 말하지 않았다. 이미 세상에 없는 아내를 환각처럼 말할지도 모를 광수가 걱정되어 가능한 그 얘기가 나오지 않도록 해야 했다. 철수는 그럴 낌새가 보이면 재빨리 끼어들어 얼버무리고 그 외엔 대화를 듣기만 했다.

그렇다고 계속 앉아있기도 눈치가 보였다. 이젠 두 사람에게 특별한 일이 생길 리도 없지만, 왠지 자리를 비켜줘야 할 것 같았다.

바로 그때 진동모드로 해둔 주머니 속 휴대전화가 울렸다. 얼른 전화기를 꺼내 통화 버튼을 누르니 동료 업자였다.

"둘이서 천천히 얘기 나누고 있어. 통화 좀 한 후에 몇 군데 연락해 둘 곳도 있으니 잠시 나갔다 올게."

철수는 빠져나올 타이밍을 절묘하게 잡아준 전화가 고마우면서도 씁쓸했다.

에스컬레이터에서 아직 끝나지 않은 아래층의 결혼식을 힐끔거리며 통화를 이어갔다. 전화한 이는 젊은 시절 이 업계에 들어와 일을 배우며 알게 되었는데, 요코스카橫須賀에 임대 전문 부동산을 세 곳이나 소유한 일본인이다.

사실 그에게도 6개월을 기한으로 1천만 엔을 융통했다. 이미 1년이 지났는데 원금도 절반이나 남아있고 이자도 2주째 밀려 있었다. 이자를 재촉할 줄 알았는데 남은 원금을 갚아달라는 얘기였다.

철수가 거래하는 은행이 조선신용조합 뿐이라는 걸 그는 알고 있다. 얼마 전부터 지역신문이 연재하는 전국 조선신용조합 연속 파산 기사를 언급하며 해명하라고 했다. 빌려준 돈을 받지 못할까 걱정된 것이다. 그렇지 않고는 업계가 전부 연휴에 들어간 지금 일부러 전화까지 할 리 없었다. 가까운 시일 내로 어떻게든 융통해보겠다고 허세를 부리며 웃었는데, 뾰족한 수가 있어서 나온 말도 아니다. 일단 독촉을 모면하려면 그 수밖에는 없었다.

철수는 호텔을 빠져나온 후 뒤쪽 해안가에 인접한 공원으로 터벅터벅 걸어갔다. 잠시나마 두 사람만의 시간을 만들어 주어야 할 것 같았다.

공원 잔디밭에는 아이들과 공을 차며 노는 가족들, 나무 그늘에서 더위를 식히는 젊은 커플이 곳곳에 눈에 띄었다. 뜨거운 햇살은 여전했지만, 바다에서 불어오는 바람 때문인지 의외로 앉아 있을 만했다.

간신히 골치 아픈 일들을 잊고 있었는데 갑자기 걸려 온 전화 한 통이 현실로 돌아오게 했다. 이대로라면 연휴가 끝난 후엔 채권자들의 독촉이 한꺼번에 몰릴지도 몰랐다. 서둘러 대처방안을 마련해야 한다. 어쩌면 상상하기도 두려운 고통이 동반될지도……

벤치에 앉아있는데 형제로 보이는 어린애 둘이 서로를 쫓듯 달려지나갔다. 그러자 갑자기 손자들이 보고 싶어 아들에게 전화를 걸었다. 여러 번 신호음이 울렸지만 받지 않는다. 한 번만 더 신호음이 울려도 안 받으면 끊으려던 찰나에 아들 대신 며느리가 전화를 받았다.

"여보세요."

허둥지둥 전화를 받았는지 숨이 찬 목소리다.

"어디에 있냐, 지금 뭘 하고 있어?"

"어머, 아버님? 어쩐 일이세요?"

"아니, 다들 뭘 하나 싶어서….."

"지금 바다공원에 나와 있어요. 어머님 바꿔드릴까요?"

바다공원은 집에서 15분쯤만 가면 되는 가나가와神奈川 8경 중 하나로, 요코하마横浜 시에서 만든 인공 해변이다. 파도도 잔잔하고 수심도 깊지 않아서 초등학교 저학년이 놀기에는 안성맞춤인 해수욕장이다.

"거기 원태도 있냐?"

"원태도 영길이도 모두 수영하러… 아, 잠깐만요."

"아니다, 옆에 없으면 됐다."

전화를 끊으려는데 며느리가 전화기를 든 채 뛰어가는지 손자들 이름을 부르는 소리가 들린다.

"아버님, 잠시만 기다리세요. 둘 다 금방 올 거예요. 그런데 어머님 바꿔드리지 않아도 괜찮으세요?"

"괜찮다. 애들 목소리를 듣고 싶었을 뿐이야. 금방 끊으마."

두 녀석이 온 모양인지 목소리가 가까이 들렸다.

"오지이짜마(할아버지)?"

"원태냐?"

"네, 원태예요. 오지이짜마(할아버지) 언제 오세요?"

"지금은 못 간단다."

"빨리 와서 함께 헤엄쳐요~ 네? 얼른 오세요~"

"오지이짜마(할아버지)도 이제부터 친구들과 놀거라 못가."

"여기가 훨씬 재밌는데. 그럼 이제 영길이 바꿀게요. 바이바이~"

"할아버지, 안 와요? "

이번엔 영길이다.

"바로는 못 가. 조심해서 놀아, 다음에는 할아버지도 꼭 같이 해수욕하러 갈게."

"응, 안녕~"

원태도 영길이도 뭐가 그리 신이 났는지 목이 터질 듯 깔깔 웃으며 전화를 끊었다.

1시간 30분쯤 지났을까.

천천히 호텔 라운지로 돌아오니 대기하는 손님들이 줄지어 앉아 있다. 바깥 경관은 흠잡을 데 없었으나 아무래도 날을 잘못 잡은 것 같다. 결혼식이 끝나 점점 더 혼잡해지는 라운지를 보며 어찌해야 좋을지 고민되었다. 오늘은 꼭 전해야 하는 중요한 편지를 아직 영미에게 전하지도 못했다.

두 사람이 앉아있는 쪽을 보니 영미가 심각한 표정으로 광수의 얘기를 듣고 있다.

"너무 번잡해서 여기선 차분히 대화하기 어렵지? 기다리는 사람도 많으니 일단 밖으로 나갈까? 바로 뒤에 해안공원이 있는데 바람도 살살 불고 의외로 괜찮던데."

두 사람은 곧바로 자리에서 일어났는데 계산대 앞에서 실랑이가 벌어졌다. 셋이 각자 이유를 대며 자기가 계산하겠다고 우겼기 때문이다.

"일본에 있는 우리가 계산해야 맞지."

"찻값 정도는 내가 계산하게 해줘. 그러고 싶어."

철수는 내심 광수의 행동이 우스웠다. 북에서는 음식값이나 술값 모두 떠밀었으면서 오늘은 전혀 딴 사람처럼 허세를 부리니 슬쩍 얄미웠다. 역시 영미 때문인가?

광수는 지갑을 꺼내 들고 계산하려던 철수의 어깨를 떠밀며 팔다리까지 펼쳐 막아섰다. 그 바람에 철수와 영미는 하는 수 없이 계산대에서 물러섰다.

세 사람은 호텔 정문을 나와 천천히 뒤편에 있는 해안공원 쪽으로 향했다.

철수는 그간의 사정을 솔직히 말하고 41년 전에 영미에게 전달해야 했던 광수의 편지를 곧 전해야 한다는 생각에 마음이 무거웠다.

19

코끝에 닿는 바닷바람은 상쾌했다. 햇볕은 따가워도 시원하게 트인 시야 덕분에 해변공원은 답답하지 않았다.

셋은 나란히 바다를 보며 걸었다.

바다는 신기하다. 가만히 보고 있으면 사람의 마음을 솔직하게 만드는 것 같다. 먼 과거를 자연스레 떠올리게 하고, 불확실한 미래도 그려보게 한다.

모시옷을 입은 광수와 치마저고리를 입은 영미는 초록이 무성한 공원과 어우러져 한 폭의 수채화 같았다.

"이봐, 평양 젊은이들은 주로 어디서 데이트하지?"

나무 그늘에 앉아 서로의 귓가에 속살거리는 젊은 커플을 보며 철수가 물었다.

"아주 많지만, 역시 손꼽으라 하면 대동강 근처 아닐까. 지금이 가장 좋은 계절이야."

"저렇게 말인가?"

철수는 나무 그늘에 나란히 누워있는 젊은 커플을 턱짓으로 가리켰다.

"저 정도는 흔하지. 낮이 뜨거워질 때도 많은걸."

"어디든 마찬가지군."

철수가 묘한 표정으로 고개를 끄덕였다.

본론으로 들어가기 전에 던진 말인데, 두 사람은 호텔 라운지에서 나누던 얘기를 이어가느라 좀처럼 틈을 보이지 않는다. 41년 만에 만났으니 겨우 2시간 만에 그간의 사연을 모두 풀어내기란 쉬운 일이 아닐 것이다.

철수는 슬그머니 뒤로 쳐져 두 사람과 간격을 두었다. 공원 중앙에 있는 닻 모양의 기념비를 올려다보기도 하고, 호화선 조타실에나 매달려 있을 법한 종을 괜스레 두들겨보기도 했다. 파도가 밀려오는 바다와 잔디밭에 둥글게 앉아있는 젊은이들도 곁눈질했다.

적당한 장소를 물색하던 철수의 시야에 아치형 돌다리와 마주 서 있는 커다란 나무 밑 벤치가 들어왔다. 돌다리 근처 잔디에는 알몸에 가까운 젊은 커플이 일광욕을 즐기는지 돗자리에 누워있었다.

벤치에 나란히 앉은 세 사람은 한동안 바다를 바라보았다. 이윽고 두 사람의 눈치를 살피며 철수가 슬그머니 셔츠 주머니에 넣어 둔 편지를 꺼냈다.

"둘에게 다시 한번 사죄하며 이제 이 편지를 전달합니다. 이 편지는 지금부터 41년 전, 고광수가 전영미 씨에게 썼고, 저에게 대신 전해주라 했던 편지입니다."

철수는 정중히 머리를 숙이며 말했다. 이미 두 사람에겐 편지에 관해 언급했기에 그나마 조금은 마음이 편했다. 이젠 영미에게 전해주기만 하면 되었다.

"자, 고광수 동무. 너무 늦었지만, 자네가 영미 씨에게 직접 주게나."

광수의 손에 편지를 쥐게 한 후 의식을 거행하듯 그의 두 팔을 높이 치켜들어 영미 쪽으로 건넸다.

영미는 수줍게 웃으며 두 손으로 공손히 받았다.

"자, 이것으로 41년 동안 묵었던 내 역할은 끝났습니다. 편지가 수신인에게 분명히 전달되었으니 이젠 죽어도 여한이 없습니다…."

철수는 중대한 임무를 이제야 완수한 것 같아서 가슴이 후련했다. 봉투 겉면을 물끄러미 바라보던 영미가 말했다.

"이렇게 호호 할머니가 돼서 남자에게 편지를 받다니, 가슴이 두근거리네…."

"집에 돌아가서 천천히 읽어요. 다만 남편에겐 비밀로 하고."

"비밀이라…."

영미는 잠시 골똘히 생각하더니 갑자기 이쪽으로 편지를 다시 내민다.

"철수 씨가 읽어 주지 않겠어?"

"옛?"

"큰 소리로 읽어줘. 난 듣고 있을게."

"여기서 지금 읽으라고? 내가?"

철수는 당황스러워 그녀를 쳐다보았다. 광수도 부끄러운지 어쩔 줄 몰라 한다.

"어차피 두 사람 다 내용을 알잖아?"

"…그렇긴 하지만…."

"그러니 그냥 읽어줘. 셋이서 같이 41년 전을 추억해 보면 좋을 것 같아서 그래."

그녀는 진심으로 말하는 것 같았다.

"그럼, 광수 자네가 읽어. 그게 맞지."

연인에게 받은 편지를 다른 사람한테 소리 내어 읽으라니, 마치 사춘기 애들의 장난 같았다. 만약 그녀의 남편이 이 장면을 봤다면 무어라 할지 우습기도 했다.

"내가 그걸 어떻게 읽어. 영미 씨가 굳이 자네가 읽어 주길 바란 다면 그렇게 하면 되지."

광수는 이미 체념했는지 담담한 표정이다.

"이거 상황이 묘해졌는걸. 뭐, 정 그렇다면 할 수 없지. 나중에 딴 소리하기 없기야. 음음, 그럼 지금부터 읽겠습니다."

철수는 한 발 앞으로 나간 후 두 사람을 향해 뒤돌아섰다. 그리고 천천히 봉투에 든 편지를 꺼내 교과서를 읽듯 양손에 펼쳐 들었다.

그때 일광욕을 즐기는 젊은 커플 곁에 있는 카세트 라디오에서 패 티 페이지의 '테네시 왈츠'가 들려왔다.

"어? 이 노래는 우리가 젊을 때 많이 들었던 노래인데. 음, 배경 음악이라 생각하고 읽을 테니 둘 다 잘 들어요."

철수는 다시 한번 헛기침하며 목소리를 가다듬었다. 그리고 또박 또박 정성을 담아 광수의 편지를 읽기 시작했다.

전영미 동무에게

귀국 신청을 무사히 마쳤습니다.

나는 지금 의외로 마음이 차분합니다. 순서를 기다려봐야 알겠지만, 아마도 6개월 후 가을쯤엔 귀국하지 않을까요.

자이니치在日 중에서는 소수지만 내 아버지의 고향은 원산입니다. 어 머니는 남쪽의 제주도입니다. 부모님은 10대 시절에 일본으로 건너와 고베神戸에서 만나 결혼했다고 들었습니다.

아버지는 제가 귀국한다니 기뻐하시고, 어머니는 매일 밤 울고 계십니다. 원산에는 연로하신 친할아버지가 아직 살아계십니다. 당신도 알다시피 제주도에서 일어난 4·3사건 때문에 외할아버지와 외삼촌은 무참히 세상을 떠나셨습니다. 외할머니와 이모님들은 지금도 그곳에 살고 있습니다. 우리 가족이 북에 귀국하면 어머니는 아마 제주도에 남은 육친들과 더 이상 만날 수 없겠지요.

고향에 계신 노모 생각에 눈물짓는 어머니를 보고 있으면 여자의 운명이란 참 가련하다는 생각이 듭니다. 부모 곁을 떠나 시집가면 자식을 낳아 보살펴야 하고 때론 남편과 자식을 위해 육친과는 영영 만날 수 없게 되기도 하니….

아버지의 고향인 북으로 부모님을 모시고 가는 일은 아들인 저로서 해야 할 도리라고 생각합니다. 말 그대로 그곳이 저의 조국인데 무엇을 주저하겠습니까.

하지만 불안함과 왠지 모를 슬픔도 있습니다. 조국을 믿으면서도 처음 가 보는 미지의 땅이기 때문입니다.

왠지 모를 슬픔은 내가 태어나고 자란 일본에 돌아올 수 없다는 것입니다. 막상 이 땅을 떠나려니 좋은 기억도 없는 이곳에 애착이 있었음을 깨달았습니다. 그 사실에 놀라기도 합니다. 태어나 자란 고향이란 바로 이런 것일까요?

언제였던가, 당신이 친구와 함께 북으로 밀항을 결심했었노라고 나에게 고백했었죠. 솔직히 그때는 충격이었습니다. 4·3의 난리를 피해 일본으로 밀항해 온 당신이, 다시 북으로 밀항을 계획하고 있을 줄은…. 그 용기, 기개에 감탄했습니다.

당신에게는 남이든 북이든 고국 땅이겠지만, 나는 일본에서 태어나 자란 인간입니다. 당신과 내가 고국을 생각하는 심정이 많이 다르다는 걸 깨닫고 당황스러웠습니다. 아마도 그것은 식민지를 겪은 우리나라의 불행한 역사 때문이겠지요.

철수는 슬쩍 두 사람을 곁눈질했다.

광수는 고개를 숙이고 있고, 영미는 눈을 감은 채 고개를 들고 있었다. 마른침을 한 번 삼킨 후 다음 문장을 읽기 시작했다.

어쨌든 나는 젊을 때 조국으로 귀국하는 데 의의가 있다고 생각합니다. 사람의 인생에서 가장 빛나는 시기, 곤란을 극복하려는 용기, 안이함을 깨부수려는 모험심—지금 나는 그러한 청춘의 한 가운데에 있기 때문입니다. 두려움에 흔들리는 마음도 있지만 미지에 대한 호기심, 제 삶의 의미를 찾고자 하는 열망도 큽니다.

뭔가 거창하게 들리겠지만 자랑하거나 과시하려는 것이 아닙니다. 당연히 당신에게도 마찬가지입니다.

19세기 러시아에서 당시 권력에 반기를 든 젊은 '데카브리스트'들은 혹한의 시베리아로 유배당했습니다. 그들의 아내, 연인들은 사랑하는 가족과 이별하고, 남편과 연인을 따라 시베리아로 떠났습니다. 러시아의 문호는 그녀들을 시와 소설에 담아 불후의 문학작품으로 승화시켰습니다.

물론 북이 유배지라는 말은 아닙니다. 오히려 꿈과 희망을 이루어주리라 굳게 믿고 있는, 내가 돌아갈 땅입니다. 어머니와 같은 조국입니다!

그렇다고 당신이 '데카브리스트'의 연인이 되길 바라지는 않습니다. 이번에 같이 못 가더라도, 나중이라도 나에게 와 주길 바라는 마음만 알아주면 좋겠습니다. 당신을 위해서라면 무엇이든 할 용기도 있고 각오도 되어 있습니다.

고베에 계신 부모님께로 간다고 했을 때, 당신이 그림을 선물해 주었지요. 거친 파도가 몰아치는 바다와 수평선 너머로 찬란한 서광이 비치는 그림이었습니다.

그 그림은 어떤 의미였나요? 제 나름으로 생각해 보긴 했지만, 이번에 만나면 당신께 꼭 직접 듣고 싶습니다.

철수는 편지를 읽으며 젊은 시절을 떠올렸다. 광수의 편지를 여러 번 읽었지만, 지금처럼 절절히 다가오지는 않았다. 그의 고뇌와 영미를 향한 연모의 마음이 느껴져 편지를 전하지 못한 것이 못내 가슴 아팠다.

영미 동무

여러 해 당신을 만나왔으면서도 자신 있게 함께 가자고 말하지 못하는 나 자신이 부끄럽습니다. 걱정하시는 당신의 부모님과 당신의 장래를 생각하면….

셰익스피어의 희극에 '로미오와 줄리엣'이 있지요. 사랑에 빠진 두 사람은 대립하는 집안 때문에 맺어지지 못하고 비극적인 최후를 맞습니다. 줄리엣이 발코니에 서서 '로미오, 로미오, 어찌하여 당신의 이름은 로미오인가?' 하며 미칠 듯한 심정으로 연인의 이름을 되뇌던 장면이 나도 모르게 떠올라 괴롭기만 합니다. 저 또한 자꾸만 되뇌게 됩니다.

'어째서 당신의 이름은 영미입니까….'

당신은 저에게 있어 그 무엇과도 바꿀 수 없는 사람입니다. 오늘은

이 말을 꼭 하고 싶습니다.

　사랑합니다.

　곧 당신을 만나러 도쿄에 가겠습니다.

　당신의 마음이 어떻든 나는 당신을 탓하지 않습니다. 당신이 원할 때 만나서 서로의 마음을 확인하고 싶습니다. 어떤 결론이 나오더라도 나는 크게 손을 흔들며 가슴 펴고 조국으로 떠날 것입니다. 그리고 문자 그대로 조국의 아들이 되어 그 나라에서 생애를 마치겠지요.

　같은 곳에 있지 않더라도 우린 언젠가 반드시 만날 것입니다. 그러니 '안녕'이라는 인사는 하지 않겠습니다. 언제나 함께 있다고 믿기 때문입니다.

　당신은 바로 나입니다.

　3월 10일, 오후 3시, '베라미'에서 기다리겠습니다.
　1963년 3월 1일
　고베에서.

　철수는 편지를 접어 봉투에 넣은 후 영미에게 내밀었다.

　광수가 쓴 마지막 편지를 41년 만에야 두 손에 받아 든 영미는 눈물을 글썽이며 편지를 정성스레 가방에 넣었다.

　고개를 떨군 채 자신이 쓴 편지를 들었던 광수는 영미가 편지를 받아 넣자 상체를 숙이며 머리를 감싸 쥐었다. 광수의 무릎에 손을 올리며 영미가 목이 메어 말했다.

　"편지, 고마워요. 광수 씨 마음, 잘 알았어요. 진심으로 고맙고 기뻤습니다."

이 말을 건네고 영미는 눈물을 흘렸다.

머리를 감싸고 있던 광수도 어깨를 들썩이며 흐느껴 운다.

"광수, 이제라도 영미 씨가 자네 맘을 알아주었으니 다행이잖아."

그의 어깨를 가볍게 토닥이자 광수는 끝내 오열했다.

"광수 씨……."

이윽고 광수가 천천히 고개를 들었다. 두 눈은 빨갛게 충혈되어 있다.

"영미 동무, 철수, 고마워. 그런데 난 아직… 조국에서 아무것도 하지 못했어. 나는 산을 옮기겠다는 일념으로 귀국했어. 굳은 의지가 있었지. 그런데… 아무것도 하지 못한 채, 이렇게 늙어 버렸어. …조국이 고통스러워하는데…아직 난 아무것도 ……."

벤치에 몸을 기댄 채 고개를 뒤로 젖힌 광수는 허공을 바라보며 깊은 한숨을 내쉬었다.

'산을 옮기겠다…'

철수가 미우라三浦 해변에서 한숨지으며 떠올렸던 시, 젊은 시절 문학 감상회에서 읽은 어느 시인의 시다. 그런데 뜻밖에 광수도 같은 시구를 인용하며 자신을 한탄하다니!

인생의 절반이 지났어도 난 여전히 생각하네

산을 옮기겠노라고

땅에 씨앗을 심어 골짜기를 울창하게 만들겠노라고

하지만 어느덧 생의 절반이 휙 가버리고 말았네

통한의 세월, 지난 세월을 돌아보니 갑자기 무언가 솟구쳐 올라 철수 또한 괴로웠다. 고함이라도 내지르지 않고는 참을 수 없을 것만 같았다.

광수도 동기생들도 가슴 속에 저마다 산을 옮기겠다는 뜻을 품고 두 나라로 흩어졌다. 서로가 겪은 고통의 질은 다르지만, 만년에 지금 같은 상황을 맞으리라고는 상상조차 하지 않았다. 그것이 못내 한스러워 견딜 수 없었다.

철수는 뒤돌아서 바다를 향해 걷기 시작했다. 서서히 빨라진 걸음이 어느새 달음질로 바뀐다. 해안가 방호벽 가까이 다가가자 허리를 기역 자로 굽혀 온몸의 힘을 모아 상체를 들고 소리쳤다.

"으아— 우— 어어—아아악—"

마치 멀리 있는 누군가를 애타게 부르는 것 같다.

광수와 영미는 동시에 벤치에서 일어났다. 잠시 후 광수도 바다 쪽으로 달려간다. 파도 가까이에 다다르자 철수처럼 소리치기 시작했다. 두 사람은 겨루기라도 하듯 번갈아 목이 터질 듯 외쳤다.

저 멀리 사라져간 청춘, 서로에게 '산을 옮기겠노라' 맹세한 사내들이 이루지 못한 꿈을 가슴에 묻은 채 추레하게 늙은 허망함을 절규하는 몸부림 같았다.

공원을 산책하던 이들이 멈춰서서 두 사람의 이상한 행동을 궁금한 듯 쳐다본다. 그리고는 화려한 옷차림의 영미와 바다를 향해 소리치는 중로의 두 사내를 번갈아 보고 웃으며 지나갔다.

철수와 광수는 가쁜 숨을 내쉬며 벤치로 돌아왔다. 둘의 얼굴은 땀과 눈물로 범벅된 채 상기돼 있었다.

영미가 두 사람을 보며 단호히 말했다.

"속이 후련해질 때까지 소리쳐서 떨쳐내요. 둘 다 다시 시작한다는 결의로 힘내는 거야, 힘을 내라구요! ”

그리고 광수와 철수의 손을 잡으며 덧붙였다.

“치마저고리만 아니었다면 나도 함께 소리치고 싶은 심정이야. 그 동안의 응어리와 오해가 이제 다 풀렸어. 그리고 남이든 북이든 재일동포든, 모두 같은 민족, 한 동포야. 어떤 곤란이 있어도 함께 극복해야지요! ”

광수와 철수는 말없이 고개를 끄덕였다.

“나도 이젠 할머니가 되어버렸지만, 오늘만큼은 청춘 시절로 돌아온 기분이야. 우린, 같은 뜻을 품었던 친구잖아. 앞으로도 그걸 잊지 말자고요! ”

호텔에 주차해 놓은 차를 빼내 간신히 도로로 나온 시각은 오후 5시가 훌쩍 지나서다. 아무리 빨리 달려도 환영회가 시작되는 6시까지 도착하기엔 무리였다. 철수는 가능한 정체가 없을 만한 길을 골라 힘껏 액셀을 밟았다.

우구이스다니鶯谷에 있는 환영회 장소인 ‘금강원’ 근처의 주차장은 모두 만차였다. 주변을 한 바퀴 돌아보아도 마땅히 차를 세울만한 곳이 없었다. 철수는 하는 수 없이 두 사람을 먼저 들여보내고 식당에서 한참 떨어진 곳에 요즘 유행하는 시간제 주차장을 발견하고 서둘러 차를 세운 뒤 금강원으로 뛰어갔다.

식당 1층 홀에는 남녀 한 쌍과 가족 한 팀뿐이었다. 차를 세우고 오기까지 20분은 족히 걸렸다.

광수의 인사말은 이미 끝났을 줄 알았는데 2층으로 이어지는 계단을 올라가자 그의 목소리가 토막토막 들려온다.

2층 홀은 테이블이 아닌 좌식이다. 4인용 테이블 6개는 대부분 도쿄 주변에 사는 동기생들이 차지하고 앉아있었다. 이곳까지 오는 내내 요의를 느꼈던 철수는 모두에게 인사를 하는 대신 한 손을 치켜들며 허둥지둥 화장실로 뛰어들었다. 쾌감이 느껴지는 배뇨가 이어지는 동안에도 광수의 목소리는 멈추지 않았다.

오늘 온 동기생 대부분은 40년 전에 북으로 귀국한 친족과 지인이 한 명쯤은 있다. 그중에는 귀국한 육친과 형제를 만나러 여러 차례 북에 다녀온 사람도 있다. 그렇지만 생각지도 못한 고교 동기생이 41년 만에 일본에 왔으니 '최신 뉴스'를 들을 수 있는 절호의 기회였다.

간간이 들려오는 광수의 말투는 대체로 온화했는데, 때때로 몸이 굳어질 만큼 단호해지기도 했다.

"……냉전 시대가 끝나고 유럽의 여러 사회주의 국가가 붕괴한 90년대를 상기해 주십시오. 미국을 비롯한 서방 국가들은 '북조선의 붕괴는 시간 문제'라며 호들갑을 떨었습니다. 승패의 갈림길이었던 그때, 우리 조국은 수십 년 만에 찾아온 수해와 가뭄으로 고통을 겪었습니다. 그것은 상상조차 못 한 일이었습니다. 한 국가와 민족을 완전히 파멸에 이르게 할 정도로 최악의 사태였습니다. 다들 아는 바와 같이 자연재해의 참상은 일본에서도 보도되었고, 유엔과 국제기구의 긴급 식량원조도 있었습니다. 그때부터 우리나라의 '고난의 행군'이 시작된 것입니다."

"…어라?"

광수를 만난 첫날에는 언급하지 않은 북의 '내막'을 여기서는 광수가 먼저 얘기했다. 철수는 당장이라도 화장실에서 뛰쳐나가고 싶었지만, 왠지 모를 망설임이 발목을 잡았다.

"우리나라는 6년간이나 국가를 통째로 포위당한 채 사방팔방에서 미국을 비롯한 서방국가의 위협에 시달렸습니다. 그들은 '북조선을 없애자', '붕괴가 코앞'이라며 모략과 선전을 마음껏 해댔습니다. 그것은 선전포고가 없는, 총성이 없는 전쟁이었다 할 수 있습니다. 죽느냐 사느냐. 우리나라는 벼랑 끝에 서 있었습니다. 공장 굴뚝의 연기는 사라졌고, 사람들은 굶주림을 못 이겨 풀과 나무껍질로 연명하고 추위에 떨며 거리를 헤맸습니다. 수십만의 아사자도 나왔습니다. 저는 물론이며 인민들 모두 살아남을 일만 생각하며 피눈물로 견뎠습니다…."

'……! !'

"고난의 행군 시기의 구호였던 '가는 길 험난해도 웃으며 가자'라는 슬로건은 그런 상황 속에서 만들어진 것이며, 우리 인민들의 각오와 굳은 결의가 담긴 것입니다. 그리고 드디어 우리는 고난을 이겨냈습니다. 조선 인민은 굴하지 않고 앞날을 낙관하며 결국 강하게 살아남았습니다. 힘든 상황은 지금도 이어지고 있지만, 우리는 앞으로도 끝까지 좌절하지 않고 힘을 낼 것입니다."

철수는 틈을 보아 밖으로 나가려고 화장실 미닫이문에 살짝 손을 대었다. 그런데 길이 잘 들어있는 미닫이문이 그 순간 쾅 소리를 내며 벌컥 열리고 말았다. 광수의 말에 귀를 기울이던 모두가 그 소리에 놀라 일제히 화장실 쪽으로 시선이 쏠렸다.

동기회 회장인 김희공이 자기 옆자리로 오라며 손짓했다. 철수는 그쪽으로 다가가며 빙 둘러보았다. 무거운 표정으로 광수의 말을 듣는 사람도 있고, 조용히 눈물을 훔치는 여자 동기생도 있었다.

이윽고 광수의 인사가 끝나자 각지에 흩어져 사는 옛친구들의 소식을 묻느라 웅성거리기 시작한다.

"내가 일본에 오는 걸 알고 평양에 사는 세 친구가 메시지를 부탁했습니다. 그걸 이 자리에서 소개하겠습니다."

평양에 있는 친구들이 일본에 남은 동기생들에게 따뜻한 마음을 담아 보낸 메시지였다.

대학 교수, 배우, 스포츠 해설자, 기업의 책임자로 활약하는 친구들의 근황을 일본에 있는 동기들도 간혹 듣고 있었다. 정확한 숫자는 아니지만 230명 정도였던 고교 동기생들 가운데 거의 절반이 60년대 초반에 북으로 귀국했다. 본인이 희망만 하면 국가정책으로 대학 진학도 보장해주고, 졸업 후에는 각지의 기업에 원하는 일자리도 마련해 주었다.

메시지 전달이 끝나자 몇몇이 번쩍 손을 들고 광수에게 질문했다.

외국어 도서를 전문으로 출판하는 출판사의 임원인 광수는 자신이 모르는 내용이나 답변하기 곤란한 질문에도 최대한 성의껏 답했다. 조선학교에서 한솥밥을 먹으며 공부한 동기들에게 북에 있는 친구들 소식을 전하려는 따뜻한 배려가 보였다.

"마지막으로 한 가지 더, 41년 만에 일본에 와서 느낀 점과 고베, 오사카에 사는 동기생들과 만나고 느낀 것도 덧붙이겠습니다."

순간 자리가 술렁이더니 다들 흥미로운 표정으로 광수의 입을 주목한다.

"정해진 일정으로 일본에 와서 보고 느낀 것이라 단정할 수 없긴 합니다만, 몰라보게 발전한 일본의 모습에 솔직히 놀랐습니다. 41년 만에 이곳에 왔으니 당연하겠지만요. 과거사를 청산하지 않는 일본

당국의 책임은 여전히 무겁습니다. 그러나 평범한 일본인들의 근면함 덕분에 지금의 모습이 있지 않나 싶습니다. 우리나라도 뒤지지 않고 우리만의 근대 도시와 농촌을 건설하리라 확신합니다. 저는 일본에서 태어나고 자란 인간이지만, 41년 만에 이곳에 와서 새로이 깨달은 게 아주 많습니다. 일본인의 근면함, 친절함, 성실함에 내심 감탄했습니다. 하지만 그보다는 일본 정부의 차별정책 아래 민족교육을 지키고 권리를 찾고자 단결해 온 재일동포의 끈질긴 저력에 용기를 얻었습니다. 또한 평소 북남의 움직임이나 장래를 염려하며 조국과 함께 호흡하려는 여러분을 만날 수 있어서 무엇보다도 기쁩니다. 든든하고, 자랑스럽고, 그저 고마울 따름입니다. 평양에 돌아가면 제일 먼저 동기생들에게 보고 듣고 느낀 걸 전하고 싶습니다.”

몇 명이 ‘오오~! ’ 하는 소리와 함께 박수갈채를 보냈다.

“정리가 안 되어 길어졌는데 끝으로 한 가지만 더 말하겠습니다. 부끄러운 심정으로 솔직히 고백합니다. 지금까지 제 나름의 한계점을 느낄 만큼 분투해 왔다고 생각했습니다. 그런데 일본에 와서 보니 제가 결점투성이인 데다 그저 열심히만 하면 된다고 생각했다는 걸 깨달았습니다. 아직 늦지 않았으니 비록 늦은 몸뚱이지만 앞으로도 제가 할 수 있는 일이 있겠지요. 이런 각오가, 음, 살아있다는 증거, 기쁨이 아니겠습니까? 나이가 들어갈수록 더 조국을 사랑하고, 힘을 내서 마지막에는 북남 통일을 위한 밑거름이 되고 싶습니다. 조국에 돌아가서도, 살아 있는 한, 마지막 한계점까지 힘내볼 생각입니다. 나는 결코 동기 여러분을 잊지 않습니다. 고교를 졸업할 때 굳게 맹세한 우리의 우정은 지금도 변함없다고 확신합니다.

그러니 여러분도 비록 바다를 사이에 두고 떨어져 있더라도 언제나 우리 곁에 있어 주십시오! 고맙습니다. 여러분 덕분에 힘을 얻었고 소중한 선물을 갖고 조국으로 돌아갈 것입니다. 고맙습니다, 여러분! 진심으로 감사합니다! ”

누군가 '힘내라!'라고 소리치자 힘찬 박수가 광수에게 쏟아졌다.

박수 소리가 잦아들자 태준이가 자리에 앉은 채로 말했다.

"광수 동무가 참 좋은 말을 해주었네. 우리도 힘을 내야겠어! ”

회장인 김희공은 다음 순서를 진행하려고 벌써 자리에서 일어나 있다.

"맞습니다. 건강만 하면 북남이 화합하는 시절이 오는 걸 반드시 보리라고 믿습니다. 자, 그럼 다음은…."

만면에 웃음을 띤 회장이 영미에게 슬쩍 시선을 보냈다.

"오늘 해방기념일에 걸맞게 우리 민족의 옷을 곱게 차려입고 이 자리에 와주신 전영미 선배에게 경의를 표하며 한 말씀 듣기로 하겠습니다. 사전에 말했듯이 선배는 고교졸업 후 광수, 철수와 함께 아라카와荒川의 청년운동에서 큰 활약을 하셨지요. 여기 오기 전에 요코하마에서 셋이 먼저 만나 따뜻한 격려의 시간을 가졌다고 하는데, 감개무량한 일이 아닐 수 없습니다. 영미 선배, 한 말씀 부탁드립니다…."

"아니, 그건 안 되지. 난 동기생도 아닌데."

그녀는 팔까지 휘저으며 한사코 사양했다. 고교 시절에 친했던 박수자가 옆에서 내빼려는 영미를 일으켜 세우려고 야단이다. 재촉하는 박수 소리가 나오자 영미가 살짝 웃으며 일어났다.

"회장님이 방금 소개한 것처럼 며칠 전에 광수 씨가 일본에 왔다는 걸 철수 동무가 알려줬어요. 이 자리에 오기 전, 41년 만에 옛 친구를 만나 따뜻한 시간을 가졌습니다. 그리고 두 사람이 꼭 같이 가고 싶다고 하니 저도 마음이 들썩여서 이 자리까지 오고 말았습니다. 사실 저는 동창 모임에 나오라는 연락을 여러 번 받았지만, 남편이 한국계 민단의 임원이기도 해서 한 번도 나가지 못했습니다. 그런데 오늘, 생각지도 못하게 여러분과 만나니 그립기만 했던 고교 시절로 되돌아온 듯합니다. 가슴이 너무 뜨겁고, 마치 깊은 잠에서 깨어난 것 같은 심경입니다."

그 순간 박수가 여기저기에서 일었다. 영미는 용기를 얻은 듯 이어서 말했다.

"여러분, 어떠세요? 가사는 거의 잊었지만 갑자기 교가를 한번 불러보고 싶어졌는데···. 다 함께 불러 볼까요? "

좌중을 천천히 둘러보며 그녀가 간청했다.

"41년 만에 일본에 온 광수를 위해 제가 미리 인쇄해서 갖고 왔습니다."

김태준이 의기양양 프린트를 들어 보였다.

"오오~ 역시! 부릅시다~! "

곳곳에서 환성이 터졌다.

하나둘씩 자리에서 일어나 한 손에는 프린트를 들고 다른 한 손은 옆 사람의 손을 꼭 잡았다. 그리고 회장이 앞으로 나와 손을 들고 지휘하자 모두의 합창이 시작된다.

백두산 줄기찬 힘 제주도 남쪽까지
삼천만 하나되여 새 깃발을 들었다

조선의 아들딸이 그 별빛 지니고서
배움 길에 싸우는 육십만의 민주 성세
빛나는 그 이름 동경조선중학교
그 이름도 찬란한 우리의 고등학교

위대한 공화국의 새역사 우렁차다
세계의 평화 진지 붉은 피로 지키리
조선의 아들딸이 그 깃발 받들고서
배움 길에 나서는 인민들의 선봉 대열
빛나는 그 이름 동경조선중학교
그 이름도 찬란한 우리의 고등학교

(저자 주 : 초창기 도쿄 조선중고등학교의 교가는 역사학자이기도 한 당시 임광철 교장이 1952년에 작사했다. 작곡한 분은 음악 교사인 최동옥 선생이다. 두 사람 모두 재일조선인의 민족교육에 지대한 공헌을 했다.)

교가 합창이 끝나자 테이블마다 맥주잔과 막걸리 사발이 부딪쳤고, 젓가락으로 안주를 집어 서로에게 권하느라 웅성거린다. 광수와 영미에게 와서 맥주를 따라주거나 둘의 이야기에 귀를 기울이는 사람도 있다. 둘 다 41년 만에 동창들을 만나는 것이니 한눈에 알아보는 사람도 있고, 이름이 생각나지 않는 사람도 있는 모양이다.

분위기는 한창 무르익어 가는데 아까부터 동기생 박수자가 가방에서 꺼낸 메모지를 영미에게 보이며 뭔가를 열심히 설명했다.

두 사람이 주고받는 얘기가 궁금했는지 앞에 앉은 이만우가 끼어

들었다.

"뭔데 그래? 재밌는 얘기면 같이 좀 듣자고."

이만우는 가와사키川崎에 사는 친구인데, 선친이 창업한 토목공사 회사를 이어받아 운영했다. 입은 상당히 거칠어도 정곡을 찌르는 말을 거침없이 해서 동기들이 무시하지 못하는 존재다.

박수자가 메모 내용을 말하자 이만우는 더더욱 흥미가 발동한 모양이다.

"그거 재밌겠는걸. 둘이서만 얘기하지 말고 모두에게 알려 주면 어때?"

박수자는 고개를 끄덕이며 곧바로 자리에서 일어났다.

"여러분, 제 얘기 좀 들어보세요. 작년 봄에 가족들 4명과 제주도에 사는 친척 집에 놀러 갔었습니다. 일본에 있는 동포가 놀러 왔다는 얘길 듣고 올해 93세가 된 이웃 할머니께서 일부러 와주셨습니다. 물론 큰 환영을 받고 할머니와 얘기도 많이 나눴습니다만, 할머니의 제주도 방언은 거의 알아듣지 못했죠. 통역이 없으면 외계어나 마찬가지였어요. 할머니께서 마지막으로 해주신 제주도 방언을 일부 적어놓았는데, 어릴 때 제주도에서 살았던 영미 언니가 오신다기에 다시 한번 물어보고 싶어서 갖고 왔습니다."

그러자 구석 쪽에 있던 한 친구가 손을 들고 말했다.

"오! 나도 제주도에 여행 간 적이 있는데, 제주방언은 정말 못 알아듣겠더라고. 우리 부모는 경상도 출신인데 제주 사람이 말을 걸면 슬쩍 줄행랑을 치셨대. 들어보면 재밌을 겁니다."

자이니치在日의 90%는 남쪽 한국에 본적을 두었다. 그중에도 경상도, 전라도, 제주도 출신이 대부분이다.

반대편 가장자리에서도 누군가 말했다.

"그러고 보니 고교 국어 시간에 '표준어와 방언' 수업이 있었잖아."

그 말이 끝나자마자 이만우가 말했다.

"수자 동무가 적어 온 방언을 한 번 들어봅시다. 제주 출신인 영미 선배가 표준어로 통역해주시죠."

"좋아요, 해볼게요. 수자 동무가 먼저 읽으면 내가 한 줄씩 표준어로 바꿔볼게요."

두 사람은 자리에서 일어났다.

"곧 봄철 낭에 봉지가 지고, 보롬은 노물고장 흥걸 것 아니우꽈."

듣고 보니 과연 익숙한 한국어와는 전혀 달랐다. 입을 벌린 채 다물지 못하거나 눈만 끔벅이는 걸 보니 대부분은 '해석 불가'라는 걸 확연히 알 수 있다.

박수자는 예상했던 반응이라는 듯 천천히 다시 한번 읽었다. 하지만 제아무리 머리를 굴려 봐도 정확한 의미를 알아내는 건 무리였다. 그러자 옆에 있던 영미가 나선다.

"곧 봄철 나무에 꽃봉오리가 맺히고, 바람은 유채꽃을 흔들 것 아닌가요."

박수자가 다음 문장을 천천히 읽었다.

"졸바로 행 고튼 일 호멍 지쩍인고 호는 몰 듣지 않도록."

"부디 어떻게 해서라도 같은 일 하면서 제각각이냐는 말 듣지 않도록."

"너영 나영 몬 울엉 혼디 모영 고치 가게 마씸."

"너와 나 모두를 위하여 함께 모여 갑시다."

오랜 세월 대대로 전해져 왔고, 그것을 배워서 써 온 구순 할머니의 제주방언이었다.

식민지 시기, 고향을 떠날 수밖에 없어 일본으로 건너온 1세들의 시대가 저물어간다. 오늘 이곳에 모인 2세들은 일본에서 태어나 일상에서 들은 여러 방언을 통해 자신의 '뿌리'를 의식한 사람들이다. 자식인 3세나 자라나는 손자들인 4세들은 자신의 '뿌리'를 어떻게 의식해 갈까? 제주도 방언뿐 아니라 경상도 방언, 전라도 방언도 일본에 온 경위가 다르지 않았다.

갑자기 벽 쪽 구석에서 한 친구가 소리쳤다.

"광수 동무의 노래를 한 번 들어봅시다!"

그러자 박수가 터져 나온다.

"혁명가는 지겹도록 들었으니 다른 노래 부르라우~!"

이만우가 끼어들어 말하자 순간 폭소가 일었다.

광수도 웃으면서 일어났는데 그전에 무언가 말하려는 눈치였다.

"연설은 하지 말고, 노래, 노래하라구!"

이번엔 이만우와 친한 이건차의 목소리다.

"알았네, 노래는 할게. 그 전에 한마디만 더 하게 해줘. 벌써 30년 전 일인데, 철수가 집사람과 함께 처음 북에 왔을 때, 평양에 사는 동기들이 부부 동반으로 호텔 방에 찾아갔었어. 당연히 술도 많이 마셨으니 친구들이 철수한테 노래를 청했지. 그때 철수가 부른 노래가 '고향의 봄'이었어. 다들 알겠지만 나는 줄곧 일본학교에 다니다가 고교부터 '우리학교'로 전학을 왔어. 고등학교에 와서야 처음으로 조선의 노래를 배웠는데, 그 노래가 바로 '고향의 봄'이었지.

좀 전에 교가를 함께 부르긴 했지만, 이 노래도 같이 불러보지 않겠나? "

"오오, 좋아! 부르자! "

광수가 노래를 시작하자 모두 따라부르기 시작했다.

나의 살던 고향은 꽃피는 산골

복숭아꽃 살구꽃 아기 진달래

울긋불긋 꽃 대궐 차리인 동네

그 속에서 놀던 때가 그립습니다

2절까지 기억하는 이가 별로 없다는 걸 알고 회장 김희공이 한 손가락을 높이 들어 1절을 다시 부르자고 신호했다.

그런데 노래가 거의 끝나갈 무렵, 이만우가 슬그머니 일어나 구석에 있던 장구를 들고 중앙의 빈자리로 나오는 게 아닌가. 그리고는 양반다리로 앉더니 오른손에 쥔 장구채로 '쿠궁딱 더러러러―'하고 장단을 쳤다.

'이만우가 장구를? '

평소에도 밉상일 만큼 입바른 소리에 거칠게 구는 그를 생각하면 상상이 안 되는 모습이다. 만우는 모두의 시선을 아랑곳하지 않고 '목포의 눈물'을 부르기 시작했다. 온몸으로 가락을 타며 보는 이를 오싹오싹하게 만드는 목청이었다.

사아아~고옹의~ 배엣 노오~래~~

가아~물~거어~리이~면~~

(쿵따다닥 쿵 따다닥)

삼~하~악~도~~ 파도 기이~피~

스며~드~으~는데~~

(쿵다다닥 쿵더러러)

부~두우의~~ 새에~아아악~씨~

아롱저어~엊은~ 오~옷자아아~락~

(쿵따다닥닥 쿵쿵따다닥)

이~벼얼~의~~ 누~운물이냐~ 목포의 서어어얼~움~~

만우는 고개를 위아래로 흔들며 눈짓으로 좌중을 부추겼다. 그러
자 흥을 참지 못한 이건차가 장구 장단에 맞춰 어깨를 들썩이기 시
작했다.

이윽고 곳곳에서 젓가락으로 테이블을 두드리며 누구 하나 빠짐
없이 목청이 터져나갈 듯 2절을 합창한다.

사암~백~년~ 원한 품은~ 노오~저억~봉 밑에~~

(쿵따다닥 쿵쿵 따다다)

님 자아~취이~~ 완연~하다~ 애다아알~픈 저어엉조~~

(쿵다다닥 쿵더러러)

유다~아알~산~ 바라~암도~ 영산강을 아~안~으~니~

(쿵따다닥닥 쿵쿵따다닥)

님 그으~려 우는 마음~ 목포오오~의 노오오~래~

(쿵따다다닥 쿵따다다다다)

만우의 목청과 장구가락은 보통내기가 아니었다. 청중의 반응이 뜨거워지자 시키지도 않은 평양 민요 '모란봉'과 '양산도 타령'까지 연이어 불렀다.

"만우 녀석, 굉장한걸, 언제부터 저런 소리꾼이 된 거야?"

다들 감탄하며 입을 다물지 못한다.

그때 만우와 자주 어울려 술을 마시는 이건차가 시치미를 뚝 뗀 얼굴로 말했다.

"가와사키川崎에 한국 클럽이 많잖아. 만우 자식, 보나 마나 홀딱 반한 여자를 보러 뻔질나게 드나들다가 배웠을걸."

'와하하하하——'

41년 만에 일본에 돌아온 친구 고광수를 반기는 도쿄 조선중고등학교 동기생들의 환영회 자리는 웃음소리로 떠나갈 듯했다.

끝.

저자 후기

도쿄도東京都 아라카와荒川에서 태어난 나는 가나가와현神奈川縣 요코하마横浜에 정착하기까지 다섯 차례쯤 이사했다.

창고 구석에서 오래된 짐들과 함께 먼지에 뒤덮인 트렁크에는 언젠가 필요할지 모를 온갖 서류와 젊은 시절을 떠올리게 하는 편지들을 넣어두었다. 이따금 눈길이 가기는 했어도 사실 20여 년간 손을 댈 생각은 하지 못했다.

환갑을 목전에 둔 무렵, 별안간 트렁크를 열어보고 싶은 충동이 든 것은 어떤 암시였을까? 보물상자를 들춰보는 심정으로 그것을 열어 보고 나도 모르게 '오오!' 하는 탄성이 나왔다.

잡다한 서류 외에도 이사 때마다 쓴 임대계약서와 소학교, 중학교, 고등학교 시절의 성적표, 표창장, 이와는 별도로 표면이 불룩하게 부푼 천 가방도 있었다.

먼저 조심조심 성적표를 펼쳐 보았다. 그러면 그렇지, 바닥을 맴돌았던 성적표에 문득 낯이 뜨거워졌다. 이 정도로 공부를 못했던가. 어쩌려고 이런 것까지 보관했을까?

연신 혀를 차며 내친김에 천 가방도 풀어보았다. 중학교부터 고교 시절에 받은 수많은 엽서와 편지, 20대 초반에 등사판으로 제작한 문집들까지 있었다. 이것들을 용케도 갖고 있었다니, 문득 미소가 번졌다.

어느덧 희미해진 기억이지만 청소년기가 새록새록 떠오르는 보물들이다.

일본 어딘가의 항구마을에서 친구 3명이 쓴 편지를 발견했을 땐 가슴이 먹먹했다. 니가타新潟 항에서 북으로 가는 제1차 귀국선이 출항(1959년 12월)하기 2년 전, 비공식으로 중국을 거쳐 평양으로 떠나기 직전에 저마다 허둥지둥 휘갈겨 쓴 편지를 보니 청운의 꿈을 불태웠던 그때가 아련히 떠올랐다. 그날부터 편지들을 하나씩 꺼내 읽고 또 읽고도 모자라 잠자리에서까지 읽었다.

생각해 보니 도쿄 조선중고급학교에 다닌(1950~56년) 6년간은 파란 많은 나날이었다.

중학교 3년간은 조국이 전화에 휩싸였고, 조선학교도 일본 정부의 관리 아래 놓이게 되었다. 게다가 어처구니없는 구실로 학교에 들이닥친 경찰부대의 수색이 벌어질 때는 나를 포함한 중학생 200여 명이 곤봉으로 두들겨 맞기까지 했다.

매주 새로이 전해지는 조선전쟁(6·25)의 전황을 보기 위해 친구들과 동네 영화관에 가는 것이 일이었다. 참상을 전하는 영상을 보며 하염없이 눈물을 흘렸고, 끓어오르는 억울함을 분출할 곳이 없어 답답했다. 방과 후에는 날마다 거리와 역 앞에 나가 '전쟁 반대' 서명운동도 했다. 조국에서 벌어진 전쟁과 거의 동시에 일본 문부성의 지시로 조선학교에서는 조선어 사용이 일절 금지되었다. 지금이야말로 진정한 조선인이 될 기회라며 학생들의 주도로 교내에 '국어상용운동'이 벌어진 시절이기도 하다.

나의 부모님은 두 분 다 61세로 일본에서 세상을 떠났다. 트렁크를 열어본 후 나도 부모님이 돌아가신 나이가 된다 생각하니 가슴

뜨거웠던 젊은 시절을 기록해둬야겠다는 생각이 들었다.

1997년 10월부터 약 10년간 『보쿠라노 하타(우리들의 깃발)』(도서출판 품 2019년 출판)외에 4편의 중·장편 소설을 썼다. 그간의 나의 삶을 기록해 보자는 생각으로 시작했는데, 그저 무아지경이었다고 밖에는 설명할 길이 없다.

창고에 놓아둔 트렁크 속에서 발견한 천 가방은 지금도 나의 소중한 보물이다.

부끄럽지만 이 지면을 빌어 웃지 못할 사실 하나를 고백하기로 하자. 이 또한 자이니치在日로 살아 온 나의 일부이기에….

일본으로 건너온 1세 부모님 아래 8남매 중 넷째로 태어난 나는 지금까지 4개의 이름을 써왔다.

① 福田正雄(후쿠다 마사오) ② 朴福伊(박복이)
③ 朴雄一(박웅일) ④ 朴基碩(박기석)

①은 식민지시기 창씨개명으로, 해방 이전에 일본소학교 1학년까지 쓴 이름.

②는 해방 직후 일본 전역에 우후죽순처럼 만들어진 '국어강습소'(현재 조선학교의 전신) 시절의 이름이다.

도쿄 아라카와荒川지역의 낡은 2층 건물에 있는 허름한 '국어강습소'에 제출한 내 이름은 어찌 된 일인지 아버지의 이름과 똑같았다. 선생님에게 처음으로 그 사실을 지적받고 부자가 얼마나 부끄러워했던가. 글을 배우지 못한 아버지의 실패담이다.

③은 '국어강습소'가 '조련朝連 아라카와荒川 조선초등학교'로 바뀌고 2학년이 되었을 때 아버지와 같았던 이름을 '개명'한 것이다. 누가 지어줬는지는 알 수 없다. 그 후 60대가 되기까지 나는 이 이름으로 살아왔다.

그런데 20대 때부터 내 이름이 무언가 석연치 않음을 느꼈다. '雄一'이라는 이름은 일본인 남성에게 흔했기 때문이다. 어쩌면 '朴雄一'은 일본인과 조선인 사이에 놓인 애매한 이름이 아닐까?

아버지의 고향인 경상남도 밀양시에서 처음으로 호적등본을 떼어보았다. 그곳에서 나의 생년월일과 완벽히 일치하는 이름을 발견하고 가슴이 뻥 뚫리는 것 같았다.

'朴基碩.' 이것이 나의 '본명'이었구나!

해방 전에 누군가가 호적에 올린 이름이었기에 누가 언제 지었는지 지금으로서는 전혀 알 길이 없다. 밑으로 태어난 동생 넷은 이 호적에 없었는데, 도쿄 대공습(1945. 3. 10)과 일본의 패전 등으로 어수선했던 당시를 생각하면 호적에 올리지 못한 이유를 알 것도 같다. 이전의 이름 세 개는 해방 후에도 남아있던 식민지시기 잔재일 것이다.

④의 이름을 찾은 후로 나는 망설임 없이 '朴基碩'이라는 이름으로 살고 있다. 바야흐로 환갑이 되어서야 몸도 마음도 겨우 조선 사람이 되었으니 길고 긴 여정이었다.

일본학교에서 조선학교로 전학을 온 친구 중에는 '조센징'이라 멸시당해 '창피하고 억울했다'라고 고백한 이들이 적지 않다. 지금도 일본은 과거의 죄과를 청산하지 않은 채 민족차별과 멸시가 버젓하다.

'국어강습소'부터 대학까지 조선학교에 다닌 나는 출신을 부끄럽게 여기거나 숨기지 않았다. 오히려 조선 사람임을 자랑스레 여겼다. 잡초나 수목도 뿌리가 있어야 가지를 뻗고 열매도 맺는 법이다. 나의 뿌리를 알아야 현재가 있고 미래도 있다.

청소년 시절, 막연히 '나는 누구인가'라는 의문에 시달렸다.

세종대왕이 창제해 조선 사람이라면 누구든 쉽게 읽고 쓸 수 있는 한글. 그것을 조선학교에서 배우면서도 과연 본국(남과 북)에서 통하는 말일까? 우리가 배우는 우리말은 자이니치在日가 만들어 조선학교에서만 통용되는, 그저 '우물 안 개구리' 같은 말인지도 모른다는 생각도 했다.

조국 땅에서 태어나지 못한 인간만이 맛보는, 뼛골까지 스며든 '씻어낼 수 없는 얼룩' 같은 혼란이었다.

나는 1970년대 말부터 북에는 귀국한 동생과 동창생들을 만나기 위해 갔었고, 지금은 연고자가 남아있지 않은 남쪽에도 여러 번 다녀왔다.

총 50여 차례 남과 북을 방문하며 '나는 누구인가'라는 질문의 답을 찾으려 했고, 나의 정체성을 확인하기 위한 여정이기도 했다.

북이든 남이든 '조국 땅'에서 만난 사람들과 내가 배운 우리말로 대화한 '사실'에 얼마나 가슴이 고동쳤던가. 당시엔 남북의 정치적 상황 같은 건 아무 상관이 없었다. 조국의 자연을 접하고 사람들과 대화하며 나의 뿌리가 그곳에 있음을 '확인'하는 일이 무엇보다 중요했다. 내일을 살아갈 '버팀목'을 모두 거기서 얻었기 때문이다.

『41년 만에 배달된 편지』는 1990년대 전후를 배경으로, 어느덧 일흔을 바라보는 조선고교 동창생이 40여 년 만에 다시 만나는 이야기다.
한국 독자들의 감상은 나의 또 다른 '버팀목'이 되리라 확신한다.
여하튼 나는 댓돌에 구멍을 내는 빗방울처럼 앞으로도 묵묵히 나의 양쪽 조국을 '마음의 버팀목'으로 삼고 계속 자이니치在日로 살아갈 것이다.

『보쿠라노 하타(우리들의 깃발)』 출간 때처럼 이번에도 정미영 씨의 손을 많이 빌었습니다. 좋은 어드바이스가 있었기에 이 소설이 한국의 독자와도 만날 수 있게 되었습니다. 그녀의 조언과 노고에 진심으로 감사할 따름입니다.

2023년 6월 요코하마에서.

41년 만에 배달된 편지

1판1쇄 ｜ 2023년 7월 30일
글쓴이 ｜ 박기석(朴基碩)
옮긴이 ｜ 정미영

펴낸곳 ｜ 도서출판 품
주　소 ｜ (10884)경기도 파주시 안개초길 12-1, 302
등　록 ｜ 2017년 9월 27일 제406-2017-000130호(2017.9.19.)

인쇄제작 ｜ 다해종합기획
편　집 ｜ 강샘크리에이션
표　지 ｜ 김예인

책값 : 12,000원

잘못 만들어진 책은 구입하신 서점에서 교환해 드립니다.